UN ANGE
DANS LA TOURMENTE

DU MÊME AUTEUR

Aux éditions De Borée

Enfants de la liberté, 2017
Les Amants d'Austerlitz, 2018
Les Larmes du Marchidial, 2019, 2021
Un été d'espérances, 2020, 2022
La Prophétie des marguerites, 2021

Autre éditeur

Comme un souffle de vengeance, Éditions Revoir, 2020

Alain Léonard

UN ANGE DANS LA TOURMENTE

Roman

TERRES D'ÉCRITURE

de Borée

45, rue du Clos-Four – 63056 Clermont-Ferrand Cedex 2

Note de l'auteur

J'ai eu l'honneur, durant deux décennies, en métropole comme en missions extérieures, de servir au sein du Service de santé des armées. Celui-ci est l'héritier des personnels de santé qui au front comme à l'arrière, au cours des différents conflits, ont œuvré avec dévouement à la sauvegarde des hommes.

Lors du premier conflit mondial, le Service de santé militaire français a mobilisé à lui seul 162 690 hommes et femmes, dont 21 181 médecins, 2 320 pharmaciens, 2 500 dentistes, 120 350 infirmiers, 10 100 infirmières militaires et 5 239 officiers d'administration. Auxquels il faut rajouter des milliers de brancardiers et personnels religieux. Un grand nombre d'entre eux ne sont jamais revenus des champs de bataille.

Quinze millions de blessés (dont certains jusqu'à quatre fois), malades et gazés, ont été évacués, hospitalisés et soignés dans les 5 000 formations sanitaires préexistantes ou créées pour le temps du conflit. On estime également à 62 500, bien que ce chiffre soit depuis très largement sous-estimé, le nombre de soldats soignés pour des troubles psychologiques. Mais combien de milliers d'autres sont restés marqués à vie ?

Je rappelle ici la devise du Service de santé des armées : « Pour la patrie et l'humanité, toujours au service des hommes. »

À travers ce roman, en évoquant l'histoire d'Aurélia et d'Édouard, personnages sortis de mon imagination, j'ai voulu rendre hommage à tous ces hommes et femmes.

Alain Léonard

1

Ce dernier dimanche du printemps était une journée ensoleillée et chaude, presque estivale. Aucun nuage pour contrarier le bleu du ciel ni un seul souffle de vent pour agiter les feuilles des arbres qui jetaient sur le chemin leur ombre protectrice. Les enfants Decourson, au pas lent de la jument Mirabelle, revenaient vers la maison familiale de Savigny-en-Véron. Armand, un chapeau de paille négligemment posé en arrière sur ses cheveux encore mouillés, laissait pendre les rênes sur le dos de l'animal qui connaissait par cœur le chemin du retour. Le jeune homme profitait de quelques jours de congé accordés par l'École des mines de Saint-Étienne, intégrée deux ans auparavant, où il préparait son diplôme d'ingénieur, qu'il devrait passer deux ans plus tard, au printemps 1916. Derrière lui, sur les bancs de bois, Aurélia et Sophie, ses deux sœurs cadettes, chantaient joyeusement en frappant du plat de la main sur leurs cuisses.

J'voudrais voir la chérie
Dont on parle toujours
Elle doit être jolie
Comme un petit amour

C'est peut-être une hirondelle
Qui vient d'Afrique ou d'ailleurs
Je voudrais être comme elle
Pour voltiger sur les fleurs

Leurs voix s'accordaient parfaitement, habituées à reprendre ensemble les airs à la mode quand Aurélia, de temps à autre, s'asseyait au piano du salon. Cette dernière, la plus âgée des deux, venait de fêter ses vingt et un ans la semaine précédente. Elle profitait de cette sortie pour inaugurer le magnifique chapeau jaune à ruban bleu ciel que son frère lui avait offert à cette occasion. Cinq années la séparaient de Sophie, la petite dernière. Armand tenait les deux filles en adoration, bien qu'Aurélia soit sa préférée. Ils se ressemblaient tellement tous les deux, avec leurs cheveux bruns, les yeux d'un même vert, semblables jusque dans leurs mimiques. De caractère également identique, ils partageaient un esprit un peu rebelle qui parfois exaspérait Louise, leur mère. La chanson était finie, et les deux filles riaient. La voix de Sophie était plus haut perchée. Elle était tout aussi jolie que sa sœur, avec la même chevelure épaisse et frisée qui lui cachait les épaules, mais d'un ton plus clair tirant légèrement sur le roux, et des yeux châtaigne comme ceux de sa mère. Elle avait hérité d'un tempérament plus docile que ses aînés. Élève appliquée dans un lycée pour jeunes filles de Chinon, dont elle raflait tous les prix d'excellence, elle ne rêvait que de contes de fées et de mariage fabuleux avec un prince charmant qui viendrait l'enlever un soir de pleine lune sur un superbe destrier blanc. Quand Aurélia et Armand couraient les champs autour du domaine pour surprendre les lièvres et dénicher les nids d'oiseaux, elle préférait se plonger des journées entières, allongée sur une balancelle installée sous un orme centenaire, dans les poèmes d'Alfred de Musset ou de Boileau qu'elle déclamait de mémoire à sa mère attendrie. Une journée magnifique, c'était bien le mot, comme il y en a en Anjou, alors qu'ailleurs se faisaient encore ressentir les frimas de l'hiver. La presqu'île de Véron, au confluent de la Vienne et de la Loire, accueillait depuis leur plus tendre enfance les pique-niques de la belle saison. Une jolie nappe brodée posée sur l'herbe rase qu'ils foulaient de leurs pieds nus, un panier rempli de bonnes choses, arrosées de jus de fruit et de thé glacé, suffisaient à leur bonheur. Ils jouaient des heures aux raquettes sous le soleil puis, dès que la chaleur était trop vive et rougissait la peau, ils allaient se tremper en riant dans l'eau fraîche et cristalline de la rivière. Les filles s'enfuyaient avec des petits cris aigus quand Armand, pour les taquiner, griffait la surface avec sa main pour les arroser.

— Tu n'es pas drôle, criaient-elles en chœur, l'eau est froide et maintenant nos cheveux vont mettre des heures à sécher. Tu es impossible !

Le trio s'installait ensuite sous les peupliers pour observer, le nez au ciel, le vol des milliers d'oiseaux qui peuplaient ce petit coin de paradis.

Mirabelle fit voleter sa crinière rousse en pénétrant dans la cour de la maison de maître. Elle savait qu'Antoine, l'homme à tout faire de la maison, allait la régaler d'une généreuse ration d'avoine.

— La journée fut-elle bonne, monsieur Armand ? demanda Antoine en trottinant au-devant de la calèche. Mirabelle a-t-elle été sage ?

— Excellente. Et notre jument est une vraie perle. Elle nous a ramenés à bon port sans même qu'on la guide.

— Ah, pour sûr que c'est une brave bête, dit-il en lui flattant l'encolure, on n'en fait plus des gentilles comme elle.

La jument, pour confirmer les dires du factotum, émit un petit hennissement en posant la tête sur son épaule.

— Notre père est-il arrivé ? demanda le jeune homme en aidant ses deux sœurs à descendre de la voiture.

Antoine désigna la bâtisse du menton.

— Il y a peu, monsieur Armand. Je dessellais juste son cheval quand je vous ai entendu passer le porche.

Les filles montèrent directement à l'étage dans leurs chambres pour se changer avant le repas. En passant devant la cuisine, une délicieuse odeur de pâte cuite et de sucre chaud leur caressa les narines.

— Yvonne a dû concocter une tarte dont elle a le secret, lança Sophie en passant la langue sur ses lèvres avec gourmandise. J'aimerais bien savoir ce qu'elle peut y mettre, pour qu'elle ait ce goût si particulier.

— Malheureusement, nous ne le saurons sûrement jamais, lui répondit sa sœur, elle nous chasse dès qu'on met un pied dans sa cuisine. Nous lui demanderons de le consigner sur son testament, pour nous le transmettre. Qu'en penses-tu ?

Sophie haussa ses délicates épaules.

— Mais que tu peux être bête, des fois ! Et dire que c'est toi la plus grande des deux !

En entrant dans le salon, Armand salua ses parents. Charles, son père, affalé dans son fauteuil près de la fenêtre, parcourait déjà son journal. Il plissait les yeux malgré les lunettes qui ne le quittaient plus.

— C'est écrit de plus en plus petit sur ces feuilles de chou, râla-t-il en approchant les pages de ses yeux.

— C'est plutôt votre vue qui baisse, mon cher Charles. Depuis le temps que je vous dis d'aller consulter le Dr Leroux à Chinon ! Bientôt, vous n'y verrez plus rien et vous serez bien avancé.

La voix de son épouse, Louise, provenait de la salle à manger, ouverte par une porte à double battant sur le salon.

Mme Decourson était la fille d'un négociant en vin, comme son époux. Originaire de la région de Tours, elle régnait sur la maison et sur ses deux domestiques, Yvonne, la cuisinière, et Lucie, la bonne. Elle avait parlé sans lever les yeux des factures et de la comptabilité de l'entreprise, tâche dont elle se chargeait pour faire l'économie d'un comptable hors de prix. Même si la famille ne connaissait pas de difficultés financières, il était inconcevable de jeter l'argent pas les fenêtres. Charles grogna.

— Mes yeux vont bien, vous ai-je déjà dit, ce sont ces maudits journaux qui deviennent illisibles. Ils les vendront bientôt avec une loupe.

— Bonsoir, mère, lança Armand en se laissant tomber sur un canapé.

— Bonsoir, mon fils, lui répondit-elle. Les filles ont-elles été sages ?

— Cette question est désormais devenue inutile, mère. Ce sont de jeunes femmes, maintenant, je n'ai plus besoin de les surveiller.

— Les filles, ça se surveille jusqu'au mariage, répondit-elle en souriant. Après, c'est à leur mari de le faire. C'est toujours ce que disait ma pauvre mère. Et Dieu sait si elle avait raison !

Armand se tourna vers son géniteur.

— Antoine m'a dit que vous étiez arrivé peu de temps avant nous. C'est plus tôt que d'habitude.

— J'en avais assez pour aujourd'hui. J'ai passé la moitié de la journée à La Chapelle-sur-Loire, pour visiter quelques vignerons. Ceux-là, si on ne va pas leur secouer régulièrement les puces, ils font n'importe quoi, et la qualité s'en ressent.

Charles s'avança sur son fauteuil en grimaçant.

— Et puis j'ai le dos en compote. Ce nouveau cheval est encore trop jeune et mal débourré. Une bête un peu trop nerveuse à mon goût, je me casse les bras à le contenir. Il va falloir qu'Antoine le calme un peu, sinon je vais le revendre à un paysan pour tirer les tombereaux de vendanges. Ce serait dommage, c'est une bête magnifique qui m'a coûté les yeux de la tête.

— Une dépense bien inutile, marmonna Louise.

Charles, au reproche de son épouse, soupira.

— De toute façon, pour vous, toutes les dépenses sont inutiles. Vous êtes bien pingre, ma chère Louise.

Elle leva les yeux vers le plafond.

— Si on exauçait tous vos petits caprices, monsieur le panier percé, on en serait depuis longtemps à couper le raisin nous-mêmes ! À condition bien sûr de distinguer les grappes, avec votre vue qui baisse. Vous seriez capable de vous trancher un doigt.

— Que cette femme est donc méchante avec moi, soupira Charles.

Armand sourit, habitué aux taquineries entre ses parents, qui quelques décennies plus tôt avaient fait un mariage d'amour. Ce qui, on le sait, n'était pas la majorité des cas chez les gens de la terre.

Changées et recoiffées, Aurélia et Sophie firent à leur tour irruption dans le salon et se jetèrent sur leur père pour l'embrasser.

— Ah ! Voilà les prunelles de mes yeux ! s'écria-t-il en écartant les bras. Mes deux petites filles chéries, mes anges.

Charles avait toujours été un père aimant, proche de ses enfants, avec qui il jouait souvent quand elles n'étaient encore que des fillettes. Il les emmenait quelquefois avec lui sur la charrette pendant ses tournées, quand le temps était au beau. Les filles adoraient ces petites escapades. Il les laissait courir dans les vignes, à l'époque des vendanges, et se gaver de grappes sucrées qu'elles chipaient dans les hottes. Louise, à chaque fois, était catastrophée à la vision de leurs robes tachées de jus et piquait une colère dont son époux faisait les frais. Alors Charles les grondait à son tour, leur promettant de ne plus les emmener si elles ne faisaient pas plus attention à leurs vêtements. Il les envoyait se changer d'une voix sévère, en leur adressant un clin d'œil discret.

— Ce n'est rien, madame, intervenait Yvonne. Avec un peu de gros sel, Lucie aura tôt fait de faire disparaître ces vilaines taches.

Louise levait les bras au ciel.

— Yvonne ! Quand cesserez-vous donc enfin de tout leur passer, à ces petites souillons !

La pendule du salon, incrustée dans une statuette en bronze qui décorait le marbre de la cheminée, sonna les 7 heures, horaire immuable auquel la famille se retrouvait autour de la table. Louise tenait à ce que les repas ne commencent pas sans une petite prière. Charles, agacé, plus adepte de la libre-pensée que de la calotte, se pliait toutefois à ce rite pour faire plaisir à son épouse, élevée dans la religion.

— *Amen*, dit-elle après s'être signée.

— *Amen*, répéta à son tour le reste de la tablée en dépliant sa serviette.

Charles attrapa une bouteille de vin.

— Puisque tu es là, mon fils, je vais avoir besoin de ton avis. J'ai rencontré un jeune producteur, du côté d'Avoine, qui a repris le vignoble du père Janson. Il m'a présenté sa première cuvée et j'aimerais que tu me dises ce que tu en penses.

Il fit sauter le bouchon et remplit les verres.

— Goûte et donne-moi ton avis. Il me faut une confirmation.

Le silence se fit autour de la table et tous les regards convergèrent vers Armand. Il leva son verre dans la lumière pour en admirer la robe. Il huma longuement le breuvage et but délicatement une gorgée qu'il fit tourner dans sa bouche, passant et repassant le liquide sur sa langue avec une mimique qui fit pouffer les filles. Puis il ouvrit délicatement les lèvres, avalant un peu d'air pour dégager les arômes. Il finit par avaler le vin et s'essuya la bouche.

— Alors ? demanda le père, se penchant vers lui les paupières plissées. Qu'en penses-tu ?

Armand réfléchit une seconde.

— Il est fruité, une bonne tenue en bouche. On sent un arrière-goût de fruit rouge, me semble-t-il. De framboise, ou de mûre, peut-être.

Il ferma les yeux, en proie à une intense réflexion.

— Un peu jeune, cela dit, mais avec plus de maturité je pense qu'il devrait faire un vin acceptable pour une bonne table.

Sophie et Aurélia se tournèrent vers leur père, dans l'attente de sa réaction. Celui-ci hocha la tête, d'un air pensif. Il glissa son regard vers les filles et éclata de rire.

— J'ai ma confirmation, mon fils. Celle que tu as bien fait de te tourner vers une carrière d'ingénieur plutôt que vers celle des métiers du vin ! C'est une véritable piquette, ce tord-boyaux. Voilà un vigneron qui ne connaît pas son métier. Je vais l'envoyer chez un concurrent. Hector Legras en fera bien son affaire, il connaît le vin comme moi je suis archevêque. Il réussira bien à le fourguer aux cafés d'ouvriers.

La comparaison fit grimacer Louise. Les filles rirent à leur tour, imitées par Armand.

— Que voulez-vous, père, se désola ce dernier, il faut croire que la sensibilité du palais doive malheureusement sauter une génération !

Aurélia se saisit prestement du verre de son frère et y prit une gorgée. Sa mère écarquilla les yeux.

— C'est que tu bois du vin, toi, maintenant ? Quelle est donc cette nouvelle lubie ?

— N'y voyez rien de mal, mère, c'est le sang du Christ, après tout !

— *Amen !* s'écria Charles en se mettant à rire de nouveau, imité par ses enfants.

— Je n'en attendais pas moins de vous, Charles, lui lança son épouse, les lèvres pincées. Vous lui passez décidément tout, à votre fille ! Ah ! Elle vous ressemble bien, celle-ci ! Votre insolence toute crachée. Décidément, je suis la mère d'une famille de mécréants.

Le repas continua joyeusement. Yvonne s'était surpassée une fois de plus, ravie de cuisiner de bons petits plats pour la famille. Et surtout pour les enfants qu'elle avait vu naître et grandir. Yvonne, placée par les religieuses à sa sortie de l'orphelinat, exerçait déjà ses talents chez les parents de Charles. À leur mort, ce dernier n'avait pas eu le cœur de la renvoyer et la garda à son service.

— Cette Yvonne est une perle, répétait Charles à chaque fois qu'il se régalait.

— Et économe en plus, renchérissait Louise, ce qui est la plus grande des qualités.

Armand, qui resterait encore plusieurs semaines dans la maison familiale avant de partir pour reprendre ses cours à Saint-Étienne en septembre, établissait avec ses sœurs, entre deux bouchées de vol-au-vent, le calendrier des sorties. Il avait prévu de les emmener à Chinon, un jeudi soir, au cinéma Pathé Frères, voir un film muet. Sophie tapait des mains, déjà impatiente. Puis, dans le courant du mois d'août, si leur mère était d'accord, ils iraient passer quelques jours à Tours chez un de ses amis d'école dont les parents, des industriels, avaient une grande propriété dans laquelle ils passaient une partie de l'été. Sophie fit promettre à son frère de lui faire visiter la cathédrale qui, disait-on, était l'une des plus belles du pays.

— N'oublie pas, Aurélia, que nous devons inviter les Comtat dans l'été. Nous leur avons promis, intervint sa mère.

Aurélia se renfrogna.

— Est-ce vraiment indispensable, mère ? Je suis certaine que cela peut attendre encore un peu.

— Allons, ma fille, ne fais pas ta sauvageonne. Leur fils Henri est quelqu'un de très bien, et d'une excellente famille. Ce serait un parti idéal pour toi. Tu as vingt et un ans, il est temps de penser à ton avenir. Sa mère, que j'ai rencontrée il y a peu à Chinon lors d'une collecte de la paroisse, verrait d'un bon œil l'union de nos deux familles.

— Vous avez donc déjà pensé à tout, à ce que je vois, soupira Aurélia que cette perspective n'enchantait pas outre mesure.

— Henri t'apprécie également, il l'a dit à sa mère. L'an dernier, m'a-t-elle confié, lors de la vente de charité de l'évêché, il ne t'a pas quittée des yeux. Tu lui as fait forte impression. Même Monseigneur, qui a apprécié que tu te sois portée volontaire pour tenir un stand, s'est étonné que tu n'aies pas encore de fiancé.

Aurélia se rappela vaguement cette journée et le fils Comtat qui glissait vers elle quelques regards insistants alors qu'il dégustait sa limonade, tout en feignant de s'intéresser à la conversation de sa mère. Armand sourit, amusé, sachant sa sœur peu encline à se caser. Encore moins à accepter un mariage arrangé entre deux familles aisées. Le père d'Henri, Émile Comtat, un banquier ayant pignon sur rue à Chinon, gérait les fortunes locales, dont celle de son père. Louise, en comptable avisée, escomptait bien avoir un banquier dans la famille pour faciliter l'obtention de prêts à taux intéressants et faire fructifier l'entreprise familiale.

— Et puis, reprit Louise, quand il prendra la suite de son père à la banque, tu seras à l'abri du besoin. Cet Henri sera un gendre des plus acceptables.

— Tu en as de la chance, Aurélia, intervint Sophie. J'aimerais moi aussi faire un beau mariage.

Aurélia fusilla sa petite sœur du regard.

— Tu vois, renchérit la mère, bien que plus jeune, ta sœur Sophie est plus raisonnable que toi. Tu devrais parfois prendre exemple sur elle.

Aurélia haussa les épaules.

— Alors qu'Henri attende encore un peu et qu'il fasse la cour à Sophie.

— Ne fais pas ton idiote, ma fille, ta sœur est bien trop jeune pour penser à ça, tu le sais bien.

— Bien trop jeune, oui, intervint Charles en enfournant une bouchée.

— Un beau-frère banquier, renchérit Armand pour taquiner sa sœur, voilà qui sera fort utile quand j'aurai à emprunter pour ouvrir mon cabinet d'ingénieur !

Il coula un regard vers elle.

— Il faut savoir se sacrifier pour le bien de la famille, petite sœur, continua-t-il. Tu devrais écouter les conseils avisés de notre mère.

Armand reçut sous la table un coup de pied qui le fit sursauter. Un champignon de Paris tout recouvert de crème glissa de sa fourchette pour rouler sur sa veste de costume.

— Voilà qui est malin ! bougonna-t-il. Me voici avec une belle tache maintenant.

— Alors dépêche-toi donc de te marier aussi, monsieur mon frère, avec une gentille épouse qui se fera un devoir de nettoyer tes vêtements !

— Cessez donc de vous chamailler, tous les deux, gronda Charles. Ma journée a été assez fatigante comme cela, j'aimerais manger en paix. Et toi, Aurélia, arrête de contrarier ta mère à tout bout de champ, elle ne pense qu'à ton bonheur.

Armand adressa une grimace à sa sœur.

Sophie ne parlait plus que du film *L'Enfant de Paris*, qu'ils avaient vu la veille au cinéma. Elle avait beaucoup pleuré en découvrant le destin de la petite Marie-Laure, amoureuse d'un voyou. Le mouchoir prêté par Armand en fut tout mouillé.

— J'aimerais être actrice, répétait-elle, ce doit être un métier merveilleux. Et qui sait, je pourrais peut-être aller en Amérique ? Faire une grande carrière, pourquoi pas, comme cette Jeanne Marie-Laurent ?

Louise haussa les épaules en roulant les yeux devant cette nouvelle lubie de sa fille cadette, qui, elle le savait, ne durerait qu'un temps, avant d'être remplacée par une autre, tout aussi originale.

— En voilà bien une idée farfelue ! intervint Charles. Le cinéma n'est pas un métier pour les filles convenables. C'est tout au plus une mode qui ne va pas durer !

Sophie, rabrouée par son père, baissa la tête sur son assiette et bouda.

Mme Decourson mère avait finalement lancé les invitations. Lucie, la femme de ménage, sous le regard attentif de sa patronne, passait depuis la veille des heures à briquer la maison, époussetant tapis et rideaux, chassant impitoyablement le moindre grain de poussière ou le mouton rebelle qui se cachait sournoisement sous un meuble. Le jour dit, la maîtresse de maison avait passé sa plus belle robe, apportant un soin particulier à sa coiffure grisonnante. Elle veillait également à ce que ses filles, et surtout Aurélia, soient à leur avantage. Armand, que cette journée ennuyait par avance, avait prévu de fuir la maison sous le prétexte d'aller visiter des amis de son âge près de Chinon.

— Je t'aurais bien volontiers accompagné, lui avait glissé Aurélia qui s'échinait à discipliner ses cheveux récalcitrants en un chignon volumineux décidé à lui résister.

— Que non ! Cette journée est la tienne. Je ne voudrais pas interférer dans ta rencontre romantique avec ton futur époux. J'aurai bien l'occasion plus tard de rencontrer mon futur beau-frère.

— Idiot ! Idiot et lâche, qui laisse tomber sa petite sœur dans les pires moments ! dit-elle sans desserrer ses dents qui maintenaient une dizaine d'épingles à cheveux.

Armand se leva, gagna le milieu de la pièce et prit une pose théâtrale. Son air devint grave et sa voix chevrotante pour décliner quelques vers de Verlaine.

Tu fus une grande amoureuse
À ta façon, la seule bonne
Puisqu'elle est tienne et que personne
Plus que toi ne fut malheureuse,
Après la crise de bonheur
Que tu portas avec honneur.

Il quitta prestement la chambre en riant pour éviter le coup de brosse qu'elle lui destinait.

L'automobile des Comtat, une rutilante Delahaye que le banquier conduisait lui-même, stoppa devant le perron. La famille Decourson, qui guettait depuis un moment leur arrivée derrière la fenêtre, sortit les accueillir.

— Vous voilà enfin ! s'exclama Louise. J'espère que le voyage n'a pas été trop long ?

— À peine quelques kilomètres, répondit le banquier, une petite affaire avec ce bolide.

Il promena des yeux amoureux sur les formes élégantes et tout en rondeur de la carrosserie qu'il caressa avec sa main.

— Un bien bel engin, en effet, renchérit Charles. Mais je ne suis pas un adepte de la mécanique et de tout ce qui fait du bruit et de la fumée. Je préfère de loin ma carriole, mes chevaux et leur odeur de crottin, qui s'accorde mieux avec mes narines.

— Que voulez-vous, cher ami, il faut bien vivre avec son temps. L'automobile est l'avenir, voyez-vous. Je suis certain que bientôt des fortunes vont se construire sur cette nouvelle industrie, et je serai au rendez-vous pour en saisir l'opportunité, je peux vous l'assurer.

Aidée de son fils qui lui proposait son bras, Adeline Comtat descendit de la voiture en rajustant sa toilette. D'un geste souple, elle remonta la voilette qui la protégeait des poussières de la route et autres insectes volants.

— Que cet engin est bruyant et inconfortable ! dit-elle en s'approchant du perron, toujours au bras de son fils.

Les deux femmes s'embrassèrent sur la joue, puis le père Comtat inclina le buste pour poser un baisemain sur les doigts de la maîtresse de maison.

— Vous vous rappelez sans doute Henri ? dit-il en désignant son fils.

— Évidemment. Un jeune homme tout à fait charmant.

Henri jeta un rapide regard aux deux filles restées en arrière et s'inclina à son tour.

— Je vois bien, madame, d'où viennent la beauté et l'élégance de vos deux charmantes filles.

Louise gloussa de plaisir au compliment.

— Mais que votre petite dernière a grandi ! s'exclama Mme Comtat. Je l'aurais à peine reconnue. Elle est devenue une magnifique jeune fille. Et elle ressemble tellement à sa sœur.

Sophie et Aurélia, en souriant, esquissèrent une petite révérence.

— Mais entrez donc, mes amis, nous serons bien mieux au salon pour papoter et nous rafraîchir un peu. Cette chaleur, dehors, est infernale.

— Un beau mois de juillet, en effet, intervint Émile Comtat. Mon cher ami, dit-il en tapotant le bras de Charles, cela augure de belles vendanges. J'ai eu l'occasion de voir en passant que les ceps étaient bien fournis. Les affaires seront florissantes pour votre entreprise.

— Et pour la vôtre aussi, en conséquence, plaisanta Charles.

Henri lissait sa fine moustache blonde en admirant discrètement les courbes agréables d'Aurélia que marquaient les plis de sa robe de cotonnade bleu ciel, agrémentées par Lucie, couturière à ses heures, de rubans d'un ton plus soutenu. La jeune femme fit mine de ne pas avoir surpris ses œillades. La domestique servit les jus de fruit aux invités qui avaient pris place sur les canapés.

— Je bois à cette belle journée alors ! s'exclama Charles en levant son verre.

— Il fait si chaud que je boirais la Loire tout entière, plaisanta Mme Comtat qui avait déjà lampé la moitié de son verre.

Louise se tourna vers sa fille aînée.

— Peut-être, Aurélia, pourrais-tu faire découvrir le parc à Henri ? Il est si agréable quand tous les massifs sont en fleurs. Et puis vous serez sûrement plus à l'aise entre jeunes gens qu'à écouter nos bavardages.

Louise n'avait pas eu la patience d'attendre pour proposer cette promenade. Le repas pourrait attendre un peu.

— C'est une excellente idée, madame, j'en serais tout à fait ravi, répondit Henri en se levant.

Les deux jeunes gens déambulaient à pas lents dans le parc qui entourait la maison. Aurélia restait silencieuse, s'arrêtant pour admirer une rose, cueillant au passage un glaïeul jaune qu'elle fit tourner entre ses doigts. Henri rompit le premier le silence.

— C'est une délicate attention de madame votre mère de nous avoir invités. Cette propriété est tout à fait charmante.

— Ravissante, en effet. J'y ai passé une enfance merveilleuse.

Aurélia, bien que ce ne soit pas à une jeune fille bien élevée d'entamer cette conversation au risque de passer pour une impolie, se décida à entrer dans le vif du sujet.

— Vous avez sûrement deviné que ma mère ne vous a pas convié simplement pour admirer le jardin, elle nourrit d'autres projets.

Henri esquissa un sourire.

— Tiens donc ! Les mêmes que ceux de ma mère, j'imagine. Et nous en serions l'objet, d'après ce que j'ai compris.

Il fit quelques pas silencieux avant de continuer.

— Vous êtes une jeune femme admirable, Aurélia, et je ne mentirais pas en vous disant que je serais fier de vous avoir à mon bras. J'ai eu la chance de vous apercevoir à plusieurs reprises, et votre charme, si je peux me permettre, ne m'a pas laissé indifférent.

— C'est ce que j'ai entendu dire, en effet.

Henri parut un instant décontenancé par la réponse.

— Vous m'avez l'air de quelqu'un de franc et de direct, mademoiselle Aurélia, et cela n'est pas pour me déplaire. Je le serai donc aussi, si vous m'en donnez la permission.

Henri se racla la gorge.

— Si vous consentiez à m'épouser, continua-t-il, la fortune de mes parents nous mettrait à l'abri du besoin, avant que je puisse reprendre à mon compte la suite des affaires de la banque.

— Et que faites-vous des sentiments, monsieur Henri ? Ceux-ci ne se mesurent pas à l'aune d'une fortune ou d'un rang social. C'est quelque chose de plus fort, de plus abstrait, je dirais. L'amour n'est pas une chose que l'on peut comptabiliser. Et encore moins acheter. Il se doit d'être partagé.

— Seriez-vous une adepte de ces idées féministes à la mode ?

— Je ne pense pas, non, mais je tiens absolument à faire mes propres choix.

Henri était déstabilisé, presque vexé. Combien de jeunes femmes seraient prêtes à se jeter dans ses bras pour faire un beau mariage ? Cette jeune fille, songea Henri, probablement contaminée par les écrits de Marguerite Durand, malgré qu'elle s'en défende, était bien singulière. Pour ne pas dire présomptueuse, de ne pas accepter une telle offre. Il se renfrogna et resta silencieux un moment alors qu'ils contournaient une petite mare où s'égayaient des canards. Il décida de repartir à l'attaque.

— Il faut croire que les sentiments viennent avec le temps. Regardez nos parents respectifs, l'amour fou n'a peut-être pas présidé à leur rencontre. Mais ne sont-ils pas heureux maintenant ? Je saurai vous apporter le bonheur que vous méritez, Aurélia, même si cela doit prendre du temps. La patience est l'une de mes vertus.

Il fit quelques pas de plus.

— Ou peut-être quelqu'un d'autre occupe-t-il vos pensées et vous empêche de vous lier ailleurs ?

La jeune fille soupira.

— Personne, monsieur. C'est tout simplement que je tiens à garder ma liberté. Je sais, venant d'une femme, que cela peut paraître incongru, hors des usages et des conventions, mais je souhaite rester maîtresse de ma vie et de ce que j'en fais.

— Me voilà donc définitivement éconduit ! s'exclama-t-il. Je me sens extrêmement gêné de cette situation, je vous l'avoue.

Aurélia posa une main sur le bras d'Henri.

— Ne le soyez pas, monsieur, je suis très flattée de votre proposition. Vous êtes un homme tout à fait charmant et agréable, vous ferez un époux parfait pour celle qui aura la chance de devenir votre femme. Mais croyez-moi, je ne suis pas assez docile pour cela. Je vous apprécie, Henri, et je ne veux pas vous mentir sur mes sentiments ni vous attirer des déconvenues dont vous me tiendrez certainement rigueur un jour.

Henri soupira.

— Soit ! Votre sincérité me touche. Alors, puisque tel est votre choix, j'espère qu'entre nous pourra naître une belle amitié, ce sera toujours ça, dit-il en lui prenant le bras.

Aurélia lui sourit.

— Je serais ravie de vous compter comme ami.

Ils continuèrent leur promenade un moment parmi les chênes centenaires et les mûriers sauvages, pour suivre le sentier qui longeait le mur d'enceinte et revenait jusqu'à la maison.

— Je crois que le plus dur reste à faire, sourit Henri en poussant la porte de la maison.

— Ah ! Vous voilà ! s'écria Louise. Nous n'attendions que votre retour pour passer à table. Le rôti d'agneau promet d'être succulent.

Le repas débuta joyeusement. Mme Comtat observait son fils à la dérobée, tentant de deviner sur son visage le résultat de son entrevue avec la fille aînée des Decourson. Charles avait sorti les meilleures bouteilles de son chai, qu'il faisait déguster au banquier.

— Alors, jeunes gens, demanda Mme Comtat à Aurélia et son fils, cette promenade a-t-elle été agréable ?

— Très, répondit Henri, le parc est tout à fait remarquable. C'est une chance de pouvoir habiter un si joli coin de campagne.

Aurélia se concentra sur son assiette pour éviter les regards insistants de la mère d'Henri, laissant le jeune homme se débrouiller seul.

— Peut-être avez-vous prévu de vous revoir pour faire plus ample connaissance ? demanda Louise qui dévisageait sa fille d'un air inquisiteur.

— Nous n'avons rien convenu, répondit Aurélia. D'autres projets occupent actuellement mes pensées.

Le silence se fit autour de la table, tous les yeux fixés sur la jeune femme.

— Et j'ai peut-être dans l'idée, continua-t-elle, de reprendre des études. J'y pense depuis quelque temps. Il y a cette femme dont on parle dans les journaux, une certaine Jeanne Chauvin. Grâce à sa détermination et au courage dont elle a fait preuve, les femmes ont désormais accès au métier d'avocat. J'avoue que je suis tentée de suivre ses pas et d'embrasser cette carrière.

Louise, derrière son assiette, se décomposait en écoutant sa fille.

— Mais quelle est donc cette nouvelle histoire ? Avocate ! En voilà une idée bizarre ! Tu ferais mieux de penser à faire un beau mariage, ce serait plus sensé.

Mme Comtat ne parlait pas. Ses yeux ronds de surprise passaient de son fils à Aurélia, une rondelle de citron suspendue au-dessus des huîtres que la domestique avait servies en entrée.

— Je ne pense pas encore au mariage, mère, reprit Aurélia. Les femmes ont un autre rôle à jouer dans cette société que de faire des enfants et de se soumettre à la coupe d'un époux.

Louise avait pâli.

— Tu n'y penses pas, ma fille.

— Mais bien sûr que si, mère, j'attendais seulement le bon moment pour vous en parler.

— Il est bien choisi, en effet, intervint sèchement Mme Comtat qui fit un effort pour avaler la chair molle du fruit de mer sans s'étrangler.

Le père Comtat s'absorbait dans la contemplation des broderies qui ornaient les serviettes de table.

Henri jeta un regard furtif à Aurélia. Un léger sourire se dessina à la commissure de ses lèvres. Cette situation semblait l'amuser. Louise, dont le visage était passé de blanc à écarlate, ouvrit la bouche pour parler quand Charles, se penchant vers le banquier, la coupa d'une voix forte en s'adressant à son invité :

— Alors, mon ami, que dites-vous de ces nouvelles dans les Balkans ? L'assassinat de cet archiduc d'Autriche n'inaugure rien de bon, je le crains. Qu'en pensez-vous ?

— Euh ! Rien de bon non plus, balbutia Comtat, surpris par la tournure de la conversation. Je crains que nous ne soyons forcés à intervenir dans une guerre que nous ne voulons pas. Et il n'y a rien de plus mauvais pour les affaires.

— La guerre ? Allons bon, mon cher Comtat, je n'y crois pas. Les nations ne sont pas prêtes pour se lancer dans une telle entreprise qui aurait trop de conséquences fâcheuses. Après quelques gesticulations diplomatiques, les choses vont rentrer tranquillement dans l'ordre. Et Sarajevo est loin de chez nous. Nous aurons sans doute à faire face à quelques désordres, je vous le concède, mais tout cela ne dépassera pas les frontières de la Serbie.

Louise lança un regard noir à son époux, furieuse qu'il ne morigène pas sa fille pour son manque d'éducation. La mère d'Henri se vengea sur son morceau d'agneau qu'elle déchiqueta avec son couteau. Aurélia croisa le regard de son père. Avec un léger clignement des paupières, elle le remercia d'être intervenu pour mettre un terme à une conversation qui promettait de devenir désagréable. L'ambiance, pour le reste du repas, se rafraîchit, malgré les efforts de Louise pour tenter de faire bonne figure devant ses invités.

Les Comtat, après le café et les liqueurs, prirent congé sans s'attarder. Dès que la Delahaye eut dépassé le portail d'entrée, Louise se retourna vivement vers sa fille.

— Mais qu'est-ce qui t'a pris ? Es-tu soudainement devenue folle ? À cause de toi, j'ai failli mourir de honte devant ces gens ! Ah ! Nous ne sommes pas près de les revoir, ceux-là !

Entre toi qui veux devenir avocate et ta sœur qui ne rêve que de cinéma, vous allez me rendre folle !

— En ce qui me concerne, cela ne me gêne pas de ne plus les rencontrer, osa Aurélia. Ils me regardaient comme des éleveurs de chevaux qui jugent une jument avant de l'emmener dans l'enclos de l'étalon.

Louise referma d'un mouvement rageur la porte d'entrée.

— Je trouve tes propos extrêmement déplacés. Tu as bien le caractère de ton père, tiens ! hurla sa mère. Oh ! Je suis bien entourée, vous me ferez mourir tous les deux ! Je ne veux plus discuter avec toi !

Louise reflua dans la maison en faisant claquer nerveusement ses talons sur le sol. Lucie, qui passait par là avec des assiettes vides plein les bras, prit une volée de bois vert totalement injustifiée et s'enfuit vers la cuisine, les larmes aux yeux. Sophie, qui ne tenait pas à traîner dans le coin, grimpa dans sa chambre pour laisser passer l'orage. Charles s'était enfermé dans son bureau. Il connaissait son épouse. En colère, elle se transformait en une véritable furie qui avait besoin de passer ses nerfs sur la première personne qu'elle croisait. Il préféra pour l'heure que ce ne fût pas lui.

— Une avocate ! criait Louise toute seule. A-t-on déjà entendu quelque chose de plus ridicule ?

Armand rentra un peu plus tard dans la soirée et eut droit, de la part de sa mère, qui ruminait encore sa colère, à un bonsoir glacial. Il n'insista pas, soupçonnant que le repas avec les Comtat n'avait pas pris la tournure escomptée. À peine débarrassé de ses bottes de cavalier, il grimpa jusqu'à la porte de sa sœur, à laquelle il toqua. Aurélia était allongée, un livre à la main. Il s'affala dans le fauteuil qui faisait face au lit.

— Aurais-je manqué quelque chose ?

— Oui, un repas charmant. Notre mère ne t'a encore rien dit ? C'est étonnant.

— Pas encore, non. Mais j'ai vu sur sa tête quelque chose qui ressemblait fort à de la contrariété.

— C'est le mot, en effet.

D'un geste, il l'invita à continuer.

— J'ai refusé la proposition de mariage d'Henri Comtat, comme tu dois t'en douter. Bien que déçu, il a accepté ma position. C'est un homme compréhensif et je ne pense pas qu'il m'en tienne rigueur, d'après ce qu'il m'a montré lors de notre promenade. Mais avec notre mère et Mme Comtat, même si celle-ci n'a presque rien dit au cours du repas par politesse, ça n'a pas été la même chose.

— Et quelle excuse as-tu avancée ?

— Le souhait de reprendre mes études pour devenir avocate. Et donc que le mariage n'était aucunement ma priorité. J'ai argué préférer penser à mon avenir, pour le moment.

Armand éclata de rire.

— Alors là, effectivement, je regrette de ne pas avoir assisté à ce repas. Cela a dû être quelque chose de terrible !

— C'est vrai que l'ambiance s'est quelque peu refroidie. Tu aurais vu la tête des Comtat ! C'était d'un pur comique. Te connaissant, tu aurais certainement apprécié. J'ai bien cru que la mère d'Henri allait nous faire une apoplexie et tomber la tête dans ses huîtres.

— En tout cas, bravo pour le coup de l'avocate. C'était bien trouvé.

Aurélia posa son livre et croisa les bras.

— Ne crois pas que ce soit simplement une excuse. J'y pense depuis quelque temps. Ce doit être un métier fascinant. Et surtout le moyen de rester indépendante et de ne pas dépendre d'un mari qui compte les sous que je dépense.

Armand se mit à lisser doucement sa moustache, un tic qui trahissait sa réflexion.

— Oui, pourquoi pas, cela pourrait être une idée. Ça ne m'étonne pas de toi, de vouloir défendre la veuve et l'orphelin. C'est dans ton caractère. Et qu'en a dit notre père ?

— Il est intervenu au cours du repas pour calmer les choses avec mère. Nous n'en avons pas reparlé depuis.

— Je le connais, il te soutiendra. Tu as toujours été sa préférée et il te passe tout depuis que tu es petite.

Aurélia haussa les épaules.

— Il ne m'aime pas plus que vous deux, ça, c'est toi qui le dis.

— Mais bien sûr que si, tu le sais bien. Et c'est normal, petite sœur, tu es la plus intelligente de nous trois.

Armand se leva de son fauteuil et s'avança pour la biser sur le front.

— En tout cas, je te soutiendrai dans ton projet, si cela en est réellement un. Tu peux compter sur moi, comme d'habitude. Mais si un jour j'avais besoin d'être défendu, on ne sait jamais, j'espère que tu ne seras pas trop exigeante sur tes honoraires.

— Je n'aurais pas le cœur à faire payer mon frère adoré, sourit-elle.

Charles, effectivement, n'aborda pas le sujet au cours des jours suivants. Son épouse continuait à faire la tête et ne s'adressait à sa fille aînée que pour le strict nécessaire. Aurélia ne faisait plus que de brèves apparitions, préférant de longues promenades dans le jardin à l'ambiance glaciale qui régnait dans le salon. Elle s'était finalement décidée à envoyer des courriers aux écoles du barreau, dont Paris, Lyon et Bordeaux, pour présenter sa candidature. Chaque jour, elle espérait fébrilement que le facteur apporte une réponse.

Charles, chaque matin, étudiait avec attention le journal. Les nouvelles étaient alarmantes. L'assassinat, en juin, du duc d'Autriche et de son épouse, à Sarajevo, par un certain Gavrilo Princip, un nationaliste serbe, avait mis le feu aux poudres dans les Balkans et mettait en émoi les gouvernements et leurs représentations diplomatiques. Deux jours plus tôt, le 25 juillet, après des négociations infructueuses et des ultimatums restés lettre morte, la Serbie déclarait mobiliser ses troupes, et l'Autriche-Hongrie, en réponse, l'imitait. La Russie également rappelait ses soldats.

— Gesticulations politiques, continuait-il à croire. Ils vont faire avancer les troupes jusqu'aux frontières, pour les aérer un peu, et chacun rentrera dans ses casernes. Les gouvernements ne vont pas prendre le risque d'une guerre, on a vu ce que ça a fait en 1870. Viviani est un socialiste pacifique, il ne se laissera pas prendre à ce jeu-là. Comme d'habitude, les journalistes mettent de l'huile sur le feu pour faire vendre leur papier.

Armand ne contredisait pas son père mais restait soucieux. Si un ordre de mobilisation était ordonné en France, il devrait rejoindre Angers et le 6e régiment de génie, où il avait servi pendant les deux années de son service militaire. Ce scénario, qui perturberait ses études, ne l'enchantait guère.

Aurélia, en entrant dans sa chambre, le surprit à consulter son livret militaire, qu'il referma vivement à son arrivée.

— Je vois à ta mine que tu crois que notre père se fait des illusions. Je te sens moins confiant que lui.

Il soupira en rangeant le document dans le tiroir de sa commode.

— En effet, oui. On parle beaucoup en ville, et on s'inquiète. À juste titre, je pense. Les nations sont allées trop loin pour reculer. L'Allemagne va forcément entrer dans la danse et, avec le jeu des alliances, la France va devoir participer malgré elle à cette malheureuse aventure.

Aurélia s'assit sur le lit, près de lui. Elle baissa la tête, triturant un motif brodé sur le couvre-lit.

— Célibataire, sans enfant, tu n'y couperas pas.

Armand força un sourire sur son visage.

— Je serai obligé de faire mon devoir, comme les autres. Mais la guerre ne durera pas. Tout le monde dit que, si elle éclate, elle sera courte, et que nous serons tous rentrés à la maison pour Noël. Je me force à y croire.

Il passa son bras autour des épaules de sa sœur.

— Et puis, reprit-il, sur un ton enjoué, j'ai promis d'être là le jour de ta soutenance, quand tu porteras pour la première fois ta robe noire d'avocat et que tu éblouiras ces vieux barbons de magistrats misogynes. Je ne manquerais cela pour rien au monde.

— Alors, si cela doit malgré tout se produire, je t'attendrai pour recevoir mon diplôme, et nous fêterons ça dignement.

Aurélia prit son frère dans ses bras et le serra affectueusement contre elle.

— Allons, ne gâchons pas cette belle journée, décréta le jeune homme. File te changer, préviens Sophie et je vous emmène vous baigner sur la presqu'île. Je dis à Antoine d'atteler Mirabelle.

Sophie, insouciante des événements qui se tramaient, batifolait dans les marguerites et les coquelicots, courant derrière les papillons jaune d'or et les libellules aux ailes bleutées. Elle arrêtait sa course quand passaient des bateaux de promeneurs, pour leur adresser de grands signes de la main auxquels les marins amateurs répondaient en levant leurs chapeaux. Armand, torse nu, allongé aux côtés de sa sœur, les bretelles de son pantalon tire-bouchonnées le long de ses jambes et sa chemise pliée sous sa tête en guise d'oreiller, suçotait un brin de fenouil sauvage. Il chassa de la main une minuscule fourmi qui lui démangeait la joue.

— Tu nous écriras souvent si tu pars ? demanda Aurélia.

Armand tourna le visage vers elle.

— Nous nous sommes promis de ne pas en parler cet après-midi, pour ne pas gâter ce moment.

— Oui, je le sais, excuse-moi, mais je ne peux pas m'empêcher d'y penser, je suis quand même inquiète, à juste titre.

— Je ne te promets pas une lettre tous les jours, tu sais que l'écriture n'est pas mon fort, mais au moins le plus souvent possible. Les militaires sont bien occupés, et je ne suis pas certain que le courrier fonctionne aussi bien que dans le civil.

— Notre mère sera inquiète aussi.

— Alors, si jamais je dois partir, occupez-vous bien d'elle avec Sophie. Elle aura besoin de vous deux pour la soutenir. Mettez vos différends de côté, au moins jusqu'à mon retour.

Le soleil déclinait sur les forêts qui bordaient l'autre berge de la Vienne. Des nuages gris venus de l'Atlantique occultaient par moments le soleil tandis que se levait une petite brise qui jouait dans les feuilles. Armand s'assit pour scruter le ciel.

— Il est temps de rentrer, maintenant. J'ai peur que le temps ne change.

Mirabelle avait levé son museau en hennissant, délaissant l'herbe verte dont elle se gavait, fouettant l'air de sa crinière en tapant du sabot.

— Elle aussi a senti l'orage, ajouta Aurélia en rassemblant ses affaires. Dépêchons-nous.

La jument, sans même qu'on le lui commande, s'était mise au trot. Ils arrivèrent devant la maison au moment où les premières grosses gouttes éclataient sur le sol. Antoine sortit prestement de la remise pour mettre Mirabelle à l'abri.

— Les enfants, je vous ai préparé du chocolat chaud et une brioche, lança Yvonne de sa cuisine en les entendant entrer dans le hall. Venez donc vous mettre à table.

L'orage éclata subitement, dans toute sa violence. C'était comme si la nuit venait de tomber. Les nuages noirs et bas, filant à toute allure, lâchaient des trombes d'eau qui occultaient le paysage derrière un voile opaque, hachant méthodiquement les rosiers, fouettant les carreaux dans un roulement continu. Les rafales de vent pliaient les arbres du parc qui abandonnaient leurs feuilles dans la tempête. Lucie, accroupie contre le mur près du fourneau, tremblait de tous ses membres en tordant son tablier entre ses doigts.

— L'orage m'a toujours fait une peur bleue, s'excusa-t-elle, depuis que je suis toute petite.

Pour la rassurer, Yvonne lui servit également une tasse de chocolat.

Le déluge avait cessé dans la nuit, aussi vite qu'il était arrivé, et un soleil radieux se levait dans un ciel clair et apaisé.

— Quel malheur ! se lamentait Antoine qui, avec sa patronne et les enfants, constatait les dégâts. Il n'y a plus une rose intacte, elles étaient si belles cette année. On dirait que les massifs de fleurs ont été piétinés par un troupeau.

— Ce ne sont que des fleurs, Antoine, répondit Louise en soupirant, elles repousseront. Il n'y a pas d'autres dégâts, c'est le principal.

— Et toutes ces feuilles partout, je n'ai pas fini de passer le râteau dans les allées. Comme s'il ne suffisait pas de l'automne !

Charles, parti au point du jour voir un client vigneron, rentra plus tôt que prévu. Il stoppa son cheval près d'eux et descendit prestement de sa monture. Il s'approcha d'un pas rapide en agitant un journal, le souffle court et le chapeau de travers.

— Regardez ! dit-il. C'est en première page !

Le titre, en gros caractères, prenait toute la largeur de la une. « La mobilisation générale est ordonnée », lurent-ils. Louise porta une main devant sa bouche et prit son fils dans ses bras. Aurélia posa sa tête contre le dos de sa mère et Sophie se mit à sangloter. Antoine ôta son chapeau et baissa tristement la tête. Charles était pâle.

— Après l'orage, le beau temps, dit-il doucement. L'adage n'est malheureusement pas toujours vrai.

Celui qui se préparait sur l'Europe allait être d'une tout autre nature.

— Rentrons, décida-t-il en prenant sa fille cadette par les épaules.

La famille s'assit en silence dans le salon. Yvonne et Lucie les avaient rejoints et, restées au seuil de la pièce, regardaient Armand d'un air triste. Le jeune homme relut lentement l'article. Il replia doucement le journal qu'il posa sur le guéridon.

— Je dois rejoindre Angers le plus vite possible, dit-il simplement. Antoine m'emmènera jusqu'à Chinon, où je prendrai le train.

Sous le regard navré de sa famille, il grimpa l'escalier jusqu'à sa chambre. Louise attendit qu'il ait quitté la pièce pour éclater en sanglots, soutenue par ses deux filles, dont les yeux brillaient. Charles se campa devant la fenêtre, les mains croisées derrière le dos et le regard perdu dans l'allée, ruminant de sombres pensées.

— Je vais préparer un panier-repas pour M. Armand, lança doucement Yvonne en repartant vers sa cuisine.

Le fouet calé entre ses cuisses, Antoine attendait sur le siège. Louise donnait le bras à son fils en sortant de la maison, accompagnée par le reste de la famille.

— Inutile de faire des adieux trop longs, lança Armand. Embrassez-moi tous, souhaitez-moi bonne chance, et nous nous reverrons bientôt. Cette affaire sera vite finie et je serai rapidement de retour à la maison.

Il se tourna vers sa sœur Aurélia.

— Et toi, maître Decourson, n'oublie pas ta promesse de m'attendre pour passer ta soutenance d'avocat, voulut-il plaisanter.

Louise ne releva pas, le moment n'étant pas au conflit avec sa fille. Aurélia se força à lui sourire.

— Bien entendu, je te l'ai promis.

Après les embrassades, il sauta sur le marchepied de la charrette et s'assit près d'Antoine.

— Allons-y, ordonna-t-il, si je veux attraper le train de 1 heure.

Le fouet claqua. Mirabelle, après avoir fait voleter sa crinière, se mit à trotter. En passant le portail de la propriété, Armand se retourna pour adresser un long salut de la main à sa famille.

2

Très chers parents et sœurs,

Vous ne m'en voudrez pas de vous donner quelques nouvelles tardives, mais les opérations d'incorporation ont été longues et fastidieuses. Les recrues arrivent de partout, et les autorités doivent faire face à ce flot ininterrompu de jeunes gens. Grâce à mes compétences en génie civil, j'ai été directement affecté au grade de sous-lieutenant, chargé d'une section de sapeurs. Dire que pendant mon service je n'ai pu dépasser celui de caporal ! Me voilà donc officier, et cela me remplit de fierté. Ma santé est bonne et notre moral à tous est excellent. Nos chefs sont persuadés que cette guerre sera brève et que, grâce à la compétence de nos troupes et à l'excellence de notre armement, nous en sortirons vainqueurs.

Nous quittons Angers dans deux jours, le 20 août, pour nous rendre sur nos différents secteurs. En direction de l'est, vous l'imaginez, mais le secret militaire m'empêche de vous donner plus de précisions, vous le comprendrez.

J'espère que ce courrier vous trouvera tous en pleine forme. Ne vous faites pas de soucis à mon sujet. La vie d'officier, somme toute, a ses avantages, et j'échappe aux chambres-dortoirs à vingt lits. J'ai la chance incroyable d'avoir comme compagnon de chambrée mon ami Paul Lancelot, chez qui je devais me rendre à Tours.

Une drôle de coïncidence, puisque nous avions prévu de nous voir en août. La nourriture, également, est bien meilleure au mess des officiers qu'à l'ordinaire de la troupe. Seule déconvenue, j'ai dû sacrifier la majeure partie de ma belle chevelure !

J'embrasse mes deux sœurs, Aurélia et Sophie, qui me manquent autant que vous, mes chers parents.

Je vous donnerai d'autres nouvelles dans les jours à venir.

Votre fils et frère affectueux,

Armand

PS : À l'occasion d'un quartier libre, j'ai pris le temps de me faire photographier dans mon uniforme.

Charles avait lu, devant toute la famille rassemblée au salon, la lettre reçue le matin même. Lucie et Yvonne, la larme à l'œil, avaient également été conviées à assister à la lecture. La photo passait de main en main et tout le monde s'extasiait.

— Qu'il est bel homme dans cette tenue ! s'exclama Louise.

Armand, dans son uniforme bleu bien ajusté à la taille, portait beau. Ses cheveux, coupés court sur son éternelle moustache en guidon de vélo, le faisaient ressembler à un acteur de cinéma. Son képi galonné de rubans dorés nonchalamment tenu à la main avec ses gants blancs, son menton légèrement relevé et son regard perdu vers l'horizon lui donnaient un air martial et conquérant. Après être passée plusieurs fois à la ronde, la photo trouva sa place dans un cadre que Sophie plaça au centre du buffet de la salle à manger.

— Comme ça, avait-elle dit, il mangera avec nous tous les jours, et nous pourrons lui envoyer des baisers.

Louise avait couru cueillir un petit bouquet des rares fleurs rescapées du dernier orage pour le poser contre le cadre, glissé dans un fin ruban de dentelle.

— Nous le changerons chaque matin, avaient dit les filles, jusqu'à son retour.

Le mois d'août passa sans autre courrier. À l'heure de la tournée du facteur, Louise et ses deux filles guettaient fébrilement à la fenêtre. Elles se rasseyaient, tristes et déçues de ne pas le voir appuyer sa bicyclette contre les grilles du portail.

Charles apprit par son banquier qu'Henri avait été mobilisé dans l'infanterie, au 32e régiment, à Tours. Sa mère, qui n'avait pas supporté le départ sous les drapeaux de son fils unique, s'était alitée le jour même. Effondrée, elle ne s'était pas levée de son lit depuis ce jour, au grand dam de son époux qui craignait que sa santé en pâtisse.

Les rapports entre Aurélia et sa mère s'étaient quelque peu radoucis. La jeune femme avait décidé de remettre à plus tard son projet de devenir avocate pour veiller sur elle et sa jeune sœur, comme elle l'avait promis à Armand. Le barreau, se disait-elle, pourra bien attendre quelques mois. Malgré le départ de son fils, qui l'affectait beaucoup plus qu'il ne le laissait paraître, Charles se consolait avec ses affaires. Celles-ci ne s'étaient jamais aussi bien portées. Les besoins colossaux de l'armée en vin lui rapportaient des bénéfices non négligeables.

— Au moins, pour ça, la guerre a du bon, disait-il en se frottant les mains.

Louise, à chaque fois, lui jetait des regards furibonds.

— Je donnerais avec joie toutes les barriques de la région pour voir revenir mon fils, lui répondait-elle.

Une seconde lettre arriva enfin, dans laquelle Armand expliquait que son régiment allait être bientôt déplacé pour monter plus au nord, au-delà de la frontière belge, qu'il se portait bien, et que son moral, comme celui des troupes, était bon. Il n'évoquait pas, cette fois-ci, une fin rapide du conflit.

— Il va bien, c'est déjà ça, commenta Louise. Dans trois mois, c'est Noël. Peut-être aura-t-il une permission pour passer les fêtes avec nous. Peut-être même la guerre sera-t-elle finie.

Aurélia avait reçu les courriers des écoles de droit. Malheureusement, lui répondait-on, il avait été décidé au ministère de la Justice que, cette année, on ne prenait pas de nouveaux élèves. On lui conseillait poliment de réitérer ses demandes une fois la paix revenue. Elle n'en fut pas chagrinée outre mesure, ayant décidé d'elle-même de reporter son projet.

L'automne arrivait doucement. Les allées se tapissaient de feuilles mortes qu'Antoine, chaque jour, rassemblait en gros tas pour les brûler. La maison s'installait dans une douce quiétude. Lucie, le soir, allumait la cheminée du salon, autour de laquelle se retrouvait la famille. Louise prenait une pièce de broderie, une tasse de tisane fumante près d'elle ; Charles, un verre de liqueur à la main, se calait derrière un journal, râlant toujours contre la petitesse des caractères ; Sophie, comme à son habitude, se plongeait dans un livre de poésies, tandis qu'Aurélia s'installait un moment derrière le piano, s'essayant à la composition, noircissant et raturant les feuilles vierges de son cahier de musique.

Louise était chagrinée, à l'instar de toute la famille. Octobre était passé sans courrier, tout comme novembre.

— Ce n'est pas normal, répétait-elle à chaque repas. Armand ne nous laisserait pas ainsi sans nouvelles, se désolait-elle en touchant à peine à sa nourriture. Il a dû lui arriver quelque chose. J'en suis sûre, une mère sent très bien ces choses-là.

— Attendons encore un peu, tentait de la rassurer son époux. Les troupes bougent énormément, le courrier n'est pas assuré comme il faut, ou se perd. Tout doit être désorganisé. Si un malheur était arrivé, nous le saurions.

Il jetait des regards vers le portail, au bout de l'allée en gravier, craignant un jour de voir arriver le maire et le curé, pour leur annoncer une terrible nouvelle.

Les journées passaient, tristes, longues et monotones. Louise perdait sa bonne humeur chaque jour un peu plus. Elle boudait les petits plats qu'Yvonne s'ingéniait à lui concocter, ne mangeant que du bout des lèvres. Sa vie n'était plus que soupirs, penchée sur un travail de couture ou sur un livre, allongeant parfois le cou vers l'entrée de la propriété, où elle espérait apercevoir la silhouette de son fils qui lui ferait de grands signes de la main en riant. Elle fermait longuement les paupières, imaginant encore et encore ce moment tant espéré. Puis elle ouvrait de nouveau ses yeux tristes, regardait une dernière fois vers le portail et se replongeait en soupirant dans sa lecture, les yeux plus brillants que d'habitude.

L'approche des fêtes de Noël amena toutefois un semblant de gaieté. Antoine, comme chaque année, avait installé dans le salon le sapin qu'il avait acheté sur le marché d'Avoine. Aurélia et Sophie prenaient leur temps pour le décorer de guirlandes de dentelles, de petits anges patiemment découpés dans du papier de soie et de boules de verre multicolores et brillantes. Elles avaient passé des soirées à fabriquer une crèche en carton peint, agrémentée de petites touffes de mousse et de coton qui simulait la végétation sous la neige. Quand Sophie fut satisfaite du résultat, elle plaça les petits personnages en terre cuite autour du berceau en paille qui n'attendait que son Petit Jésus. Charles les regardait faire, attendri, comme quand elles n'étaient encore que des fillettes qui trépignaient en attendant impatiemment le matin pour la distribution des cadeaux.

Le repas du réveillon était délicieux. On aborda divers sujets, évitant soigneusement celui de la guerre, on faisait semblant de s'amuser, mais on riait peu. Les regards, parfois, glissaient vers la chaise laissée vide par Armand, devant laquelle Louise avait tenu à ce qu'il y ait une assiette, comme si le fils tant espéré allait subitement passer la porte, jeter son chapeau sur un canapé et embrasser ses sœurs en les chatouillant pour les embêter un peu, comme il le faisait à chaque fois. Charles avait débouché une bonne bouteille, de celles qu'il laissait vieillir dans sa cave bien approvisionnée et qu'il n'allait chercher que pour les grandes occasions. Sophie eut le droit d'y goûter, et toute la tablée éclata de rire devant sa grimace. Après la bûche, avec les domestiques invités à lever une coupe de champagne avec la famille, on entama des chants de Noël, accompagnés par le piano d'Aurélia. Toutes les pensées s'envolèrent vers Armand. Faisait-il la fête, lui aussi ? Avait-il froid, avait-il faim ? Pensait-il à eux ? Ces questions restaient sans réponses. Des larmes discrètes coulèrent, vite essuyées, quand Aurélia entama les premières notes de *Douce nuit, sainte nuit*. Les voix chevrotèrent un peu et les gorges se serrèrent.

Douce nuit, sainte nuit,
Dans les cieux, l'astre luit...

Armand entendait-il ces paroles d'où il était ? La famille, derrière le piano, se serra imperceptiblement. Ils chantaient pour lui.

Le mois de janvier 1915 se révélait particulièrement froid et neigeux. Chaque matin, Antoine, emmitouflé dans une peau de mouton et muni d'une large pelle, s'échinait à retracer l'allée recouverte la nuit précédente par les flocons. Quatre mois déjà que les Decourson n'avaient pas eu de nouvelles du fils aîné.

— Cela ne peut plus durer, décréta Charles, un soir où son épouse, plus mélancolique que d'habitude, s'était mise à pleurer à chaudes larmes. Il existe un bureau de renseignements pour les familles, m'a-t-on dit à la préfecture, je vais les contacter.

— S'il lui était arrivé malheur, intervint Aurélia pour consoler sa mère, nous le saurions. Peut-être est-il prisonnier ? Ou dans l'incapacité de donner de ses nouvelles. Soigné dans un hôpital, pourquoi pas ?

Le courrier partit dès le lendemain pour l'École de guerre, où se trouvait le bureau en question.

— Il ne reste plus qu'à attendre, soupira Louise.

Quinze interminables jours passèrent encore. La famille était attablée autour du petit déjeuner quand ils entendirent des cris devant la maison. Ils se tournèrent dans un ensemble parfait vers la fenêtre. Antoine arrivait en courant, agitant une lettre au bout de son bras. Ils se levèrent tous d'un bond pour courir vers la porte d'entrée. Antoine, tout essoufflé, grimpait les marches du perron.

— Le facteur vient d'apporter un courrier, à l'instant, dit-il en reprenant son souffle.

En tremblant, Charles déchira l'enveloppe.

— Ça vient de Paris, de l'École de guerre.

— Lis, mais lis donc ! insistait Louise qui ne contenait plus son impatience.

Sophie serra la main de sa sœur à lui faire mal.

Charles lut les premières lignes.

— Ils disent qu'Armand a disparu. Il n'est ni à son régiment, ni sur la liste des blessés, ni sur celle des prisonniers que leur a transmis la Croix-Rouge. Et ni sur celle des morts.

— Disparu ? Comment disparu ? cria Louise en arrachant la lettre des mains de son époux. Ça veut dire qu'ils ne savent pas où il est ?

— C'est exactement cela. Ils ne savent pas, dit-il en baissant la tête.

Sophie pleura en se blottissant contre sa sœur.

Au salon, Louise lisait et relisait la lettre, écrite d'une belle écriture à la plume. Juste avant la signature, un colonel assurait la famille Decourson de son profond dévouement, avec la promesse de les tenir informés si l'on retrouvait le sous-lieutenant. La tristesse de Louise fit place à la colère, vouant les membres du service de renseignement, ainsi que toute l'armée, aux mille diables.

— Disparu ! Je ne comprends pas ce mot ! Les vivants, on sait où ils sont, et les morts, on retrouve leur corps. Un officier, qui plus est. Mais quelle bande d'incapables ! Ah çà ! Pour envoyer nos enfants à la guerre, ils savent y faire !

Aurélia, qui s'était assise à la table de la salle à manger, réfléchissait.

— Et si...

— Et si quoi ? demanda son père en se retournant vers elle.

— Et si Armand était juste blessé, quelque part dans un hôpital, incapable de donner son identité, de parler, de se faire reconnaître ?

— Crois-tu cela possible ? demanda sa mère, prête à se raccrocher du bout des ongles à tout espoir, même au plus ténu.

— Je n'y crois pas, intervint Charles. Comment serait-ce Dieu possible ?

— Je ne sais pas, répondit Aurélia. Mais pourquoi pas ? Il y a eu de grandes batailles sur le front. Tout pourrait arriver.

Louise s'était assise dans son fauteuil, les yeux dans le vague. Elle triturait nerveusement la lettre dans ses mains.

— Alors si l'armée n'est pas capable de le retrouver, c'est à nous de le faire, lança Aurélia en frappant l'accoudoir du fauteuil avec le plat de la main.

— Grands dieux ! En voilà une idée, s'énerva le père. Et tu crois que tu pourras aller visiter tout le front ? Parcourir les champs de bataille, comme une touriste ? Sois raisonnable, voyons, la zone des armées est interdite aux civils !

Louise n'avait pas bougé, ses yeux ronds ne quittant pas sa fille. Sophie s'était assise près d'elle et lui caressait le bras. Aurélia s'était levée de sa chaise et parcourait la pièce de long en large, pensive.

— Les civils non, c'est évident. Mais le personnel de santé le peut.

Charles leva sur sa fille un regard étonné en fronçant les sourcils.

— À quoi penses-tu donc ? Tu m'inquiètes, avec tes idées saugrenues.

— Je pense aux jeunes femmes qui se portent volontaires à la Croix-Rouge pour soigner les blessés. Il y avait un article dans le journal qui en parlait, dans l'édition de mardi dernier.

— Es-tu folle ? hurla le père. Nous avons déjà un fils à la guerre. Tu ne crois quand même pas que nous allons te laisser partir ? Un enfant, ça suffit. C'est totalement hors de question ! Je te l'interdis formellement, m'entends-tu ?

— Ton père à raison, intervint Louise, nous ne pouvons pas te laisser faire cela. Si je perds un autre enfant, j'en mourrai de chagrin.

— Il n'est pas question de me perdre, mère. Des centaines de femmes s'engagent au profit des blessés. Elles sont dans les hôpitaux à l'arrière, pas dans les zones de combat. Et puis c'est la guerre ! s'écria-t-elle en haussant un peu la voix. Chacun doit apporter sa contribution. J'en ai assez de rester là, de tourner en rond en buvant du chocolat chaud et en mangeant de la brioche pendant que des soldats de mon âge se battent et meurent pour défendre notre pays.

— Je ne te laisserai pas y aller ! cria de nouveau Charles. Je te l'interdis, tu m'entends bien ? répéta-t-il. Une femme chez les soldats ! Je n'ai rien entendu de plus absurde. Ta mère a raison, parfois tu deviens folle.

Aurélia se campa devant son géniteur et le défia du regard.

— Je ne vous ai jamais désobéi, père, mais j'ai désormais vingt et un ans, et je suis majeure. Je partirai chercher mon frère et je le retrouverai.

Pour couper court à la conversation, elle tourna les talons et partit s'enfermer dans sa chambre, laissant son père à sa colère.

Il s'était enfin calmé. Il connaissait le caractère buté et résolu de sa fille aînée, le même que le sien. Les chiens ne font pas des chats, disait souvent Louise, qui affirmait avoir deux têtes de bûche à la maison. Le sujet revint plusieurs fois à table. Aurélia, entêtée, ne démordait pas de son idée.

— Aurélia a raison, elle est majeure, déclara Louise au cours du repas, sans lever le nez de son assiette de soupe, alors que sa fille se disputait une fois encore avec son père. C'est peut-être la solution.

Malgré son inquiétude de voir partir sa fille pour la guerre, elle savait pouvoir lui faire confiance. Elle ferait tout ce qu'il fallait pour retrouver Armand, tout en évitant les dangers. Aurélia lui avait maintes fois répété que les hôpitaux militaires étaient loin du front, et qu'il n'y avait aucun risque.

— Mais, enfin, Louise, vous n'y pensez pas ! Vous disiez vous-même que...

— Je sais parfaitement ce que j'ai dit, Charles. Aurélia est majeure. Et vous savez comme moi que si elle a décidé de partir, elle partira, que nous le voulions ou non.

Charles, après une autre colère, abdiqua. Il se tourna vers sa fille en la prenant par les épaules.

— Soit, lui dit son père. Puisque c'est ton choix, je ne peux pas t'en empêcher. Mais jure-moi d'être prudente dans tous les cas.

— Je te le promets, répondit simplement Aurélia.

En consultant le journal, Aurélia apprit que la Société de secours aux blessés militaires avait ouvert un bureau à Chinon pour le recrutement des bénévoles. Elle décida qu'Antoine l'y accompagnerait dès le lendemain.

La charrette stoppa devant l'*Hôtel Sorel* sur les quais de la Vienne. Au premier étage, dans le fond d'une salle de restaurant qu'on avait aménagée en bureau, Aurélia fut reçue par une dame d'âge mûr, encore belle et coquette. Elle reconnut l'épouse du maire, Octave Foucher, entrevue à plusieurs reprises lors d'actions caritatives.

— C'est gentil à vous, mademoiselle, de vous intéresser au sort de nos blessés, mais avez-vous quelques notions de soins ? Un diplôme d'infirmière, peut-être ?

— Malheureusement non, madame, uniquement mon certificat d'études secondaires. Mais je suis certaine de pouvoir apprendre très vite les rudiments auprès d'infirmières qualifiées. Et toute l'aide que je pourrai apporter sera sûrement utile.

La vieille dame lui sourit en hochant la tête.

— Bien entendu, aucune bonne volonté n'est de trop auprès de nos soldats et de nos blessés, qui sont de plus en plus nombreux chaque jour. Mon Dieu ! Quelle sale guerre ! dit-elle en levant les yeux au ciel. Bon, voyons, reprit-elle en ouvrant un registre.

Elle parcourut un moment les lignes.

— Une cantine s'est ouverte gare de Lyon, à Paris. Je sais qu'ils ont besoin de personnels pour distribuer des vivres aux troupes qui partent vers le front. Cela vous conviendrait-il ?

— À vrai dire, madame, j'espérais aller un peu plus au nord, et me rapprocher de la frontière belge.

— Près du front ? Grands dieux ! Voilà une demande bien singulière. Vous devez avoir une bonne raison de vouloir vous rendre là-bas. Il y a beaucoup de dangers.

— Une excellente raison, madame. Mon frère, Armand, a disparu. La dernière fois que nous avons eu de ses nouvelles, il s'apprêtait à suivre son régiment en Belgique. Et j'aimerais le retrouver.

La vieille dame referma son registre en pinçant les lèvres, visiblement contrariée.

— Si je comprends bien, vous venez nous voir non pas pour venir en aide aux soldats, mais plutôt pour des raisons strictement personnelles.

Aurélia regretta sa franchise.

— Cela n'empêchera rien, madame. Je ferai mon travail, avec tout le dévouement nécessaire. Je pourrai interroger les soldats de son régiment, si j'en croise quelques-uns. Tout en apportant mon aide aux blessés, insista-t-elle.

— Je ne sais pas si...

— S'il vous plaît, la coupa Aurélia, je le fais aussi pour ma mère, qui se meurt d'inquiétude. Et si j'acquiers la certitude qu'il est mort, elle pourra faire le deuil de son fils aîné.

Le discours d'Aurélia, prononcé les larmes aux yeux, semblait avoir ému la vieille dame.

— Je sais ce que c'est, soupira-t-elle, j'ai moi-même un fils au front, et je m'inquiète chaque jour pour lui. Je connais un peu votre mère, nous avons déjà été présentées. Une dame très bien. La pauvre, elle doit être bien triste.

Elle leva son regard vers Aurélia.

— Mais cela ne se fait pas comme ça, voyez-vous. Pour pouvoir intégrer une unité de soins, il faut être formé aux secours, et pour vous ce n'est pas le cas.

— Je vous en prie, madame, insista la jeune femme, c'est le seul espoir qu'il nous reste.

L'épouse du maire tapota un moment la couverture de cuir.

— Après tout, pourquoi pas ? soupira-t-elle. Vous m'avez l'air très déterminée. Et si cela peut apporter un réconfort à votre chère maman...

Elle ouvrit de nouveau son registre et le consulta quelques secondes.

— Une formation est ouverte à Tours, à l'hôpital de la Charité, réquisitionné par le service de santé militaire. Après les quinze jours obligatoires, vous pourrez rejoindre une structure de soins près du front.

— Très bien ! s'exclama Aurélia. Quand puis-je m'y rendre ?

— Je vais vous remettre un document d'engagement que vous allez signer. Vous rejoindrez ensuite Tours le plus rapidement possible. Si vous le désirez, un train part dans quelques heures.

— Je vous remercie, madame, dit Aurélia en prenant le feuillet qu'on lui tendait. Je prendrai celui de demain, ce qui me laissera le temps de faire mes adieux à ma famille.

— Il vous faudra énormément de courage, mademoiselle, pour affronter les horreurs que vous verrez là-bas. Beaucoup de jeunes femmes ne le supportent pas et renoncent, une fois qu'elles y sont confrontées.

— J'y ai pensé, madame, et je serai forte.

L'épouse de l'édile se leva et tendit sa main à Aurélia.

— Toutes mes pensées vous accompagnent, mademoiselle.

Le repas du soir avait été bien triste. Aurélia avait reçu une foule de recommandations. Ne pas s'approcher du front, sous aucun prétexte, prendre garde aux maladies contagieuses, et mille autres choses encore. Elle promit de faire très attention, assurant ses parents qu'il ne lui arriverait rien de fâcheux.

Son petit bagage à la main, elle avait quitté sa maison, forte de la conviction qu'elle allait retrouver Armand et qu'elle faisait le seul choix possible pour que sa famille, du moins l'espérait-elle, se retrouve au complet.

Le train quitta doucement la gare de Chinon dans un nuage de vapeur qui noyait le quai. À travers la vitre, Aurélia répondit à ses parents et à sa sœur qui lui adressaient de grands signes de la main. Sa mère, un mouchoir sur les yeux, pleurait. Elle cria quelque chose qu'Aurélia, avec le bruit, ne comprit pas. Elle se contenta de sourire en rendant les baisers qu'on lui envoyait.

3

La cour de l'hôpital tourangeau était encombrée d'ambulances, de camions, de brancardiers, de personnels de santé en blouse blanche, de nonnes et de visiteurs. Aurélia se dirigea d'un pas décidé vers l'entrée du bâtiment. Elle toqua à la porte d'un bureau de renseignements où un jeune militaire l'accueillit aimablement. Elle présenta son bulletin d'engagement pour sa formation de santé à l'école.

— Je vais vous faire accompagner, mademoiselle, lui dit-il. Notre hôpital est si vaste que vous allez assurément vous y perdre.

Elle suivit un soldat à travers le dédale encombré des couloirs pour déboucher sur une grande cour intérieure.

— Le bureau de l'école est dans ce bâtiment, au rez-de-chaussée, lui indiqua-t-il en désignant une porte.

— Bienvenue chez nous, mademoiselle Decourson, l'accueillit une infirmière. Nous avons besoin de jeunes femmes comme vous. Vous arrivez à temps pour suivre les cours qui commencent dès demain matin. Avez-vous des questions ?

— Pourrai-je choisir mon affectation à l'issue de ma formation ?

La question ne sembla pas surprendre l'infirmière.

— En théorie non. Nous affectons nos personnels aux endroits où nous en manquons, et croyez-moi il y en a énormément. Je ne peux pas vous assurer d'obtenir une place près de chez vous, à Chinon, ou même ici, à Tours, puisque c'est à cela que vous devez certainement penser. Comme la plupart des jeunes filles qui sont ici, rajouta-t-elle d'un ton dédaigneux.

— Au contraire, madame, répondit Aurélia. Je souhaite me rapprocher du front.

L'infirmière la dévisagea par-dessus les lunettes qu'elle avait chaussées pour consulter son billet d'engagement.

— Voici une demande bien inhabituelle. En général, nos jeunes filles préfèrent être à l'arrière, loin du danger des combats.

— Ce n'est pas mon cas, je vous assure.

Un sourire éclaira le visage sévère de l'infirmière.

— C'est tout à votre honneur, mademoiselle. Plus tôt nos soldats sont pris en charge par du personnel compétent, plus ils ont de chances de survie.

Elle rangea le billet dans un dossier.

— Alors, suivez-moi, je vais vous indiquer où se trouve le dortoir des élèves.

Plusieurs jeunes femmes étaient déjà installées. Certaines paraissaient à peine sorties de l'adolescence. Quelques-unes lisaient, couchées sur leur lit, d'autres, par petits groupes, bavardaient et riaient. À leurs jolies robes, leurs cheveux bien coiffés et leur façon de s'exprimer, Aurélia fut convaincue qu'elle n'était en présence que de jeunes filles aisées. Les autres, les moins riches, les femmes de paysans ou d'ouvriers, avaient trop à faire à remplacer les hommes aux champs ou à l'usine pour faire du bénévolat dans les hôpitaux ou les cantines.

— Je m'appelle Sylvie, se présenta sa voisine de lit, je suis d'Orléans.

Aurélia se présenta à son tour et entreprit de ranger ses affaires dans un casier.

La jeune fille s'assit sur son matelas, croisa les jambes et s'éventa le visage avec la main.

— Quelle idée ont-ils eue de nous entasser dans ce dortoir qui sent le moisi ! Mes robes vont en prendre cette vilaine odeur. Heureusement que j'ai emporté mes flacons de parfum.

Aurélia se contenta s'acquiescer.

— Vivement demain, reprit Sylvie, il me tarde de commencer les cours. Je suis sûre que nous allons apprendre des choses très intéressantes. Et j'ai entendu dire que plusieurs des médecins étaient tout à fait charmants.

Elle regarda d'un air désolé ses ongles fins et longs, exagérément pointus et peints d'un rouge sombre.

— Il paraît aussi que nous aurons à couper nos ongles courts. En voilà une drôle d'idée ! Ne pensez-vous pas ?

Aurélia lui sourit par politesse. Les récriminations de la jeune blondinette ainsi que sa voix haut perchée l'agaçaient.

— Je pense que j'aurai d'autres soucis plus sérieux que de m'occuper de la longueur de nos ongles ou de la beauté des médecins, répondit simplement Aurélia, tout en continuant son rangement.

La jeune fille croisa les bras devant elle et fronça les sourcils.

— Vous n'êtes ni très aimable ni très bavarde.

— On me le dit souvent, et en plus je suis fatiguée du voyage. La journée a été plutôt longue.

Vexée, Sylvie partit papoter à l'autre bout du dortoir.

Le lendemain matin, la trentaine de jeunes femmes rassemblées dans la salle de cours furent accueillies par le discours d'un médecin militaire. Après s'être entendu souhaiter la bienvenue en termes courtois, soulignant le courage de leur engagement, elles surent en quoi consisterait leur formation. En quinze jours, dimanches compris, elles apprendraient les rudiments d'hygiène et d'asepsie, la confection de bandages, les gestes de premiers secours et les notions de brancardage. De nombreux cours théoriques sur le fonctionnement du corps humain seraient dispensés par des médecins et infirmières diplômés.

— Il vous faudra apprendre vite, leur indiqua l'un des médecins, pour être le plus rapidement possible utiles à nos blessés. Le reste, vous l'apprendrez sur place, dans vos futures affectations.

Il y eut dans la salle un murmure de réprobation quand les élèves apprirent qu'elles ne seraient pas autorisées à sortir le soir.

Aurélia était une élève consciencieuse, faisant et défaisant ses pansements jusqu'à ce qu'ils soient parfaits. Le nom et l'utilisation des divers désinfectants n'avaient plus de secrets pour elle. Elle appréciait tout particulièrement la formation aux soins d'urgence. L'immobilisation d'une fracture, le traitement des hémorragies et le brancardage lui devenaient familiers. Le soir, allongée sur son lit, au lieu de se mêler aux conversations futiles qui parlaient de mode ou du charme de tel ou tel docteur, elle se plongeait dans des livres de médecine empruntés à la bibliothèque de l'hôpital. Finalement, elle s'était un peu radoucie et liée avec Sylvie, avec qui elle révisait ses cours. Malgré ses airs de jeune fille gâtée, elle s'avérait être une personne intelligente, dont les parents, à Orléans, tenaient une grande librairie. Elle souhaitait par-dessus tout être affectée dans un hôpital parisien, près de sa famille, dont elle rechignait à s'éloigner. Entre deux révisions, Aurélia prit le temps de faire partir une lettre pour rassurer ses parents.

À raison de dix heures d'instruction par jour, les deux semaines passèrent à une vitesse folle, et Aurélia réussit haut la main son diplôme d'assistante infirmière. Comme elle l'avait espéré, elle n'eut pas à se battre pour être affectée près du front.

On l'envoyait à Amiens, à l'hôpital auxiliaire 101, distant de la zone de combat d'une quarantaine de kilomètres. En bouclant ses bagages, elle pensait à son frère, Armand. S'il était encore vivant, c'est dans cette région qu'elle avait le plus d'espoir de le retrouver.

4

Le wagon était bruyant. De jeunes militaires, nouvellement incorporés, chantaient. « Pour faire les bravaches, pensa Aurélia, et pour exorciser leur peur de ne trouver, peut-être, que la mort au bout du voyage. » Certains se poussaient du coude en désignant discrètement la jolie jeune fille qui voyageait avec eux. Elle fit semblant de ne pas s'en apercevoir. Aucun d'eux, néanmoins, ne trouva le courage de l'aborder.

Le train traversa Blois, Orléans puis Étampes, s'arrêtant de longues minutes dans toutes ces gares pour embarquer d'autres passagers et atteler des wagons supplémentaires réservés à la troupe et aux chevaux. Le voyage, qui devait durer quatre heures, mit le double de temps pour arriver à destination. Aurélia avait les jambes ankylosées et le fessier tanné par les sièges recouverts d'un cuir craquelé dur comme du bois. L'arrivée à Paris se fit dans la cohue, les wagons vomissant sur les quais le flot gesticulant de voyageurs. Aurélia se laissa porter plus qu'elle ne marcha vers le début du quai, noir de monde. Des militaires, pour la plupart, qui râlaient contre les gradés qui hurlaient des ordres pour rassembler tant bien que mal leurs troupes. Dans un coin de la gare, vers lequel se ruaient des soldats, on avait installé des tables. Des bénévoles de la Croix-Rouge distribuaient aux jeunes hommes affamés et assoiffés qui se bousculaient des gobelets de vin ou de café, ainsi que du pain et du fromage. « Décidément, se dit Aurélia, je serai mieux à ma place dans un hôpital que dans une cantine comme celle-ci. » Elle respira un peu mieux en retrouvant la rue et l'air frais.

Perdue dans l'immense ville, elle dut à plusieurs reprises demander son chemin pour rallier, depuis celle d'Austerlitz, la gare du Nord en prenant les omnibus, dont certains, à sa grande surprise, étaient conduits par des femmes.

Elle était fascinée par ce qu'elle découvrait pour la première fois. Les grands magasins aux vitrines illuminées, les larges avenues bordées par les impressionnants bâtiments haussmanniens construits au siècle dernier, et les dizaines de cafés aux terrasses remplies qui débordaient jusque sur les trottoirs. Un monde grouillant d'une foule hétéroclite où se croisaient les ouvriers en bleu de chauffe revenant de leur travail et les messieurs en costume et chapeau claque, donnant le bras aux belles dames pour se rendre au restaurant ou au spectacle. Elle aurait aimé descendre de l'omnibus, se promener dans les rues et se mêler à la foule qui déambulait sur les quais de la Seine. Elle regretta de ne pas avoir le temps de s'asseoir sur un banc pour admirer la dentelle de fer de la tour Eiffel, aperçue au loin au-dessus des toits, qu'elle avait seulement vue en image sur un illustré. « Si Sophie pouvait voir cela, se dit-elle, elle en serait tout simplement émerveillée ! Mais ce sera pour une autre fois, se raisonna-t-elle. Quand la paix sera revenue, peut-être, et quand Armand sera retrouvé. »

— Gare du Nord ! annonça le conducteur.

Comme celle d'Austerlitz, la gare du Nord grouillait de soldats qui s'embarquaient vers le front. Au-delà du parvis, le long d'un boulevard qui longeait le bâtiment de la gare, une file ininterrompue d'ambulances était garée, les portes arrière ouvertes. Des militaires, en bras de chemise malgré le froid piquant, sous les ordres d'autres en blouse blanche et képis, chargeaient des dizaines de brancards sur lesquels des blessés étaient allongés. Aurélia, en frissonnant, s'était arrêtée devant le triste spectacle.

— Ils en ont de la chance, ceux-là ! Ils reviennent amochés, mais au moins ils reviennent, lui dit un jeune soldat qui s'était approché d'elle.

Aurélia se tourna vers lui. Il n'avait pas vingt ans. De beaux cheveux blonds bouclés dépassaient de son couvre-chef. Une barbe naissante piquait son visage. Il baissa la tête et sans une autre parole repartit se fondre dans la masse.

En jouant des coudes, Aurélia réussit à s'approcher du guichet, derrière lequel sommeillait à demi un employé des Chemins de fer qui ne vendait plus de tickets depuis longtemps. Il leva la tête lorsqu'elle frappa au carreau.

— C'est pourquoi, ma p'tite demoiselle ?

— Je voudrais un billet pour Amiens.

L'homme ouvrit un œil rond, l'autre tombant dans une grimace hideuse.

— Pour Amiens ? Mais c'est la zone militaire là-bas, c'est pas le moment d'aller y faire du tourisme, ma p'tite poulette.

— Je ne suis pas votre petite poulette ! rugit-elle. Et je suis affectée à l'hôpital militaire.

Elle plaqua contre la vitre son ordre d'affectation signé des autorités de santé.

Il promena son œil unique sur le document.

— Il n'y a que des trains militaires ici, répondit l'employé, vexé d'avoir été remis à sa place par la jeune femme. On ne vend plus de tickets. Adressez-vous à un officier, il vous indiquera.

— Un officier ? Mais lequel ?

D'un geste vague, il désigna la foule.

— Vous trouverez bien, ce n'est pas ce qui manque ici, débrouillez-vous, grogna-t-il en se replongeant dans la lecture de son journal.

— Vraiment trop aimable ! répondit Aurélia en jetant sur lui un regard noir.

Elle s'avança dans la foule aux uniformes disparates, se demandant comment trouver un officier, elle qui ne savait pas reconnaître un galon. Elle croisa des capotes bleu foncé sur des pantalons rouge coquelicot, des tenues d'un bleu plus clair, des burnous blancs sur des vestes rouges décorées d'arabesques dorées compliquées sur lesquelles pendait un sabre. Son regard s'arrêta sur un homme qui semblait un peu plus âgé que les autres. Appuyé contre un poteau, les yeux dans le vague, il portait négligemment à la bouche un fume-cigarette en nacre.

— Je vous prie de m'excuser, monsieur, je suis à la recherche d'un officier.

Le militaire ôta poliment son képi.

— Vous en avez trouvé un, mademoiselle, capitaine François Lecour, pour vous servir, dit-il en inclinant légèrement le buste. Que puis-je faire pour vous être agréable ?

— Je dois me rendre à Amiens, où je suis affectée dans un hôpital. On m'a dit de m'adresser à l'autorité militaire pour que je puisse prendre le train.

— Ah, je vois. Je ne peux malheureusement pas moi-même vous faire embarquer, je n'ai pas cette prérogative, vous m'en voyez désolé. Mais par chance j'ai vu passer il y a peu un officier de santé qui pourra sûrement vous renseigner. Je crois bien qu'il est parti par là.

Il désigna vaguement un endroit du quai où des soldats chargeaient des caisses dans un wagon de marchandises.

— Venez donc avec moi, mademoiselle, nous partons à sa recherche.

Ils fendirent la foule un moment, jusqu'au début du quai d'embarquement.

— Ah, le voici ! Une chance de l'avoir si vite retrouvé dans cette cohue.

— Docteur ! s'écria-t-il. Je vous présente une jeune femme qui aurait besoin de vos services.

L'officier de santé se mit à rire.

— Alors je risque d'être dans les ennuis. Mon domaine de compétence se limite aux chevaux et autres animaux de ferme. Je suis vétérinaire.

Son regard s'appesantit une seconde sur la silhouette d'Aurélia.

— Mais si je peux vous être utile, mademoiselle, reprit-il, ce sera avec le plus grand plaisir.

— Je me suis engagée au Service de secours aux blessés militaires, annonça Aurélia. Je dois rejoindre l'hôpital auxiliaire 101 à Amiens. Il faut donc que je prenne l'un de ces trains. Et j'avoue que je suis un peu perdue.

— Alors c'est la providence qui vous a menée jusqu'à moi. Il se trouve que je suis justement rattaché à cet hôpital, même si je n'y suis que rarement. Je vous servirai de guide, si vous êtes d'accord.

— Volontiers, monsieur, répondit-elle, rassurée. Je ne me sentais pas très à mon aise au milieu de toute cette foule.

— Puisque vous avez trouvé ce que vous désirez, mademoiselle, intervint le capitaine Lecour, je vous laisse aux bons soins de notre vétérinaire. Je dois rejoindre mes hommes. Sachez que je regrette désormais amèrement de ne pas avoir fait d'études de médecine.

Il se pencha pour un baisemain avant de disparaître dans la cohue des soldats.

— Le train ne devrait partir que dans une quinzaine de minutes, nous avons le temps de boire un café à la cantine. Vous m'accompagnez ?

Le café brûlant qu'avala Aurélia par petites gorgées lui fit du bien. Le vétérinaire, qui s'était présenté comme le lieutenant Jules Guennédan, était quelqu'un d'extrêmement sympathique, un quadragénaire originaire de Guingamp, dans le nord de la Bretagne.

— J'ai une fille qui doit avoir à peu près votre âge, mais je ne la vois pas s'engager comme vous le faites. C'est très courageux de votre part, je suis impressionné. Êtes-vous infirmière ?

— Non, monsieur, assistante seulement, mais j'espère apprendre rapidement ce qu'il faut pour me rendre utile auprès de nos blessés.

L'officier dodelina de la tête, l'air désolé.

— Ah, les pauvres bougres ! C'est qu'ils en ont un grand besoin de voir un visage compatissant quand ils arrivent du front ! Un minois souriant, une main secourable sont tout aussi utiles parfois qu'un pansement. Ils sont tellement terrorisés, et si jeunes parfois. C'est un véritable crève-cœur de les voir. Aurez-vous tout le courage nécessaire ? C'est souvent très dur à supporter, surtout pour quelqu'un de votre âge.

— Ce que je vais voir n'est rien à côté de ce que subissent ces pauvres hommes. Je saurai faire face. Je suis plus forte que j'en ai l'air, croyez-moi.

Le vétérinaire se mit à rire.

— Effectivement, je n'en doute pas, vous m'avez l'air de quelqu'un de très déterminé, je l'ai vu de suite. Je sais jauger les humains aussi bien que les chevaux, et je ne me trompe que rarement.

À grand renfort de mégaphone, dans lequel un employé de la gare s'époumonait pour se faire entendre, on annonça le départ du train vers Amiens.

— Suivez-moi, mademoiselle Decourson, je vais vous trouver une place dans le wagon des officiers, vous y serez plus à votre aise.

Le train, à une allure désespérément lente, mit plusieurs heures encore pour atteindre Amiens. La nuit était déjà tombée sur la ville. À travers la buée de la vitre, Aurélia découvrait pour la première fois les stigmates de la guerre, éclairés par des lanternes qui projetaient des halos rougeâtres et dansants sur les façades.

Au pied des squelettes de maisons, dont il ne restait pour certaines qu'un pan de mur ou deux, on avait poussé des tas immenses de gravats pour laisser libre le passage des troupes. De loin en loin, les rues étaient éclairées par les braseros que les soldats avaient allumés pour se réchauffer. Des files de voitures, de camions, d'ambulances, de trains d'artillerie attelés à des véhicules ou des chevaux stationnaient le long des routes. Le train avait ralenti en entrant dans la gare. Le long des voies, dans la demi-obscurité, des soldats, l'outil à la main, réparaient les rails endommagés par les bombardements.

— L'hôpital n'est qu'à quelques centaines de mètres de la gare, annonça le vétérinaire, nous pourrons y aller à pied. Il est installé dans l'ancienne école normale d'instituteurs, désertée de ses élèves. Par chance, le bâtiment n'a pas subi trop de dégâts. Il y a même l'eau courante et on a rétabli l'électricité il y a peu, un vrai miracle par les temps qui courent.

Quelques minutes plus tard, ils entrèrent dans ce qui ressemblait à une grande cour de récréation, fermée par un bâtiment à deux étages encadré sur les deux ailes par des constructions plus basses. Aurélia se figea entre les deux piliers du portail d'entrée. Le spectacle qui s'offrait à ses yeux, éclairé par des feux que l'on entretenait dans des bidons, était hallucinant. Des dizaines de brancards s'alignaient sous des bâches tendues, autour desquels s'affairaient des brancardiers et des infirmières. Sur des civières disposées à l'écart, des corps étaient entièrement recouverts d'un drap, ou d'une simple capote. Un médecin, reconnaissable à son stéthoscope qui pendait autour de son cou sur une blouse sale, passait d'un blessé à l'autre et donnait des consignes rapides qu'une infirmière notait sur une petite fiche. La cour n'était que cris, râles, ordres donnés aux brancardiers qui saisissaient une civière pour la transporter dans le bâtiment principal. Aurélia eut soudain envie de faire marche arrière, de prendre ses jambes à son cou et de repartir à Chinon. Elle fit un effort pour se ressaisir.

— Mon Dieu ! réussit-elle à dire.

Le vétérinaire posa sa main sur l'épaule d'Aurélia.

— Je vous l'avais dit, mademoiselle, que ce n'était pas beau à voir. Désirez-vous rebrousser chemin ? Vous savez, vous ne seriez pas la première qui renonce devant cet affligeant spectacle. Personne ne vous en voudrait.

Elle s'appuya contre un pilier pour reprendre ses esprits. « Si je veux retrouver Armand, pensa-t-elle, je dois rester ici. » Elle prit une grande inspiration pour tenter de calmer les battements de son cœur.

— Non, je reste. Je vais m'y habituer. On s'habitue à tout. Et je n'ai pas entrepris un tel voyage pour renoncer si facilement. Allons-y, monsieur, si vous le voulez bien.

L'officier la prit par le bras.

— Comme vous voudrez. Alors, suivez-moi, je vais vous présenter à l'infirmière-chef.

Accompagnée du vétérinaire, Aurélia traversa la cour, marchant droit devant elle, évitant de s'attarder sur les hommes allongés. En pénétrant dans le bâtiment, un effluve désagréable la prit à la gorge. Un mélange d'odeur de sang, de sueur, de désinfectant et de viande pourrie. Elle refréna un haut-le-cœur.

— Savez-vous où se trouve sœur Marie-Louise ? demanda l'officier à une jeune femme en tablier, les bras chargés de linge.

— Probablement à l'étage, répondit-elle sans s'arrêter.

Elle disparut dans une salle fermée par deux portes battantes.

— Derrière ces portes se trouvent les blocs opératoires, précisa le vétérinaire.

— Cet hôpital est-il dirigé par les religieuses ? demanda Aurélia en montant les premières marches de l'escalier.

— Non, pas du tout, il est géré par la Croix-Rouge, sous l'autorité du Service de santé militaire. Sœur Marie-Louise s'est portée volontaire et, comme elle est la plus ancienne et la plus expérimentée, c'est elle qui gère le personnel de soins. À part les médecins, bien sûr. On dit qu'elle était déjà infirmière au front en 1870. Je ne sais pas si cela est vrai, rit-il, mais vu son âge cela ne me paraît pas impossible. Les autres infirmières viennent en majorité de l'école de la Pitié-Salpêtrière, des laïques, tout comme les filles de salle et les assistantes.

Tout en grimpant l'escalier, ils durent à plusieurs reprises se coller contre le mur pour laisser passer des brancards.

Leur conversation les emmena jusqu'au premier étage. Le palier s'ouvrait sur des pièces en enfilade, où l'on avait disposé de longues rangées de lits le long des murs et au centre.

— Elle est là-bas, je la vois, indiqua l'officier en désignant du menton le fond de la pièce.

La religieuse leur tournait le dos, penchée sur le pansement d'un blessé. Le vétérinaire lui tapota l'épaule.

— Ma sœur ? Je voudrais...

— Attendez deux secondes, vous ne voyez pas que je suis occupée ? fit une voix aigrelette sans se retourner. Et puis arrêtez de me toucher comme cela, j'ai une sainte horreur de ce genre de familiarités. Nous n'avons pas élevé les cochons ensemble.

En reculant d'un pas, ils attendirent que la religieuse finisse son ouvrage sur le patient.

— Et ne tripotez pas votre pansement, jeune homme, que je n'aie pas à le refaire parce que vous vous amusez avec. J'ai d'autres chats à fouetter, le gronda-t-elle avec un accent alsacien fort prononcé.

Elle se retourna enfin. Le lieutenant avait raison. La religieuse était d'un âge indéfinissable. Son visage n'était que rides profondes, comme des coups de hache qui descendaient de son front, à demi dissimulé par son voile, jusqu'à son menton, qu'elle avait pointu. Derrière ses paupières, tout aussi crevassées, on devinait un regard étonnamment vif.

— Que puis-je donc faire pour vous, impatient jeune homme ? Et allez à l'essentiel, j'ai encore beaucoup de travail et peu de temps à vous consacrer.

— Ma sœur, je vous présente Aurélia Decourson, une bénévole qui arrive à l'instant.

Le regard acéré de la religieuse se porta sur la nouvelle venue.

— Êtes-vous infirmière ?

— Non, ma sœur, j'ai fait une formation d'assistante à l'hôpital de Tours.

— Hum ! C'est bien dommage, on manque cruellement de personnels correctement formés, répondit-elle sèchement. Enfin, tant pis, vous devriez quand même arriver à être utile à quelque chose.

L'infirmière tourna le buste vers le fond de la salle et frappa dans ses mains.

— Lucienne ! Venez ici, je vous prie.

Une jeune femme en tenue blanche s'avança.

— Voici une nouvelle. Prenez-la sous votre aile pour lui montrer le travail. Donnez-lui une tenue, et qu'elle commence dès maintenant. Le plus tôt sera le mieux.

— C'est que je voyage depuis très tôt ce matin, osa Aurélia, et...

— Sachez, mademoiselle, répondit la religieuse, que nous ne sommes pas ici dans un pensionnat pour jeunes filles riches et désœuvrées...

— Je ne suis pas de celles-là ! rétorqua Aurélia sur un ton qui surprit la religieuse.

Cette dernière plissa les yeux et pinça les lèvres, peu habituée à être ainsi reprise.

— Il y a une tâche immense à accomplir, reprit-elle. Vous aurez tout le temps voulu pour vous reposer quand la guerre sera terminée.

Elle tapa encore une fois des mains.

— Allez, allez, au travail, inutile de perdre notre temps en bavardages inutiles !

Aurélia se retourna vers l'officier vétérinaire, visiblement désolé qu'elle fût si froidement accueillie.

— Nous nous recroiserons sûrement, mademoiselle, je viens très souvent ici. Ce sera à chaque fois un plaisir.

— Merci de m'avoir accompagnée, lança-t-elle en emboîtant le pas à Lucienne.

— Votre accueil n'a pas été des plus chaleureux, ma sœur, commenta le lieutenant en se retrouvant seul avec la religieuse.

Elle esquissa ce qui ressemblait à un sourire, faisant apparaître d'autres rides.

— Ne me croyez pas si froide et dénuée de cœur, mon fils. Je le fais exprès. Si elles ne prennent pas immédiatement le chemin de la sortie avec ça, c'est qu'elles seront des aides efficaces dans toutes les situations. Ma façon à moi de me faire une idée sur leur motivation. Au fond, je respecte énormément le choix que font ces filles de venir jusqu'ici. Mais elles ne sont pas toutes capables de résister aux horreurs qu'elles y verront.

Elle soupira.

— On ne peut pas les en blâmer, continua-t-elle.

— Efficace en effet, rit l'officier en suivant de loin le balancement des hanches d'Aurélia sous sa robe. Mais cette jeune femme a du caractère, je suis certain qu'elle accomplira sa tâche.

— Tu viens d'où ? demanda Lucienne.

— De Chinon, en Indre-et-Loire. Et toi ?

— Oh moi, je suis une véritable Parisienne, du 14e arrondissement, près de la porte de Vanves.

— Désolée, je ne connais pas la capitale.

Tout en faisant connaissance, Lucienne entraîna Aurélia vers les caves du bâtiment.

— Nous avons improvisé un dortoir au sous-sol. Ça manque un peu d'aération, mais on y est tranquilles.

L'escalier était plongé dans le noir le plus complet. Lucienne tourna un interrupteur et de petites lampes jaunes éclairèrent un long couloir en projetant sur les murs leurs ombres déformées.

— Nos logements sont là, la première porte à droite. Dans les autres caves logent les médecins et les brancardiers. N'y entre surtout pas, chez ceux-là ! Ces garçons-là n'ont pas le même sens de la propreté que nous, et l'odeur y est terrible ! continua Lucienne en riant.

Elles pénétrèrent dans une pièce voûtée que la jeune femme éclaira également.

— Voici notre havre de paix. Ce n'est pas le *Ritz*, c'est sûr, mais on s'y fait, tu verras.

La pièce sentait un mélange d'humidité, de terre et de parfum bon marché. Des tapis, récupérés dans les maisons effondrées, recouvraient un sol en terre battue. Une dizaine de lits occupaient un pan de mur pour laisser en face un coin meublé d'une table et quelques chaises. Dans un renfoncement, une table de jardin en fer à la peinture écaillée, entourée de chaises et de fauteuils de styles dépareillés, supportait une lampe à huile dorée au verre rebondi et joliment travaillé ainsi qu'un miroir sur pied à demi piqué dont le verre était fendu.

— On s'est fait un petit endroit pour papoter entre filles, pendant les heures de repos. Nous appelons ça pompeusement « le salon de thé ».

Lucienne prit une mimique désolée.

— Mais malheureusement, nous n'avons pas de thé. Juste une mixture au goût étrange qui ressemble à du café.

Elle indiqua du menton le fond de la pièce.

— Derrière cette tenture, il y a des armoires avec des casiers. Prends-en un de libre pour y mettre tes affaires. Je te donne ta tenue.

Aurélia passa rapidement son nouvel uniforme, constitué d'une longue robe bleu clair, d'un tablier blanc à bretelles fermé dans le dos et d'une coiffe surmontée d'une petite croix rouge pour y enfermer ses cheveux.

— Te voilà prête à travailler. On y va ?

Aurélia prit une grande inspiration en se triturant nerveusement les doigts.

Lucienne s'approcha d'elle et lui prit les mains.

— Au début, cela va être difficile, je préfère te prévenir. Si ça ne va pas, dis-le avant de te trouver mal. Dis-toi que nous sommes toutes passées par là. Mais ne t'inquiète pas, on s'y fait vite.

— Alors, allons-y, souffla Aurélia, peu rassurée.

Lucienne fit rapidement visiter l'hôpital à sa nouvelle collègue. Une structure de soins importante, avec une dizaine d'infirmières et d'assistantes, de nombreux brancardiers et quatre chirurgiens qu'elle verrait plus tard. Pour l'heure, ils étaient tous occupés dans leurs blocs. Malgré cet effectif, le travail à accomplir était titanesque. Les blessés affluaient jour et nuit du front, saturant régulièrement l'hôpital qui débordait de monde, parfois jusqu'à l'extérieur du mur de l'ancienne école.

— Le pire, expliqua Lucienne, c'est après les gros bombardements. Le nombre de patients peut doubler, et on ne compte plus nos heures. On va dormir quand on peut.

Aurélia, épuisée par son voyage et ses émotions, avait du mal à tenir sur ses jambes.

— Va te reposer, lui conseilla Lucienne. Tant pis pour sœur Marie-Louise. De toute façon, elle est tellement occupée qu'elle ne s'apercevra même pas de ton absence. Dans ton état tu ne seras pas efficace et tu oublieras tout ce que je pourrai te dire.

À peine couchée, Aurélia s'endormit comme une masse, pour une nuit sans rêves.

Elle mit quelques secondes à reprendre ses esprits après qu'un bruit de moteur l'eut réveillée. À travers un petit soupirail qu'elle n'avait pas remarqué la veille, elle sut que le jour était levé. Elle s'habilla rapidement, remplit une cuvette d'eau pour se débarbouiller et monta rejoindre le premier étage.

— Ah, te voilà ! l'accueillit Lucienne. Tu dormais tellement bien hier soir que tu ne nous as même pas entendues nous coucher. Et ce matin, nous n'avons pas eu le cœur à te réveiller.

Aurélia la remercia pour cette attention.

— Tu as besoin d'une bonne tasse de café, reprit-elle. Viens avec moi.

Aurélia la suivit dans l'une des ailes de l'école où des soldats avaient organisé une roulante. L'un d'eux lui servit un grand bol fumant et lui tendit un morceau de pain frais avec une petite coupelle de confiture.

— Tiens, une petite nouvelle ! s'exclama-t-il. Tenez, mademoiselle, c'est pour vous. Il faut qu'on les bichonne, nos petits anges en bleu et blanc !

— Lui, c'est Jeannot, un homme adorable, commenta Lucienne à voix basse. Il se démène pour nous trouver chaque jour des petites choses agréables pour améliorer l'ordinaire. Au passage, on lui laisse un peu nous faire du gringue.

Aurélia avala de bon appétit sa tartine dégoulinante de café. L'air vibra légèrement, suivi d'un grondement de tonnerre lointain.

— Il ne me semblait pas avoir vu arriver un orage, remarqua Aurélia.

Lucienne se mit à rire.

— Tu as raison, ce n'est pas de l'orage, mais un bombardement. Ça doit venir du côté d'Albert, un village un peu plus à l'est. Quand ça arrive la nuit, on grimpe au deuxième étage et on peut voir les lueurs des explosions.

— Nous sommes si près que cela ? demanda Aurélia.

— Si près, oui. Mais dépêchons-nous. Dans peu de temps, beaucoup de blessés vont arriver.

Lucienne avait vu juste. Des convois d'ambulances arrivèrent bientôt devant l'hôpital auxiliaire. Les brancardiers se précipitaient pour ouvrir les portes, descendre les civières et les poser sur les dalles de la cour. Il se mit à neiger au même moment.

— Allez chercher des couvertures supplémentaires ! cria sœur Marie-Louise du haut de l'escalier.

Lucienne s'approcha d'Aurélia.

— Reste près de moi, tu pourras m'aider, et en même temps apprendre.

Les infirmières se hâtaient vers les arrivants pour un premier diagnostic. Lucienne se pencha vers un jeune homme. Il grimaçait, la peau de son visage était pâle sous les plaques de boue qui le maculaient. Lucienne souleva la capote souillée de terre et de sang. Sa main était amputée au niveau du poignet. Les os blancs étaient à nu et des lambeaux de chair pendaient de sa plaie. En soulevant un peu plus, elle découvrit une bande de tissu qui faisait office de garrot.

— Regarde, Aurélia. Il a un garrot et sa plaie ne saigne pas. Ce n'est donc pas une urgence absolue. Le chirurgien a un peu de temps devant lui pour intervenir.

Elle prit une fiche cartonnée et nota : « Garrot. Urgence 2. » Elle plaça la petite affiche bien en vue sur le blessé.

— Il peut attendre. Passons à un autre.

Le second avait les yeux ouverts et le regard fixe. Son torse se soulevait à peine. Il ne répondit pas quand Lucienne l'interrogea. Une large bande de tissu lui entourait l'abdomen.

— Soulève et dis-moi ce que tu vois, dit Lucienne.

La main tremblante d'Aurélia écarta doucement le pansement improvisé. Elle se recula vivement.

— Je vois ses viscères, je crois que ce sont ses intestins qui sortent.

— Alors note : « Éviscération. Urgence 0. » L'urgence 0 est une urgence absolue, qui doit être traitée immédiatement.

Lucienne héla deux brancardiers pour qu'ils transfèrent immédiatement le blessé dans le bâtiment, vers les chirurgiens. Aurélia était pâle et la tête lui tournait. Son estomac se soulevait, au bord de la nausée. Les soldats criaient, l'appelaient, tendaient la main vers elle et tentaient, quand elle passait près d'eux, d'agripper sa robe en suppliant.

— Il faut se concentrer en premier sur ceux qui sont silencieux, expliqua Lucienne. Ce sont souvent les plus atteints.

Aurélia faisait des efforts surhumains pour réprimer les haut-le-cœur qui la prenaient devant les plaies horribles et garder son petit déjeuner. Elle était rassurée par le calme et le professionnalisme de Lucienne qui, stoïque parmi les cris et la détresse, prenait le temps de lui expliquer.

— Alors ? Comment se comporte notre petite nouvelle ? demanda sœur Marie-Louise qu'elles n'avaient pas vu s'approcher.

— Elle apprend vite, ma sœur, elle deviendra une bonne assistante, rapidement autonome.

— Tant mieux, tant mieux, répondit la religieuse, je suis contente de voir que vous êtes encore avec nous.

Elle repartit en trottinant vers d'autres patients.

Le flot des blessés se calmait un peu. Le bombardement, apparemment, n'avait touché qu'un petit secteur du front.

— Ça n'a rien à voir avec les grandes offensives de ces mois derniers. Si tu avais vu cette horreur, Aurélia, j'en ai encore froid dans le dos ! Allez, profitons-en pour boire un bol de café, ça nous fera tenir pour le reste de la journée. Elle est loin d'être terminée, tu peux me croire.

Elles s'assirent au calme dans un coin de la cantine.

— Tu parlais du flot de blessés de ces derniers mois, demanda Aurélia. Il y en a eu tant que ça ?

— Des milliers ! Qui nous arrivaient de partout, qu'on a dû évacuer sur d'autres hôpitaux sans même les descendre des ambulances. Certains venaient directement à pied, et dans des états ! C'était un chaos indescriptible. Même notre doyenne semblait dépassée, c'est pour dire ! Je crois pouvoir dire maintenant ce qu'est l'enfer.

— Te souviens-tu de militaires du 6e régiment de génie d'Angers ?

Lucienne la considéra avec des yeux ronds.

— On n'avait pas vraiment le temps de savoir d'où ils venaient, crois-moi, et c'était bien la dernière de nos préoccupations.

Aurélia replongea ses lèvres dans le liquide fumant qui lui réchauffait l'intérieur du corps.

— Pourquoi ce régiment ? demanda Lucienne. Tu connais quelqu'un ? Ton fiancé, peut-être ?

— Mon frère, Armand. Il nous a avertis qu'il montait vers la Belgique, à la fin de l'été. Depuis, nous n'avons plus de nouvelles. Le Bureau de renseignements aux familles nous a informés qu'il est porté disparu. Il n'apparaît ni sur la liste des morts ou blessés ni sur celle des prisonniers. Disparu, tout simplement.

Lucienne n'eut pas le temps de répondre. Une jeune femme s'assit à côté d'elles.

— Tu dois être la nouvelle ? Nous n'avons pas eu le temps de nous présenter. Je suis Georgette, infirmière, lui dit-elle en lui tendant la main.

Georgette était très jolie. Quelques mèches de cheveux blonds glissaient de son voile blanc pour encadrer un visage à l'ovale parfait. Ses grands yeux, d'où partaient en arc de cercle deux charmantes ridules, étaient d'un bleu profond, couleur d'océan.

— Moi, c'est Aurélia, répondit-elle en lui prenant la main.

— Alors bienvenue dans cette maison de fous.

Elle héla un soldat derrière ses grosses gamelles.

— Jeannot ! Tu peux me donner un bol de soupe, s'il te plaît ?

— Avec plaisir, mam'zelle Georgette, répondit-il en soulevant son calot. J'appelle un serveur de chez *Maxim's* pour vous apporter ça, plaisanta-t-il.

— Disparu ou pas, continua Lucienne en reprenant sa conversation avec Aurélia, il doit forcément être quelque part.

— De quoi parlez-vous ? intervint Georgette.

— Aurélia recherche son frère qui a disparu.

— Il y a longtemps ?

— *A priori* à l'automne. D'après ce que l'on sait, il partait vers la Belgique, répondit Aurélia. Depuis, plus de nouvelles.

Georgette réfléchit.

— Il y a eu de grosses empoignades en novembre aux alentours d'Ypres. À cette époque-là, le Service de santé n'était pas encore bien organisé. Les hôpitaux et les postes de secours déménageaient constamment, au gré du mouvement des troupes. Si ton frère a disparu à ce moment-là, ça va être coton de le retrouver.

Aurélia hocha la tête.

— Je le sais. Mais j'ai promis à ma mère de tout faire pour.

Une autre femme s'encadra dans la porte de la cantine.

— Ah ! Vous êtes là ! Un convoi va partir pour évacuer des blessés sur Paris. Sœur Marie-Louise veut tout le monde pour vérifier les pansements et conditionner les hommes pour le voyage.

Georgette avala d'un trait son bol de soupe de légumes, en se brûlant légèrement la gorge.

— Allez, les filles ! Au travail, la journée va être longue.

Les infirmières et les assistantes s'affairaient autour des soldats mutilés. Une chaîne de brancardiers, aidés des chauffeurs, s'était organisée entre l'intérieur du bâtiment et la file de camions et d'ambulances qui stationnaient sur la rue Jules-Barni, sur lequel s'ouvrait l'hôpital militaire 101. Certains soldats, encore endormis par l'anesthésie, sortaient du bloc opératoire, après une intervention qui les maintiendrait en vie jusqu'aux structures de l'arrière. D'autres, en attendant, grelottaient dans la cour, à peine protégés par les bâches et les couvertures supplémentaires. Aurélia suivait toujours Lucienne, qui rajoutait sur un pansement sanguinolent une bande de tissu, replaçait une couverture, distribuait force encouragements et sourires. Sur un signe de la tête, quand elle jugeait que tout était en ordre, deux brancardiers emportaient la civière.

— Celui-là est mort, dit-elle en remontant la couverture sur son visage. Elle traça un signe de croix sur son torse.

— Il est si jeune ! se désola Aurélia.

— Ils sont tous trop jeunes pour être ici, répondit Lucienne.

La préparation du convoi dura plus d'une heure et la cour, ainsi que les chambres d'hospitalisation, s'était bien vidée. Aurélia, à force de courir d'un côté et de l'autre, ne ressentait plus le froid. Les quatre chirurgiens sortirent du bloc opératoire et s'assirent sur les marches de l'escalier pour souffler un moment et allumer une cigarette.

— Vous avez fait du bon travail, mesdemoiselles, cria l'un d'eux à l'adresse des infirmières et des assistantes, l'affaire a été rondement menée, bravo à vous.

— C'est le Dr Carnaud, murmura Lucienne à Aurélia. Il est très sympathique, et bel homme en plus, ajouta-t-elle avec un clin d'œil.

Édouard Carnaud devait avoir environ trente-cinq ans. Ses cheveux bien noirs coiffés en arrière et sa fine moustache qui lui ombrait la lèvre supérieure le faisaient ressembler à un chanteur dont elle avait oublié le nom. Il semblait fatigué, las d'avoir opéré des heures durant. Il tirait lentement sur sa cigarette les yeux fermés, la tête appuyée contre la pierre du mur.

— Allons nous restaurer et boire quelque chose de chaud, décida Georgette en passant devant Aurélia et Lucienne, nous l'avons bien mérité.

Les infirmières et assistantes faisaient la queue devant la roulante pour prendre l'assiette que les cantiniers leur tendaient.

— Aujourd'hui il y a du veau ! s'exclama une assistante en inspectant son assiette. On va se régaler.

— Je ne sais pas si c'est du veau, intervint une infirmière qui venait de rejoindre le groupe, mais j'ai remarqué que tous les chats qui traînaient autour de l'hôpital ont disparu.

Quelques petits cris fusèrent. Lucienne haussa les épaules.

— Voici Alice, s'adressa-t-elle à Aurélia, c'est la comique du groupe, toujours à raconter une ânerie.

Profitant de la relative accalmie, les filles papotaient tranquillement autour des tables. Elles étaient toutes là. Même sœur Marie-Louise s'était jointe au groupe. Comme à son habitude, elle restait silencieuse, la tête penchée sur son assiette de soupe à tremper des morceaux de pain. À l'autre bout de la table, des filles riaient joyeusement en tapant des mains.

— Allez, Alice, pousse donc un peu la chansonnette et fais-nous donc rire un peu. Nous en avons bien besoin.

— Alice est une vraie petite Parisienne de Montmartre, expliqua Lucienne à Aurélia. C'est la plus jeune d'entre nous. Elle a une voix magnifique et nous fait toujours beaucoup rire.

La jeune fille se fit un peu prier puis consentit à se lever de son banc sous les applaudissements. Elle se racla la gorge pour s'éclaircir la voix. Elle jeta un regard circulaire sur la salle.

— Tout le monde ici aime Dranem ? demanda-t-elle.

— Oui ! Oui ! répondirent en chœur les filles.

Quelques soldats, attirés par le bruit, entrèrent pour profiter du spectacle.

— Bon ! Pour vous faire plaisir, alors, dit-elle quand le silence fut revenu.

Elle s'éclaircit de nouveau la gorge et prit une voix masculine, comme les directeurs de music-hall qui présentent leurs artistes.

— Mesdames et messieurs, en exclusivité pour l'hôpital auxiliaire 101, le meilleur hôpital du front, la grande chanteuse, que dis-je, l'extraordinaire diva Alice Javaud va vous interpréter...

Les rires fusèrent dans la salle. Quelques soldats sifflèrent pour l'encourager.

— *Tu sens la menthe* !

Une nouvelle salve d'applaudissements fusa dans la cantine. Les cuisiniers, délaissant leurs grosses gamelles, s'étaient également approchés, le sourire aux lèvres. Alice réclama d'un geste le silence et entama sa chanson en tapant du pied sur les planches.

D'chez l'coiffeur sortant l'autre semaine
Où je m'étais fait raser le menton
Dans la rue j'rencontre une ancienne
Qui m'embrasse et me dit tu sens bon
Moi très flatté du compliment
Je lui réponds fort galamment

Pétronille tu sens la menthe
Tu sens la pastille de menthe
Tu sens la menthe pastillée
Entortillée dans du papier
Papier papier papier mâché

Le soir même de mon hyménée
Quand l'cérémonial fut fini
Ma femm' me dit très emballée
Une heure avant de se mettre au lit
Je sens que j't'adore mon gros chéri
C'est pas ça qu'tu sens que j'y dis

Pétronille tu sens la menthe
Tu sens la pastille de menthe
Tu sens la menthe pastillée
Entortillée dans du papier
Papier papier papier vergé

L'assistance reprenait en chœur le refrain en tapant des mains. Les chirurgiens s'étaient également invités et prenaient part au petit concert improvisé. Ils s'étaient assis en bout de table, près d'Aurélia et Lucienne. Un tonnerre d'applaudissements accompagna la fin de la chanson, tandis qu'Alice saluait son auditoire en courbant exagérément le buste.

— *Bis, bis* ! entendait-on dans la pièce. Une autre, Alice ! Chante-nous-en une autre, tu es la meilleure !

— Épouse-moi, Alice ! proposa un autre en faisant virevolter son calot.

— Que je t'épouse, soldat ? Bien sûr que non ! Il ne me faut pas moins qu'un général, vois-tu ! Et pas un trop vieux encore !

La salle éclata de rire.

— Décidément, cette Alice est impayable, commenta le Dr Carnaud. Heureusement qu'elle est là pour nous divertir un peu.

Il se tourna vers Aurélia quand le calme dans la salle fut revenu.

— Pardonnez-moi, mademoiselle, mais je n'ai pas encore eu le plaisir de vous voir. Vous venez d'arriver, peut-être ?

— Oui, docteur, je suis Aurélia Decourson, assistante, je suis arrivée hier.

Il lui tendit une main qu'Aurélia serra.

— Alors, soyez la bienvenue chez nous, nous avons bien besoin de bras bénévoles. Je suis le Dr Édouard Carnaud, chirurgien, pour vous servir. Et voici les Drs Vignaud, Étienne et Landais.

Les trois médecins la saluèrent à leur tour en souriant.

— Et d'où venez-vous ? continua-t-il.

— Ma famille habite à Savigny-en-Véron, près de Chinon.

— Ah, s'écria-t-il, la douceur des bords de Loire ! Quelle magnifique région ! J'y ai de beaux souvenirs d'enfance. Peut-être aurons-nous l'occasion de les évoquer ensemble.

— Pourquoi pas, répondit Aurélia en rougissant légèrement, ce serait avec plaisir.

— Mais pour l'heure je dois malheureusement vous fausser compagnie. Il reste encore beaucoup d'autres patients qui attendent mon bistouri.

Le médecin se leva en la saluant de la tête, suivi par les autres praticiens. Quand ils furent sortis, Lucienne poussa Aurélia du coude.

— On dirait que tu lui as fait forte impression, à notre beau chirurgien. D'habitude, il est beaucoup moins bavard.

Aurélia hocha les épaules.

— Que vas-tu penser là ?

— C'est que je vais être jalouse, rit Lucienne. Depuis que je suis là, il ne m'a pas dit la moitié des mots qu'il t'a adressés.

D'autres blessés arrivèrent tout au long de la journée, immédiatement pris en charge par le personnel de soins. Beaucoup ne présentaient pas de blessures de combat mais avaient les orteils ou les membres gelés et bleus, promis à l'amputation, à force de patauger dans l'eau glacée sans pouvoir se réchauffer. La neige, dans l'après-midi, redoubla encore d'intensité, masquant le paysage alentour. Les gros flocons qui tombaient dru recouvraient la cour d'un manteau blanc qui se transformait rapidement en une bouillasse collante qui recouvrait tout. Il n'était plus possible de poser les arrivants au-dehors, de crainte qu'ils ne meurent de froid.

— Pauvres garçons ! se désolait Lucienne. Leur martyre continue. Après les bombardements, le froid et l'humidité, ils vivent un véritable enfer.

On les entassait dans les couloirs, dans les paliers entre les étages et jusque dans les combles. Ceux qui pouvaient rester assis s'agglutinaient sur les marches des escaliers, bouchant parfois le passage. Les assistantes et les infirmières s'épuisaient à grimper d'un étage à l'autre dans le bâtiment glacé et devaient par moments prendre des pauses pour récupérer leur souffle et reposer leurs mollets douloureux. Aurélia et Lucienne trouvèrent un coin dans un vestiaire encombré où elles s'affalèrent sur des ballots de linge.

— Je ne sens plus mes jambes, grogna Lucienne, et dire que je suis encore du service de nuit. Je vais m'écrouler sur place !

Sœur Marie-Louise dut mettre en place des équipes qui œuvreraient en alternance, pour ne pas épuiser tout son personnel. Certaines travaillaient pendant que d'autres rejoignaient leur chambre dans les sous-sols, s'écroulant de fatigue. Sans même prendre le temps d'enlever leur tenue, elles sombraient dans un profond sommeil.

5

Aurélia était désormais autonome. Après une semaine à l'hôpital, elle connaissait parfaitement son travail et effectuait ses tâches avec application. Lucienne avait été un excellent professeur.

— Tu devrais monter à l'étage, lui dit-elle en s'approchant, il y a des gars du génie qui sont arrivés.

Aurélia se dépêcha de finir d'arranger un pansement et grimpa l'escalier. Plusieurs blessés étaient arrivés le matin même. Elle entra dans la salle.

— Il y a des soldats du génie ici ? demanda-t-elle en passant devant les lits.

— Moi, mademoiselle, ici, fit une petite voix. Je suis sapeur.

Aurélia s'approcha d'un jeune homme dont le bras avait été amputé sous l'épaule. Un gros pansement recouvrait son moignon.

— Êtes-vous du 6e régiment d'Angers ? lui demanda l'assistante.

— Non, du 3e, d'Arras, répondit-il en grimaçant, mais si je peux vous aider, j'en serai heureux.

Aurélia soupira.

— Je recherche quelqu'un, du 6e. Mais peut-être le connaissez-vous ? Le lieutenant Decourson, Armand Decourson.

Le jeune homme fouilla dans sa mémoire.

— J'ai vu quelques gars du 6e, à Saint-Jans-Cappel. Il y a des officiers, bien sûr, mais j'ai beau chercher, le nom ne me dit rien.

— Moi non plus, intervint un soldat qui occupait le lit voisin. J'allais souvent au ravitaillement de matériel là-bas. Je n'y ai rencontré personne qui porte ce nom. Mais il y a beaucoup de monde, je ne les connais pas tous.

— Saint-Jans, vous dites ?

— Oui, c'est un petit village de Belgique, tout près du front.

— Je vous remercie, monsieur, vous m'avez beaucoup aidée.

Le soldat, de son unique main, prit celle d'Aurélia et lui sourit.

— Vous cherchez votre mari, ou votre amoureux, peut-être ?

— Non, c'est mon frère, qui a disparu quelques jours avant Noël.

Le blessé hocha la tête.

— Il y a eu énormément de casse à ce moment-là. Beaucoup de morts, de prisonniers, et même des gars enterrés vivants dans les souterrains que l'on essayait de creuser sous les bombardements. On n'a jamais pu les récupérer, ces pauvres gars, vous vous en doutez bien. Et ce n'est pas faute d'avoir essayé, je vous le promets.

Aurélia sentit des larmes lui monter aux yeux. Enterrés vivants, quelle mort horrible !

— Ne m'en veuillez pas d'être si direct avec vous, mademoiselle. Je vois que vous êtes très touchée. Mais n'ayez pas trop d'espoir.

Aurélia lâcha la main du blessé.

— Je vous remercie, monsieur. Je n'aurai pas de repos tant que je ne serai pas certaine. Comment vous appelez-vous ?

— Émilien Gachon, mais les gars de mon escouade m'appelaient Tord-Fil, je ne sais pas pourquoi.

Aurélia lui sourit.

— Vous allez bientôt quitter l'hôpital, vous pourrez leur demander.

— Ça m'étonnerait, mademoiselle, ils sont tous morts.

Aurélia, remplacée auprès des patients par une autre assistante, prenait une pause. Assise sur le seuil d'une porte, derrière la cantine, qui donnait sur une courette tout en longueur, elle offrait son visage au soleil pâle et froid qui perçait par intermittence la couche des nuages chargés de neige. Elle repassait dans sa tête les propos du soldat. Des enterrés vivants, que personne ne pourrait retrouver. Armand faisait-il partie de ces malheureux, dont un jour, peut-être, les ossements seraient exhumés, quand la paix permettrait les recherches ? Aurélia ressentit un profond découragement. Elle ferma les yeux et ses pensées s'envolèrent jusqu'à Savigny-en-Véron, dans sa maison familiale. Elle devinait sa mère assise dans son fauteuil, dans le salon, guettant l'arrivée d'une lettre qui lui rendrait espoir. Cette lettre, Aurélia ne se sentait pas le courage de l'écrire. Dans quelques jours, peut-être ? Elle entendit des pas se rapprocher d'elle.

— Moi aussi, je viens souvent ici pour me reposer un moment.

Le Dr Édouard Carnaud s'assit près d'elle. Il farfouilla un instant dans sa poche pour en sortir une cigarette qu'il alluma.

— Vous fumez, peut-être ? demanda-t-il en lui présentant le paquet.

— Non, merci, docteur. Je n'ai jamais essayé.

— Vous avez raison, ce n'est pas très bon pour la santé. Mais ça délasse, après des heures au bloc opératoire.

Le médecin exhala un panache de fumée qui piqua une seconde le nez d'Aurélia.

— Cette journée a été terrible, reprit-il au bout d'un moment. Quatre morts sur la table. Le quart de mes patients. Vous vous rendez compte ?

Il tira encore une longue bouffée.

— Ce n'est pas votre faute, docteur. Ils nous arrivent parfois dans un tel état ! C'est même un miracle qu'ils puissent venir jusqu'à nous.

— Et le pire est que souvent ce ne sont pas leurs blessures qui les tuent, mais le manque d'hygiène, qui provoque la gangrène et la septicémie. Ils attendent trop longtemps dans les postes de secours du front pour être transférés. Mais je sais que mes collègues, là-bas, font ce qu'ils peuvent avec leurs moyens dérisoires. La maladie et les conditions de vie misérables tuent malheureusement plus sûrement que les obus ennemis.

Le médecin semblait abattu. Il avait le teint pâle et les yeux creux de celui qui ne dort pas assez. Il se força à sourire.

— Et vous, mademoiselle, ce n'est pas trop dur ?

— Si, parfois, évidemment. Quand on voit la détresse de ces jeunes gens, ça vous serre le cœur. Pour le reste, on arrive à s'y habituer malgré tout.

— Faites attention, à trop s'habituer on en devient insensible. C'est la pire chose qui puisse nous arriver.

Il tira une bouffée de son tabac avant de continuer :

— Je vous admire, vous savez, de quitter la douceur de votre foyer pour venir jusqu'ici pour nos soldats. Vous leur apportez tellement. Pour eux, c'est comme une petite flamme d'humanité au milieu de toute cette monstruosité. Ils n'ont souvent pas les mots pour le dire, mais ils éprouvent pour vous un profond respect.

Au-delà du muret de clôture de l'ancienne école, ils regardèrent passer une immense colonne de soldats qui traversait la ville pour monter vers les lignes. Ils avaient la tête baissée et l'air résigné. Aucun d'eux ne parlait. Ils jetaient des regards furtifs vers le drapeau à croix rouge qui flottait sur le bâtiment avant de replonger leurs yeux vers le pavé.

— Combien de ceux-là reviendront-ils vivants ? commenta le médecin en soupirant. À peine une poignée, et dans quel état !

Il se leva et écrasa sa cigarette du talon.

— Le devoir m'appelle. Échanger quelques mots avec vous a été un réel plaisir, mademoiselle Aurélia.

Dans la chambre des assistantes, l'ambiance était à la fête. Les filles qui n'étaient pas de service se régalaient autour de tranches épaisses de pain frais et d'une omelette que les cuisiniers leur avaient préparée. Une chose insignifiante en temps de paix, mais qui ici prenait l'allure d'un vrai festin.

— Je t'ai bien vue tourner autour du bloc, Alice, lança Georgette en suçant ses doigts pleins de jaune d'œuf. Aurais-tu des vues sur un médecin ?

— Ben quoi ? Ce n'est pas parce que c'est la guerre qu'il faut oublier l'amour ! J'avoue que ce Dr Landais n'est pas mal du tout !

— Et vous l'auriez vue quand elle chantait, continua Georgette en battant exagérément des cils, il la couvait des yeux.

— Seriez-vous jalouses ? répondit Alice, la bouche encore pleine. Nous sommes commandées par une religieuse, mais ce n'est pas pour ça que j'ai pris le voile. Je n'ai pas fait vœu de chasteté, moi.

La tablée s'esclaffa.

— Moi, c'est le Dr Étienne que je préfère, intervint Françoise, qui d'habitude parlait peu. Il est bien plus vieux que moi, peut-être, mais je trouve que les hommes mûrs ont un côté très rassurant.

— Vous avez entendu, les filles, rit Alice. Étienne, c'est chasse gardée pour Françoise, personne ne touche !

Les rires fusèrent de nouveau.

— Et toi, Aurélia, demanda Alice, tes préférences vont vers qui ?

— Moi ? Mais personne en particulier, je ne fais que mon travail, je n'ai pas le cœur à m'occuper de ça.

— Alors c'est bien dommage, intervint Michelle, qui jusque-là était plus occupée à engloutir ses tranches de pain qu'à prendre part à la conversation. Apparemment, tu as fait forte impression, pourtant.

Aurélia la regarda avec un air étonné.

— C'est que les médecins parlent entre eux quand ils sont penchés sur la table d'opération, reprit-elle. Et comme je travaille au bloc, à tout nettoyer leurs cochonneries derrière eux, j'entends tout ce qu'ils se disent.

— Vas-y, raconte ! lança Mauricette qui s'était levée de son lit, délaissant sa lecture, pour venir écouter les potins de l'hôpital.

Michelle baissa la voix, comme pour annoncer un secret. Les filles se penchèrent vers elle, vivement intéressées par la tournure de la conversation.

— Édouard, je veux dire le Dr Carnaud, n'arrête pas de parler d'Aurélia. On dirait qu'il a un béguin.

Aurélia haussa les épaules.

— C'est idiot, nous n'avons parlé que deux fois, et pas longtemps encore. Tu dis n'importe quoi, Michelle, pour te rendre intéressante, comme d'habitude.

— Si je le dis, c'est que c'est vrai, répondit l'assistante, vexée.

— En tout cas, répliqua Aurélia, je ne suis pas là pour ça. J'ai d'autres choses à faire. Le Dr Carnaud m'est totalement indifférent.

— Ça serait moi, dit Alice en riant, avec le bel Édouard, je prendrais le temps !

— Laissez-la donc tranquille ! s'écria Lucienne qui venait d'entrer et avait assisté à la fin de la conversation. Vous ne voyez pas que vous la gênez ?

Elle lança sa coiffe sur le lit.

— Allez, l'équipe suivante ! C'est à vous de monter sur le pont. Des blessés viennent juste d'arriver. Et quand vous verrez leur état, vous n'allez pas être déçues ! Je ne suis pas fâchée de vous les laisser.

Quelques filles rajustèrent leur tenue en soufflant.

— On est encore parties pour une belle nuit de bonheur ! râla Alice en nouant son tablier. Dr Landais, j'arrive ! lança-t-elle en ondulant de la croupe pour faire rire ses collègues.

Lucienne s'empara d'un morceau de pain et d'un restant d'omelette en s'asseyant près d'Aurélia.

— Avec ce que je viens de voir, je me demande comment j'arrive à manger.

— C'est si terrible que ça ? demanda Aurélia qui finissait d'ajuster sa tenue.

— Je ne préfère pas te raconter. Les pauvres garçons ! Il y en a même un qui était complètement enterré, ils l'ont sorti de justesse. Je pense que tous ses os sont brisés, je ne sais pas comment il a fait pour arriver jusqu'ici vivant. Enfin, quand je dis vivant, c'est vite dit !

Cette pensée fit frissonner Aurélia. Elle se remémora les paroles du soldat du génie au sujet des hommes ensevelis. Cette pensée, depuis lors, ne la quittait pas. Elle avait légèrement pâli.

— Je suis bête, se désola Lucienne, je n'aurais pas dû te dire ça.

Les jours et les semaines passaient. La neige et le gel avaient cessé et le printemps s'installait par petites touches timides. Sur les quelques arbustes qui avaient miraculeusement résisté dans l'arrière-cour de l'hôpital, des bourgeons faisaient leur apparition, comme si la nature voulait se moquer de la guerre et reprendre ses droits. Lucienne était partie pour quelques jours de repos, chez elle, à Paris. Aurélia venait de se réveiller. Après une rapide toilette, elle se dirigea vers la cantine pour boire un café. Elle croisa sœur Marie-Louise.

— Mademoiselle, lui dit celle-ci en lui attrapant le bras, pensez-vous être capable de travailler au bloc ? Michelle doit nous quitter à son tour pour quelques jours. Un décès dans sa famille. Sa mère, il me semble, ou une tante, à vrai dire je ne sais plus.

— Pauvre Michelle, elle doit être bien triste !

— Oui, c'est triste, confirma la religieuse. Mais pour le bloc ? Vous ne m'avez pas répondu.

— Je ne sais pas si j'en serai capable, ma sœur, bafouilla Aurélia. Je ne connais rien aux interventions.

Sœur Marie-Louise balaya l'argument d'un geste de la main.

— On m'a dit grand bien de vous, que vous êtes débrouillarde et que vous apprenez vite. Vous ferez l'affaire, j'en suis certaine. Présentez-vous au bloc d'ici un quart d'heure.

Sans attendre la réponse, la religieuse repartit de son pas rapide vers les salles d'hospitalisation.

Aurélia rejoignit Alice, déjà attablée à la cantine.

— Je n'en serai pas capable, répétait Aurélia, je ne vais faire que des bêtises. Et si je mettais la vie des patients en danger ?

— Ne t'inquiète donc pas ! Ce n'est pas si difficile, la rassura Alice. Les chirurgiens te demandent les instruments et tu n'as qu'à leur passer. D'habitude, c'est une infirmière diplômée qui s'en charge. Mais là, il se trouve que c'est une denrée rare.

Aurélia, son café rapidement avalé et rassurée par son amie, se dirigea vers les blocs. Pour la première fois, elle poussa les portes des salles de chirurgie. L'endroit sentait fortement l'éther et le chloroforme.

— Je t'attendais. Viens passer une blouse propre et mettre des gants, la héla une assistante qui rangeait du matériel sur des étagères.

Elle l'aida à passer un sarrau qu'elle attacha dans le dos, lui posa une charlotte propre sur la tête et déballa une paire de gants d'une boîte de stérilisation.

— C'est maintenant que ça se complique, lui expliqua l'assistante. Ces gants ne doivent plus toucher que les instruments stériles. Quant à la main qui ne te sert pas, tu la gardes en l'air. Pour le reste, tu n'as qu'à faire ce que te dit le chirurgien. Et surtout, pas question de te gratter le nez ou autre chose. As-tu compris ?

Aurélia approuva de la tête. Elle trembla légèrement quand sa collègue lui ouvrit la porte qui donnait accès à la salle de chirurgie.

— C'est à toi, bon courage.

Aurélia prit une grande inspiration et pénétra dans le bloc.

Un patient était allongé sur un brancard, sous un drap blanc. Seule sa tête dépassait du tissu, près de laquelle se tenait assis le médecin responsable de l'anesthésie. Le chirurgien, le visage caché sous un masque, coupait le drap au ciseau pour dégager l'abdomen du blessé d'où, par un petit trou, s'échappait un peu de sang.

— Ah ! Voilà notre nouvelle assistante, dit-il, juste à l'heure pour commencer.

Aurélia reconnut la voix du Dr Carnaud. Aux plis qui s'étaient formés aux coins de ses yeux, elle devina qu'il souriait sous son masque.

— Bonjour, docteur, bredouilla-t-elle. Sachez que je n'ai jamais travaillé au bloc, je ne connais pas le nom des instruments, et encore moins leur fonction.

Elle jeta un coup d'œil inquiet sur une boîte de chirurgie ouverte qui débordait d'instruments. Des ciseaux de diverses tailles, des droits et des recourbés, des courts et des longs, des pinces au bout plat, d'autres au bout rond ou terminées par des petites griffes, des aiguilles à la longueur impressionnante, des sortes d'écarteurs comme elle en avait vu dans la trousse du vétérinaire qui était venu un jour soigner Mirabelle, ainsi qu'un instrument qui ressemblait fort aux sécateurs que les vendangeurs utilisaient pour couper les grappes de raisin.

— Je vous les apprendrai, vous n'aurez qu'à les mémoriser au fur et à mesure. Il n'y en a pas tant que cela finalement, ça devrait vite venir.

Aurélia n'osait pas bouger, impressionnée par les scies aux dents acérées posées sur un linge blanc.

— Ça va aller, mademoiselle ? Êtes-vous d'attaque pour commencer ? Parce que là, il va falloir y aller, ce patient n'a que trop attendu votre arrivée.

Aurélia hocha la tête, peu rassurée. Elle ne savait pas si c'était la peur de ne pas être à la hauteur de la tâche ou le fait de faire une bêtise qu'elle appréhendait le plus.

— Mettez-vous ici, face à moi, reprit le chirurgien. Vous remplacez l'interne qui en temps normal est à votre place. Mais c'est la guerre et il faut s'adapter.

Il désigna du doigt un flacon de verre.

— Prenez ce flacon de désinfectant, et versez-en largement sur son abdomen. Après, vous me passerez ce bistouri.

Aurélia poussa un petit cri quand le chirurgien incisa la peau du blessé sur une dizaine de centimètres.

— N'ayez pas peur, il est endormi et ne sent rien du tout.

Le médecin plongea ses mains à travers le trou béant. Il farfouilla un moment dans les entrailles et remonta un peu de tissu rosé.

— Mettez vos mains près des miennes, ordonna-t-il, et tenez ça pour moi.

Aurélia hésita.

— Bien, quoi, n'ayez pas peur. Vous n'avez jamais vu une charcutière fabriquer des saucisses ou du boudin ? C'est exactement la même chose, des intestins.

L'assistante refréna une nausée. Elle se jura intérieurement de ne plus manger de charcuterie. Elle avança ses mains en tremblant.

— Il faut vous dépêcher, mademoiselle, ce jeune homme ne s'en portera que mieux si on le garde ouvert le moins longtemps possible.

— Oui, excusez-moi.

Elle empoigna dans ses mains les entrailles chaudes du blessé et fixa la fenêtre derrière le chirurgien pour tenter d'oublier qu'elle avait les doigts à l'intérieur du corps d'un homme.

— Vous vous en sortez très bien, la rassura-t-il. Ne bougez surtout pas, je vais extraire la balle et faire quelques sutures. Il n'y a pas de gros dégâts, ce garçon va s'en sortir, il a beaucoup de chance. Et ce sera un peu grâce à vous aussi.

L'agilité avec laquelle le chirurgien faisait tourner le fil entre ses doigts pour confectionner des nœuds minuscules l'impressionna. Le blessé fut rapidement recousu et transféré dans un lit d'hospitalisation. Après un nettoyage rapide du brancard avec un désinfectant, on fit entrer un autre blessé, puis un autre encore. Pendant des heures. Aurélia, à force de rester debout sans bouger, ne sentait plus son dos. Des élancements douloureux partaient de la naissance de son fessier jusqu'à la nuque, qu'elle faisait bouger dès qu'elle en avait la possibilité. Elle fit des efforts surhumains pour ne pas s'évanouir quand le médecin coupa le bras d'un soldat juste au-dessus du coude. Le bruit de la scie sur l'os lui vrillait les oreilles. Sa blouse était maculée de sang et ses cheveux collaient à sa coiffe. Le bras fit un bruit mat en tombant dans un grand bassin en émail. Le chirurgien souffla en posant les yeux sur une pendule installée dans la pièce.

— Une amputation du bras en moins de dix minutes. C'est pas mal, mais je peux faire mieux ! Les chirurgiens de Napoléon faisaient mieux que ça. Mais eux ne perdaient pas de temps à endormir leurs patients.

Il se tourna vers son anesthésiste.

— On parie sur neuf pour la prochaine fois ?

— Puisque tu veux tenter d'égaler ce bon Larrey, tenu pour neuf. Je pourrai économiser mes doses anesthésiques, et toi, tu pourras postuler pour la Grande Armée.

Les deux médecins se mirent à rire. Aurélia ne goûta pas leur conversation.

— Voilà près de quatre heures que nous travaillons sans relâche. Il va falloir prendre une pause, décréta le Dr Carnaud en retirant sa calotte.

Aurélia emplit ses poumons d'air frais en sortant dans la cour.

— Vous avez fait un excellent travail, mademoiselle. Pour vous remercier, permettez-moi de vous offrir un café.

Elle suivit le Dr Carnaud jusqu'à la cantine, déserte à cette heure. Elle mit dans sa tasse plus de sucre que d'habitude, pour reprendre un peu de forces.

— Il vous faudrait manger un peu, estima le médecin, vous avez l'air un peu pâle.

— Je crois que je ne pourrai rien avaler, lui dit-elle en souriant légèrement.

Le médecin s'empara dans une corbeille de deux tranches de pain qu'il posa d'autorité devant la jeune femme.

— Il le faut pourtant, la journée n'est pas terminée et je ne voudrais pas vous voir tourner de l'œil au bloc. Disons que c'est un ordre du médecin.

À contrecœur, elle mordilla dans une tranche de pain. Le chirurgien alluma une cigarette.

— Cela vous dirait de travailler au bloc à temps complet avec moi ?

Aurélia le regarda avec des yeux ronds.

— Vous voulez dire tous les jours ?

Le médecin se mit à rire.

— C'est ce que « à temps complet » veut dire, en effet.

Elle désigna du doigt la cigarette qui se consumait.

— Finalement, je veux bien essayer d'en fumer une. Ce sera la journée des grandes premières.

Aurélia toussa en avalant la première bouffée.

— Mais le goût est tout simplement horrible ! Ça me brûle de la gorge jusqu'aux poumons.

— C'est normal la première fois, ensuite on s'y habitue, et après ça devient presque agréable.

Elle tira une seconde bouffée, plus lentement. La fumée emplit doucement ses poumons. Elle ferma les yeux et se concentra pour ne pas être emportée par une seconde quinte de toux. Sous l'effet de la nicotine, la tête lui tourna un peu.

— Alors, votre réponse ? demanda le médecin.

— Si vous m'en croyez capable, alors la réponse est oui.

— Très bien, je vais avertir sœur Marie-Louise de ce changement.

— À mon avis, elle ne sera pas contente de perdre une assistante dans les chambrées.

— Ne vous inquiétez pas pour cela, j'en fais mon affaire. Je suis seul maître dans mon bloc, après tout.

Le médecin avala d'un trait le café qu'il s'était servi et grimaça.

— Alors au travail maintenant, il reste des soldats à opérer. Et si on nous voit trop ensemble, ça va jaser, dit-il en riant.

Alors qu'ils traversaient la cour pour repartir en direction du bloc, les infirmières et assistantes qui y travaillaient les suivirent du regard. Alice, qui s'attelait à bander le torse d'un blessé, lui adressa un petit sourire accompagné d'un clin d'œil.

— Pour ce qui est de jaser, c'est trop tard, murmura-t-elle pour elle-même. Je sais de quoi il sera question ce soir dans la chambrée.

Aurélia entra dans la chambre totalement épuisée. Elle ne sentait plus ses reins ni ses bras. Même ses cervicales et la plante de ses pieds étaient douloureuses. Elle n'avait pas d'autre envie que de s'affaler sur son lit, fermer les yeux et dormir. Alice était déjà là. Elle avait passé un peignoir épais sur sa chemise de nuit, laissant tomber ses longs cheveux blonds bouclés sur ses épaules. Cette fille était vraiment très jolie. Pas étonnant que tous les blessés l'adorent et ne perdent pas l'occasion de lui adresser un petit mot gentil quand elle passait parmi eux. On aurait dit un ange tombé du ciel au milieu de tant de souffrance et de misère.

— Le Dr Landais a promis de m'inviter au restaurant lors d'une prochaine permission. Qu'en penses-tu, Aurélia ? Je devrais accepter à ton avis ?

— Pourquoi pas ? Tu as dit l'autre jour qu'il te plaisait bien, alors accepte, tu verras bien.

Alice réfléchit une seconde.

— Oui, je crois que tu as raison, je vais accepter. Après tout, qu'est-ce que je risque ?

Elle attrapa une brosse pour enlever les nœuds de ses cheveux.

— Et toi, reprit-elle d'un air malicieux, ça a l'air de bien se passer avec le Dr Carnaud. On dirait qu'il t'a à la bonne. Il souriait, même, et ça, ce n'est pas habituel.

— Ce n'est pas parce que nous avons bu un café ensemble après les opérations qu'il va falloir que tu t'imagines des choses.

— Oh ! Je ne m'imagine rien, je disais ça juste comme ça, pour parler. C'est vrai qu'il t'a prise comme assistante de bloc en remplacement de Michelle ?

— Je vois que les nouvelles vont vite ! Oui, c'est la vérité.

— Tu vas en faire des jalouses, rit Alice.

Aurélia préféra se taire et se laisser happer par le sommeil. Elle savait que les filles avaient besoin de ces petits ragots, qui n'avaient rien de méchant toutefois, et de ces petites histoires d'amourettes le plus souvent inventées. Cela leur permettait de sortir du quotidien de l'hôpital, de penser un peu à autre chose.

L'odeur était insoutenable. Le patient que l'on avait posé sur la table avait été blessé depuis plusieurs jours déjà. Les bombardements intenses dans son secteur avaient empêché que l'on puisse l'évacuer plus tôt. La gangrène avait infecté toute sa jambe. Son front était brûlant de fièvre. Sous un pansement que l'on n'avait pas eu le temps de changer, durci par le sang et le pus, les asticots, de son pied au genou, se livraient une concurrence féroce pour un festin de chair pourrie.

— La septicémie a trop gagné, se désola le chirurgien. Même l'amputation ne le sauvera pas. Je ne vais rien faire.

— Mais docteur ! Vous ne pouvez pas le laisser comme ça, il y a peut-être une petite chance ! s'insurgea Aurélia.

Le regard du médecin, au-dessus du masque, se fit plus dur.

— Mademoiselle, le temps que je vais passer sur cet homme pour rien sera du temps en moins que je passerai à tenter de sauver ceux qui peuvent l'être. N'oubliez pas que nous sommes en guerre. Sachez que je ne prends pas ce genre de décision à la légère ni de gaîté de cœur, voyez-vous.

Le ton cassant du médecin surprit l'assistante. Elle baissa les yeux.

— Excusez-moi, docteur, je n'y avais pas pensé. Cela ne se reproduira plus.

Les yeux du chirurgien se firent plus doux.

— Non, c'est moi qui m'excuse. Je n'aurais pas dû vous répondre comme cela. Je crois que c'est la fatigue. Voilà des semaines que je n'ai pas pris un seul jour de repos.

Aurélia décela de la lassitude dans ses propos. Édouard Carnaud avait raison. À quoi bon s'acharner sur un patient qui de toute façon allait mourir, alors que tant d'autres attendaient son geste salvateur ? Elle vit beaucoup de tristesse dans les yeux du médecin quand, d'un geste, il indiqua aux brancardiers d'enlever le blessé. Un suivant prit immédiatement sa place.

— Remettons-nous au travail, dit le médecin en changeant sa paire de gants. Essayons de sauver celui-ci, il a encore des chances de vivre.

Malgré l'heure tardive, personne ne pouvait dormir. Des fenêtres du premier étage de l'ancienne école d'instituteurs, les filles regardaient au loin les lueurs rougeoyantes qui se succédaient à un rythme infernal, si rapprochées parfois qu'on aurait dit que des dizaines de soleils se levaient sur l'horizon, obscurci par les colonnes noires de la terre soulevée par les obus. Le tonnerre assourdi des explosions parvenait jusqu'à Amiens en un grondement sourd et continu. L'air vibrait à tel point que les cloches d'une église toute proche sonnaient par moments sans même que la main d'un bedeau ne les actionne. Les infirmières et les assistantes se serraient les unes contre les autres, silencieuses, pour se rassurer. L'une d'elles ne put s'empêcher de laisser couler ses larmes.

— Mon homme est là-bas, dit-elle doucement, les mots s'étranglant dans sa gorge.

Dans les salles d'hospitalisation, des patients tremblaient. D'autres, qui avaient déjà subi pareille attaque et en étaient sortis traumatisés, pleuraient. Il fallut même attacher un homme sur son lit. Devenu à moitié fou, il criait des mots sans suite, appelait sa mère et avait même tenté de se précipiter par l'une des fenêtres.

— Je n'ose même pas imaginer ce qu'ils subissent là-bas, dit Georgette d'une voix blanche. Ces pauvres garçons !

— Il paraît même, rajouta Alice, que certains ne se rappellent même plus leur nom, qu'ils ne sont capables ni de marcher ni de parler.

Aurélia frissonna. *Qu'ils ne se rappellent plus leur nom.* Ces quelques mots résonnèrent dans sa tête. Armand ! Et si lui aussi...

— Il faudrait peut-être essayer de se reposer un peu, reprit Georgette. Nous allons recevoir du monde demain.

Les ambulances arrivèrent dès le lever du jour, en une file ininterrompue. Sœur Marie-Louise avait réquisitionné tout le monde, réclamant même des brancardiers à une compagnie au repos qui stationnait non loin de l'hôpital. Dans un hangar qui tenait encore debout, de l'autre côté de la rue, entre des balles de foin, on improvisa un centre de tri pour orienter les blessés vers les hôpitaux complémentaires qui depuis quelques jours s'installaient dans le moindre bâtiment vide de la ville.

Aurélia ne quittait plus le bloc opératoire. Les interventions chirurgicales s'enchaînaient, sans que l'on puisse prendre le moindre repos. Toute la misère et la souffrance du soldat défilaient sur la table. Des membres déchirés par les shrapnells, des organes disloqués sous l'onde de choc des explosions, des visages ravagés, informes, auxquels il manquait une bouche, une mâchoire, un nez, devenus des trous béants d'où s'échappaient du sang, des flots de salive, des morceaux de dent et de la boue. D'où à chaque souffle s'échappait la vie. « Heureux ceux qui sont morts sur le coup, pensait Aurélia, ils ont échappé à des années de souffrance. » Derrière l'hôpital, dans ce qui était avant la guerre un immense verger, l'alignement des croix blanches s'étendait chaque jour un peu plus.

— On pourrait en sauver plus si les blessés étaient mieux pris en charge au front, commenta le Dr Carnaud, alors qu'un homme, exsangue, venait de mourir sur la table. Le poste de secours principal est à Saint-Jans-Cappel. Il faudrait que je m'y rende pour leur expliquer les nouvelles procédures.

Aurélia leva les yeux vers lui. N'était-ce pas le nom de ce village que lui avait donné ce soldat du génie qui y avait vu des troupes du 6e régiment ?

— Vous voulez vous rendre à Saint-Jans ? demanda Aurélia.

— Oui, et le plus tôt possible. Je peux faire l'aller-retour avec une ambulance dans la journée. Landais me remplacera le temps de mon absence.

— Alors je viens avec vous ! déclara Aurélia.

— Vous n'y pensez pas, c'est hors de question. Le village est quasiment sur la ligne de front. C'est extrêmement dangereux.

— J'insiste, docteur, je veux venir, c'est très important pour moi, je vous assure.

Le chirurgien leva sur son assistante un regard étonné.

— Alors, il va falloir m'expliquer. Et surtout avoir de bonnes raisons pour me convaincre de vous emmener là-bas. Mais je doute que vous en ayez une qui puisse me convaincre.

— Je suis à la recherche de mon frère.

— Votre frère ?

Aurélia lui expliqua la disparition d'Armand et l'angoisse de sa famille. Son choix également d'être affectée près du front, pour tenter de le retrouver. Et la présence dans ce village d'un important dépôt du génie, où quelqu'un l'avait certainement connu.

— C'est une belle preuve de courage et d'amour fraternel, en effet. Mais cet amour vaut-il que vous risquiez votre vie ?

— J'ai promis à mes parents, docteur, et rien ne me fera renoncer. M'emmènerez-vous ?

Le chirurgien soupira en voyant les yeux suppliants qui le dévisageaient.

— Je sais que de toute façon vous êtes entêtée, et même si je vous dis non vous trouverez un autre moyen. Alors je n'ai pas le choix. Au moins, je pourrai veiller sur vous. Mais je m'en voudrai toute ma vie si jamais il vous arrive quoi que ce soit.

Il baissa la tête sur son patient.

— Et croyez-moi, je n'ai aucune envie de vous perdre.

6

— Mais es-tu complètement inconsciente ? Tu ne vas pas aller là-bas, tu vas te faire tuer ! Tes parents ont perdu un fils, Aurélia. Crois-tu qu'ils seraient prêts à perdre aussi une fille ?

Georgette gesticulait, s'asseyait sur un lit pour se relever aussitôt, faisant les cent pas dans la pièce, en proie à une grande agitation, cherchant mille raisons pour que son amie renonce à cette folie. Aurélia s'entêtait.

— J'ai promis à ma mère de retrouver mon frère, et je tiendrai cette promesse, coûte que coûte. Quels qu'en soient les risques.

— Mais ton frère est très sûrement mort. Que penses-tu trouver ? Pas même une tombe où tu pourrais te recueillir. Et si jamais tu meurs là-bas ? Ta famille sera bien avancée !

— Une promesse est une promesse, s'énerva Aurélia. J'ai dit que j'irai et je ne reviendrai pas là-dessus.

Georgette soupira devant l'obstination de son amie. Elle la prit dans ses bras et la serra contre elle.

— Puisque je ne peux pas te faire revenir à la raison, il ne me reste plus qu'à te demander d'être extrêmement prudente.

— C'est promis.

L'ambulance attendait dans la cour. Le jour se levait à peine. Malgré le manteau qu'elle avait passé par-dessus sa tenue, Aurélia grelottait. Le Dr Carnaud arriva à son tour. Il s'adressa au chauffeur.

— Vous connaissez votre route, mon ami ?

— Oui, monsieur. Nous passerons par Séricourt et Hazebrouk plutôt que par Arras. C'est un peu plus long mais nous rencontrerons moins de convois et nous passerons mieux.

— Je vous fais confiance, vous connaissez la route mieux que moi.

Le conducteur consulta sa montre.

— Avec un peu de chance, nous y serons vers midi.

Le chirurgien s'installa près du conducteur, le siège le moins confortable, pour laisser galamment à Aurélia la place contre la fenêtre.

— Alors ne perdons pas de temps, roulez, ordonna-t-il.

Le paysage était morne et plat. La végétation avait quasiment disparu. Seuls quelques troncs hachés témoignaient qu'ici il y avait eu une forêt, ou peut-être un verger. Dans les champs, les trous d'obus remplaçaient les sillons. Les villages avaient terriblement souffert. Il ne restait des bourgades que des toits soufflés par les explosions, des églises aux clochers écroulés et des pans de mur couchés à terre, des charrettes écrasées dans ce qui avait été autrefois des granges. De certains bourgs on ne devinait plus que les fondations des maisons, dont seuls des moellons dépassaient de la terre. Après les premières offensives, et bravant l'interdiction des autorités militaires, quelques rares habitants étaient revenus pour tenter de reconstruire leur maison et de sauver ce qui pouvait encore l'être. Les vestiges des combats étaient partout où l'on posait le regard. Des véhicules éventrés poussés sur les bas-côtés, des trous profonds remplis d'eau croupie desquels émergeaient des cadavres d'animaux aux ventres gonflés, les pattes pointant vers le ciel. Et partout des cimetières improvisés, mille fois labourés, aux croix couchées et brisées. On croisa quelques convois, la plupart remplis de blessés qui s'entassaient sous les bâches des camions. Des charrettes aussi, tirés par des chevaux maculés de boue, le pas lent, la tête baissée vers la route, s'étonnant d'être encore en vie, tout comme les hommes qui les conduisaient. L'ambulance dut s'arrêter un moment pour se laisser dépasser par des dizaines d'autres véhicules qui tractaient des canons vers le front. Parfois, de chaque côté de la chaussée, des files de soldats montaient vers le nord. Le chauffeur donnait de son avertisseur sonore pour ne pas les faire passer sous ses roues. Bercée par les cahots de la route, Aurélia s'endormit un moment, la tête contre la vitre. Une embardée, pour éviter un trou, la réveilla en sursaut.

— On arrive, déclara le chauffeur, le poste de secours est à la sortie du village, dans ce qu'il reste d'une école communale.

Le village de Saint-Jans-Cappel était transformé en un énorme camp militaire d'où tous les civils avaient été évacués. On ne voyait partout que des soldats et des officiers courant aux ordres. Les maisons qui s'obstinaient encore à rester debout, malgré les lézardes qui couraient sur les façades, étaient devenues des postes de commandement, des cantines, des dépôts de matériel ou des cantonnements. Des marmites fumaient dans toutes les cours, autour desquelles les soldats se réchauffaient et faisaient bouillir leur linge pour en éliminer les poux qui les infestaient.

Le véhicule entra dans l'une de ces cours. Les bâtiments qui l'encadraient, d'après les inscriptions qui ornaient le haut des deux portes, étaient autrefois l'école des filles, celle des garçons et la mairie. Des drapeaux à croix rouge flottaient désormais sur leurs toits. Comme à Amiens, des centaines de brancards encombraient l'espace. Les mêmes cris, les mêmes supplications et la même odeur fétide. Les mêmes infirmiers aux yeux creux et au teint pâle s'affairaient de l'un à l'autre.

— Je vais rencontrer mes confrères, dit le chirurgien. Faites ce que vous avez à faire, mademoiselle Aurélia. Nous nous retrouverons ici dans deux heures. Et ne soyez pas en retard.

Aurélia avisa deux officiers assis sur des caisses qui fumaient une cigarette. Ils lui indiquèrent, deux rues plus loin, le dépôt du génie, organisé dans une écurie dont il manquait la moitié du toit. Arrivée à destination, elle demanda à être reçue par l'officier responsable du lieu.

— Nous n'avons pas l'habitude de recevoir des infirmières ici, mademoiselle, c'est un plaisir. Que puis-je pour vous ? lui demanda l'officier.

— Monsieur, je suis à la recherche du lieutenant Decourson, du 6e régiment du génie. Peut-être l'avez-vous connu ? Il est porté disparu depuis le mois de décembre dernier.

— Decourson, vous dites ?

Il fouilla un instant dans sa mémoire.

— Cela ne me dit rien. Il y avait beaucoup de monde dans la région, à ce moment-là, et des unités du génie disséminées un peu partout, vous savez. Mais vous avez de la chance, j'ai avec moi un officier de ce régiment qui est là depuis le début des combats. Il pourra peut-être vous renseigner.

Le colonel ordonna qu'on aille quérir le gradé. En attendant son arrivée, Aurélia but la tasse de café qu'on lui avait proposée.

— Vous m'avez demandé, mon colonel ? demanda l'officier en saluant.

— Oui, capitaine. Cette demoiselle est à la recherche du lieutenant Decourson, du 6e. Ce nom vous dit-il quelque chose ?

— Armand ? Oui, je l'ai bien connu. Nous étions ensemble à Angers.

Aurélia sursauta en entendant le prénom de son frère.

— Savez-vous où il est ? lui demanda fébrilement la jeune femme.

Le capitaine secoua négativement la tête, d'un air désolé.

— Malheureusement, non. Nous avons été séparés, et il est parti pour Ypres. Ils ont subi une nuit un bombardement terrible, qui a surpris les troupes en plein sommeil. Les installations ont été complètement pulvérisées. Des centaines de morts et de blessés.

— Mais mon frère n'était pas sur la liste des morts ni sur celle des blessés.

— Votre frère ? Je suis désolé, mademoiselle. Armand était quelqu'un de très bien, et un excellent officier. Vous devez être Aurélia, je présume, il parlait souvent de vous.

— Et les blessés, savez-vous où ils ont été emmenés ?

— Hélas non, c'était le chaos. Des personnels de santé sont venus les chercher avec des norias d'ambulances au poste de secours du régiment. Mais je ne sais pas où ils ont pu les emmener. À différents endroits, je pense, il y en avait tellement ! Je ne peux même pas vous dire si Armand en faisait partie.

— Alors peut-être pourrais-je rencontrer le médecin du poste de secours ?

— Je crains malheureusement que non. Le médecin et ses infirmiers ont tous été tués. Un autre bombardement a écrasé le poste de secours et tous ceux qui s'y trouvaient. Je ne peux à mon grand regret vous en dire plus. Je puis simplement vous indiquer que les principaux dépôts du génie ont été regroupés à Arras.

Aurélia s'affala sur une chaise et fit des efforts pour retenir ses larmes. Le capitaine sembla touché par la tristesse de la jeune femme.

— Excusez-moi d'être aussi direct, mademoiselle, mais souvent, quand il y a un bombardement, certains corps ne sont pas identifiables. D'autres disparaissent totalement.

— Vous pensez donc que…

— C'est la seule explication, je le crains. Il faut cesser de vous tourmenter et faire votre deuil. Votre frère est mort au champ d'honneur, en soldat qui a bravement défendu son pays. Je conçois que cela ne soit pour vous qu'une maigre consolation.

Aurélia baissa la tête.

— Vous avez certainement raison. Je dois arrêter de me bercer d'illusions, ma quête restera vaine. Il ne me reste plus que la fierté de savoir que mon frère est mort en héros, pour son pays.

Un sentiment de lassitude envahit la jeune femme. Elle posa sur les deux hommes un regard triste. Elle se fit violence pour ne pas fondre en larmes.

— Je vous remercie, messieurs, de m'avoir accordé un peu de temps.

Elle salua les deux officiers et reprit le chemin du poste de secours.

En attendant le Dr Carnaud, Aurélia s'était réfugiée dans la cabine de l'ambulance. Elle laissa enfin libre cours à son chagrin. De grosses larmes roulèrent sur ses joues.

Le chirurgien arriva peu après, la tête basse et visiblement troublé. Aurélia essuya rapidement son visage pour y effacer les traces de ses pleurs.

— Votre visite a-t-elle été utile ? lui demanda la jeune femme.

— J'ai malheureusement été bien présomptueux. Je voulais donner des protocoles de prise en charge, mais en fait je n'ai fait que passer pour un imbécile. Dans les conditions dans lesquelles travaillent mes pauvres confrères, c'est complètement inutile. Ils n'ont presque rien. Le ravitaillement sanitaire est souvent détruit avant d'arriver jusqu'à eux. Ils en sont réduits à faire des pansements avec du papier ! Et pas toujours propre en plus ! Même les désinfectants manquent. Ce qui leur sert de salle de soins est infecté par les rats et la vermine. Ils font ce qu'ils peuvent, ce sont des gens admirables.

D'un air las, il fit signe au chauffeur, qui reprit la route d'Amiens. Celui-ci avait fait embarquer quatre blessés pour le retour.

— Il faudra alerter l'état-major sur le ravitaillement, continua-t-il, leur faire envoyer du matériel supplémentaire.

Il se tourna vers Aurélia.

— Excusez-moi, mais je manque à tous mes devoirs. Qu'en est-il pour vous ? Avcz vous trouvé les réponses que vous cherchiez ?

— Selon toute vraisemblance, mon frère doit être mort dans un bombardement. Il est sûrement parmi ceux que l'on n'a pas pu identifier. Au mieux enterré sous une simple croix sans nom, Dieu sait où.

Elle soupira en appuyant sa tête contre la vitre, le regard perdu sur le paysage qui défilait.

— Je dois me rendre à l'évidence. Mes recherches s'arrêtent là. Je dois avertir ma famille. Je leur écrirai dès ce soir.

Le médecin prit la main d'Aurélia dans la sienne et la serra.

— Je suis tout à fait désolé. Cette guerre est terrible pour nous tous. Toutes mes condo...

Le médecin n'eut pas le temps de finir sa phrase. Dans un éclair aveuglant et un bruit assourdissant qui leur vrilla les tympans, la route tout entière sembla se soulever. L'ambulance, prise dans un maelstrom, tangua de droite à gauche, rebondissant dans un trou qui venait de se creuser juste devant elle. Il s'en fallut de peu pour qu'elle bascule dans le fossé. Des gerbes de terre et de cailloux s'élevaient dans le ciel autour d'eux et criblaient la carrosserie.

— Des obus ! hurla le chauffeur. Il faut sortir de là, et vite !

Il accéléra au maximum, zigzaguant à l'aveugle dans la fumée épaisse, évitant de justesse un camion couché sur le bas-côté. Aurélia hurla à son tour en se bouchant les oreilles. Le chirurgien la serra contre lui pour protéger son visage des pierres et des éclats qui martelaient le véhicule dans un grondement sourd. L'un d'eux fit voler en éclats la vitre contre laquelle, une seconde avant, elle avait posé la tête. La fenêtre du conducteur éclata également en le blessant. Des filets de sang se mirent à couler de sa tempe. Insensible à la douleur, les mains crispées sur le volant, il s'évertuait à garder le véhicule sur la route. Une seconde salve s'écrasa dans un champ sur leur droite, soulevant des gerbes de terre jusque très haut dans le ciel. Puis le calme revint.

— Je crois que c'est fini, cria le conducteur, nous sommes passés de justesse !

Ils roulèrent quelques minutes puis s'arrêtèrent à l'abri du mur à demi écroulé d'une ferme.

— Tout va bien, Aurélia ? demanda le médecin.

— Oui, je n'ai rien, à part les oreilles qui sifflent, mais je ne crois pas être blessée, c'est un véritable miracle.

— Alors, allez voir les gars à l'arrière, je m'occupe du conducteur.

La caisse de l'ambulance était criblée d'éclats qui, par une chance incroyable, avaient épargné la cabine où ils se trouvaient. Aurélia ouvrit les portes arrière sur un horrible spectacle. Des flots de sang s'écoulaient des brancards jusque sur le marchepied, et des morceaux de chair maculaient les parois. Trois des blessés étaient morts sur le coup, déchiquetés par la ferraille. Le quatrième était inconscient. Son pouls battait encore. Le sang dont il était recouvert n'était pas le sien. L'assistante sortit précipitamment du véhicule pour vomir.

— Qu'en est-il derrière ? demanda le médecin.

Aurélia s'essuya la bouche avec un pan de son manteau.

— Trois sont morts. Le quatrième est vivant mais inconscient. Et le chauffeur ?

— Des blessures légères dues aux éclats de verre. J'ai bandé sa tête. Il va bien.

Il se retourna vers le chauffeur, qui reprenait ses esprits.

— Vous êtes en état de conduire ?

— Jusqu'au bout du monde pour sortir de cet enfer, docteur.

— Repartons, alors, il faut ramener ces pauvres garçons.

— Quelle chance tu as eue ! Tu aurais pu y laisser ta peau dans ce bombardement, tout comme le Dr Carnaud. Je te l'avais dit que c'était une folie ! s'exclama Georgette.

L'aventure d'Aurélia avait fait le tour de l'hôpital. Sœur Marie-Louise laissait libre cours à sa colère.

— Je n'ai pas les moyens de perdre une assistante, et encore moins un chirurgien. Votre geste était totalement inconsidéré ! J'espère que cela vous aura ôté toute envie d'aller vous promener sur le front ! Faut-il être bête pour aller risquer sa vie !

La jeune femme essuya, la tête baissée, l'ire de sa supérieure.

— En tout cas, vous êtes vivants tous les deux, c'est déjà ça ! Avez-vous eu au moins des réponses sur la disparition de votre frère ? continua la religieuse, qui s'était un peu calmée.

— Oui, ma sœur, je suis maintenant persuadée qu'il est mort.

— Comment pouvait-il en être autrement ? siffla la religieuse en levant les bras au ciel. Et vous avez risqué votre vie pour apprendre ce dont vous vous doutiez déjà ? Faut-il être irresponsable !

Aurélia descendit s'enfermer dans la chambre. Assise à la table de jardin, elle ouvrit un cahier dont elle arracha une page. Elle trempa sa plume dans un encrier, prête à rédiger la lettre la plus difficile qui lui était donnée d'écrire.

Amiens, le 18 avril 1915

Mes très chers parents et ma chère Sophie,

Les mots que je vous adresse sont pour moi d'une infinie tristesse à écrire. J'ai pu rencontrer un officier qui a connu Armand. Il est presque certain qu'il a laissé sa vie lors d'un bombardement. Comme beaucoup d'autres de ses camarades, son corps n'a pu être retrouvé. Un officier m'a dit grand bien de lui, qu'il a fait son devoir jusqu'au bout. C'est une maigre consolation, mais nous pouvons être, nous, sa chère famille, fiers de lui. Je ne sais pas comment écrire cela autrement, je n'ai pas de mots pour adoucir l'immense peine que vous allez ressentir. J'aimerais en ce moment être près de vous. Comme vous désormais, je vais pouvoir le pleurer. À cet instant, sachez qu'en pensée je vous serre tous les trois contre mon cœur.

J'espère pouvoir bientôt revenir à la maison, au moins quelques jours, pour vous embrasser. Malgré ma tristesse, je vais bien, ne vous inquiétez pas pour moi. Même si le travail à l'hôpital est difficile, nos conditions de vie sont bonnes, bien meilleures que celles de ces malheureux qui sont sur le front. Depuis quelques jours, j'assiste un médecin au bloc opératoire. C'est très gratifiant d'essayer de sauver la vie de nos blessés et de leur apporter un peu du réconfort dont ils ont tant besoin. Mon Dieu, comme ils souffrent, nos pauvres petits soldats !

J'espère que ce courrier vous trouvera malgré tout en bonne santé. Je pense à vous chaque jour.

Je vous embrasse tendrement. Votre fille et sœur affectueuse.

Aurélia

Les commentaires allaient bon train dans la chambrée des femmes.

— Raconte, Aurélia, c'est comment près du front ?

Les filles s'étaient assises autour d'elle sur les lits. Elle devenait l'héroïne de l'hôpital. Alice, comme d'habitude, était la plus curieuse.

— Rien de bien particulier, répondit-elle. Des villages dévastés, des soldats partout. Et un hôpital qui ressemble beaucoup au nôtre.

— Tu as dû mourir de peur quand vous avez été bombardés ! s'exclama une autre. Et ces pauvres soldats dans l'ambulance !

— C'est vrai, je n'ai jamais eu aussi peur de ma vie. Mais le Dr Carnaud a eu beaucoup de sang-froid en me protégeant la tête. J'aurais pu être blessée moi aussi.

— L'assistante sauvée par le chirurgien ! Voilà qui ferait un beau roman à l'eau de rose, rit Georgette.

Aurélia avait repris sa place au bloc, auprès du Dr Carnaud. Celui-ci était soucieux. Les demandes de moyens adressées aux autorités dès son retour restaient lettre morte. « Les postes de secours de la ligne de front ont leurs matériels et leurs brancardiers. Qu'ils se débrouillent ! lui avait-on répondu. Il est impossible à l'heure et aux vues des circonstances actuelles de faire mieux ! »

— On voit bien que les généraux, dans leurs bureaux de l'arrière, ne savent pas ce que vivent nos soldats et nos personnels de santé ! pestait-il. C'est une honte ! Leur bêtise tue plus de nos propres soldats que les Allemands !

Il paraissait de plus en plus fatigué. Ses yeux se cernaient de noir, ses mains tremblaient parfois et il devait prendre quelques secondes de repos au milieu des interventions, s'asseoir sur un tabouret et boire du café très fort pour ne pas défaillir. Aurélia était inquiète.

— Il faut que vous preniez quelques jours de permission, docteur, vous ne pouvez pas continuer comme cela. Vous allez finir par vous écrouler dans le bloc.

Il leva sur son assistante des yeux creux.

— Vous êtes dans le même état que moi, et vous aussi vous êtes là.

— Mais moi, je suis remplaçable, vous non. Voilà des heures que vous êtes dans la salle d'opération, sans même prendre le temps de manger. Vous êtes aussi pâle que ce soldat que vous recousez.

Le chirurgien appela un brancardier.

— Vous pouvez l'emmener. Dites aux infirmières de contrôler son rythme cardiaque tous les quarts d'heure. Et qu'on me prévienne s'il descend en dessous de cinquante par minute.

Il se laissa tomber sur un tabouret et ôta sa charlotte.

— Je crois que vous avez raison, Aurélia, ma vue se brouille par moments. Et je risque un coup de bistouri malheureux.

— Allez donc dormir un peu, je préviens les autres chirurgiens.

— Décidément, sourit-il, vous êtes un véritable ange gardien. Vous avez raison, je vais me reposer un moment. Mais n'hésitez pas à m'appeler en cas de besoin.

Ma très chère fille,

Nous avons bien reçu ta lettre. Ta mère, qui gardait en elle encore un peu d'espoir, n'arrête pas de pleurer. Ni ta sœur ni moi n'arrivons à trouver les mots pour la consoler. Elle aurait bien besoin de toi à ses côtés. Tout comme nous, qui affrontons notre peine comme nous le pouvons. Nous espérons ton retour à la maison, ne serait-ce que quelques jours. Quelle saleté, cette guerre qui nous enlève nos enfants ! Nous avons appris également qu'Henri Comtat a été tué, il y a quelques jours. Ses parents sont effondrés. Son corps a été rapatrié à Chinon. Au moins, eux, auront-ils une tombe sur laquelle aller se recueillir. Sophie va bien, elle est plus forte que je ne l'avais cru. Elle a décidé, pour se changer un peu les idées, d'apprendre le piano, comme toi. Mais pour tout te dire, elle a l'air bien moins douée et nous casse les oreilles. Mais surtout, ne lui dis pas, elle m'en voudrait assurément.

Dis-nous dans ta prochaine lettre si tu as besoin de quelque chose en particulier, pour que nous te fassions parvenir un colis. En attendant, ma chère fille, prends toujours grand soin de toi et reviens-nous en bonne santé. Toute notre famille est fière de ce que tu fais auprès de nos soldats, même si cela nous donne du souci bien légitime.

Nous t'embrassons tous les trois bien tendrement.

Ton père aimant,

Charles

Allongée sur son lit, la tête calée contre le mur, Aurélia relisait sa lettre. Ses pensées s'envolaient vers sa maison. À cette époque, les massifs de lilas devaient commencer à fleurir et embaumer la cour. Comme chaque année, Sophie en cueillerait de gros bouquets pour égayer la maison. Peut-être faisait-il déjà assez beau pour déjeuner sur la terrasse, ou sous la tonnelle du jardin avec ses montants en fer tordus par le tronc noueux d'une très vieille glycine qui laissait pendre au-dessus des têtes ses grappes colorées. Elle ferma les yeux. Il lui semblait sentir les effluves des brioches qu'Yvonne confectionnait pour le quatre-heures, et dont sa sœur et elle raffolaient. À cette heure, le père devait repartir faire sa tournée des vignerons, occupés à l'effeuillage des ceps pour favoriser l'ensoleillement des grappes, ou dégustait une coupelle de vin des vendanges précédentes avec ses clients. Elle songeait à la tristesse de sa mère d'avoir perdu un fils quand la porte de la chambre s'ouvrit à toute volée sur Lucienne, rentrée la veille de son repos à Paris.

— Dépêche-toi, Aurélia, dit-elle l'air affolé, nous avons besoin de tout le monde dans la cour.

Elle était déjà repartie dans le couloir rameuter à grands cris tout le personnel disponible.

Il régnait dans la cour une agitation hors du commun. Sur les brancards que l'on descendait précipitamment des véhicules pour les aligner sur les pavés, les blessés se tortillaient comme des vers de terre, râlant, toussant, vomissant un mélange mousseux de sang et de salive. Des bandages cachaient les yeux de la plupart de ces hommes qui lançaient leurs bras devant eux comme pour attraper une chose imaginaire. La terreur se lisait sur leurs visages. Le spectacle était dantesque, inimaginable. Sœur Marie-Louise, pourtant habituée aux horreurs de deux guerres, s'agrippait de ses deux mains blanches et tremblantes à la rambarde de l'escalier.

— Que se passe-t-il, ma sœur ? demanda Georgette qui arrivait, hors d'haleine.

Les mots s'étranglèrent dans la gorge de la religieuse.

— Les gaz, ma fille, ce sont les gaz.

Les poumons, pour les plus atteints, graillaient comme des forges. Les bouches grandes ouvertes sur des visages bleuis cherchaient l'air. Certains, dès leur arrivée, moururent asphyxiés, noyés, les alvéoles pulmonaires remplies de liquide.

Les chirurgiens arrivaient en courant, lançant des ordres aux personnels dépassés.

— Faites chauffer des marmites d'eau à la cantine, le plus possible. Allumez d'autres feux, déshabillez les blessés, lavez-les et nettoyez-leur les yeux, vite !

Le travail fut vite réparti. Les cantiniers s'affairaient derrière leurs fourneaux qu'ils gavaient de bûches pendant que les uniformes s'amoncelaient en tas dans la cour. Une fois l'eau suffisamment chaude, les corps nus étaient frottés pour en faire disparaître toute trace de toxiques.

Aurélia était penchée sur l'un d'eux quand elle sentit qu'on lui tirait le tablier. Un jeune soldat, les yeux aveuglés par une bande de tissu, l'avait agrippée.

— *Hilfe, ich ersticke*[1] *! Hilfe, ich ersticke !*

Elle reconnut un uniforme allemand. Un prisonnier, sans doute, que l'on avait ramené avec les autres. Il ne devait pas avoir vingt ans. Sous le bandage, on devinait un visage juvénile, presque poupin, tout juste sorti de l'enfance. La religieuse, qui passait à ce moment-là, se pencha pour poser sa main sur le bras du blessé.

— *Haben sie keine Angst, junger Mann, wir kümmern uns um sie*[2].

— Vous parlez allemand, ma sœur ? s'étonna Aurélia.

— Une infirmière se doit de soigner tout le monde, ma petite, il faut donc savoir ce que vous racontent les blessés. Et Dieu a eu la présence d'esprit de me faire naître en Alsace, ça aide.

Sans doute rassuré par la voix et la main posée sur lui, le jeune homme se calma aussitôt et sa respiration se fit plus régulière. L'odeur piquante du chlore empuantissait la cour, à tel point que les personnels de soin avaient dû lier des tampons de coton sur leur nez pour ne pas défaillir. Les infirmières et les assistantes pataugeaient dans une mare fétide, que les bassines et les seaux d'eau alimentaient constamment, et qui ruisselait jusque dans la rue. Sur les conseils des médecins, du bicarbonate fut mélangé à l'eau, uniquement pour laver les yeux, puisqu'on en avait qu'une quantité limitée. Les patients les moins atteints, ceux qui avaient pu fuir à temps le nuage de gaz, racontaient l'attaque, avec de l'horreur dans la voix. Cela s'était produit au petit jour, comme un brouillard soudain qui s'était insinué dans le fond des tranchées, jusque dans les casemates, piquant les yeux, brûlant les poumons, surprenant les

1. « Aidez-moi, je m'étouffe ! »

2. « Ne vous inquiétez pas, jeune homme, nous allons nous occuper de vous. »

hommes dans leur mauvais sommeil. S'ensuivit une véritable panique, une fuite éperdue vers l'arrière, en abandonnant tout, jusqu'aux armes même, pour sauver sa vie. Les yeux aveuglés, fous de douleur et à demi asphyxiés, les soldats chutaient dans les trous, s'empêtrant dans les réseaux de barbelés sans pouvoir s'en décrocher, hurlant, inhalant de fait encore plus de gaz. Certains avaient même été écrasés par des chevaux emballés qui d'instinct fuyaient le danger, encore attelés aux trains d'artillerie, bousculant tout sur leur passage. On ne pouvait venir en aide à quiconque sans risquer soi-même d'y laisser sa peau, expliqua un homme, les larmes aux yeux, qui avait dû abandonner le camarade avec qui il partageait tout depuis le début de la guerre. Il se mit à pleurer.

— Je ne suis qu'un lâche, j'ai abandonné Albert, mon meilleur ami, la peur était plus forte que tout, je n'étais plus un homme, mais une bête apeurée. Oui, c'est ça, nous sommes devenus de véritables bêtes.

On apprit aussi avec horreur que d'autres s'étaient suicidés pour mettre fin à leurs terribles souffrances.

Aurélia aurait voulu rester un moment près de cet homme, lui tenir la main et le rassurer. Elle n'eut que le temps de poser quelques secondes la main sur son épaule.

— Dépêche-toi, l'appela Lucienne, d'autres ambulances doivent encore arriver.

Des brancardiers durent se mettre à plusieurs pour maîtriser un officier, la face couverte de sang, qui avait subitement sombré dans la folie. Avec son arme de poing, il menaçait les soldats blessés de les tuer sur-le-champ pour avoir abandonné leur poste. Il fut désarmé avec peine avant qu'il ne fasse des blessés supplémentaires, et il fallut l'attacher solidement à son brancard.

De nombreux soldats moururent dès les premières heures, dans des souffrances atroces. D'autres, moins atteints, souffraient de brûlures et de quintes de toux. En quelques heures à peine, on utilisa toute la réserve de bouteilles d'oxygène et de bicarbonate de l'hôpital. Des convois de véhicules s'organisaient pour évacuer au plus tôt les blessés vers l'arrière. On utilisait tout ce qui était disponible : ambulances, camions, voitures particulières, charrettes à cheval, chars à foin, et même un antique corbillard retrouvé au fond d'une grange, dans lequel les soldats refusaient de monter, y voyant un signe funeste. Dans la rue, sur le chemin de la gare, se déroulait une étrange procession de visages couverts de bandages, agrippés les uns aux autres pour ne pas se perdre, les doigts tellement serrés sur le tissu d'une épaule qu'ils en avaient les jointures toutes blanches. Ceux qui les regardaient passer, en silence, roulaient des yeux inquiets. Assis par terre sur le quai, des soldats tremblants attendaient déjà les trains sanitaires qui les ramèneraient vers les hôpitaux parisiens.

— Si nous devons faire face à une autre arrivée massive de blessés, s'inquiétaient les médecins, nous serons vite dans les ennuis.

7

Les services de soins, malgré tout, s'étaient rapidement organisés et faisaient face, tant bien que mal, à l'afflux toujours plus important de gazés. Dans un bâtiment proche de l'hôpital, on avait dès le premier jour bricolé des systèmes de douches qui pouvaient fonctionner à toute heure du jour ou de la nuit. Des marmites, constamment alimentées par des citernes d'eau puisée dans la Somme, chauffaient continuellement. Venant de Paris, des camions livraient des bidons de bicarbonate et des bouteilles d'oxygène de grande capacité. Un groupe d'infirmières, rapidement formées par un ophtalmologue venu tout exprès, s'occupait exclusivement des hommes rendus aveugles.

Aurélia avait préféré rester œuvrer au bloc opératoire, avec le Dr Carnaud. Une certaine forme de complicité s'était établie entre eux. Elle devinait quand il avait soif, quand un café bien fort le remettrait d'aplomb après une intervention ardue, quand ses gestes devenaient plus lents et qu'un peu de repos, entre deux coups de bistouri, serait le bienvenu.

— Décidément, Aurélia (il avait définitivement abandonné le mademoiselle), vous veillez sur moi mieux qu'une grande sœur. Que je n'ai pas vue depuis bien longtemps, du reste.

Alors, avec lui, elle allait s'asseoir sur la margelle, derrière le bâtiment, acceptait une cigarette sur laquelle elle tirait doucement pour ne pas tousser. Secret au début, Édouard Carnaud se livrait peu à peu. Il avait grandi près de La Rochelle, d'où il gardait un léger accent, plus prononcé quand il s'énervait. Il avait peu connu son père, mort d'une tuberculose foudroyante alors qu'il n'était qu'un tout petit garçon, et n'en gardait que de vagues souvenirs. Pour élever tant bien que mal ses deux enfants, Édouard et sa sœur Nathalie, de deux ans son aînée, sa mère faisait des ménages chez des commerçants cossus de la région rochelaise. Excellent élève, il avait réussi avec brio ses études et fut accepté à l'école de médecine. Son internat de chirurgie terminé, il avait trouvé un poste à la Pitié-Salpêtrière. Le début de la guerre l'empêcha d'entamer une spécialisation en chirurgie cardiaque à l'hôpital de Montpellier. Mme Carnaud mère, usée par les heures de dur labeur qu'elle ne comptait pas, se saignant aux quatre veines pendant des années pour subvenir aux besoins de ses enfants, était morte subitement, pendant les études de son fils. Avec sa sœur, mariée à un officier du port de commerce, il ne gardait plus que de rares contacts.

Les collègues d'Aurélia étaient un peu jalouses. Le Dr Carnaud, avec sa belle prestance et son regard doux, était très séduisant. Nombre d'entre elles se seraient bien vues à son bras. Sauf Alice, peut-être, qui filait depuis quelques jours le parfait amour avec son Dr Landais. Aurélia haussait les épaules et levait les yeux au ciel quand on la taquinait à ce sujet.

— Nous nous entendons bien, c'est tout. Qu'allez-vous donc vous imaginer, les filles ?

Des regards entendus s'échangeaient entre elles.

— Après tout, répondait Aurélia de guerre lasse, pensez ce que vous voulez si cela vous amuse. Pour moi, avec toutes les horreurs que l'on voit chaque jour, le temps n'est pas à l'amour.

La lettre reçue la veille de Savigny, dans laquelle son père évoquait la santé déclinante de son épouse qui ne supportait pas la perte de son fils, l'inquiétait. Il souhaitait que sa fille revienne à la maison, tout au moins quelque temps. « Après tout, se disait Aurélia, voici presque cinq mois que j'ai quitté Savigny-en-Véron. Quelques jours de repos me feraient le plus grand bien. »

— Vous partiriez pour combien de temps ? demanda le Dr Carnaud, à qui elle s'était ouverte de cette idée.

— Je ne sais pas, une semaine, dix jours tout au plus. Le temps de prendre des nouvelles de ma famille et de rester auprès d'eux.

Le médecin sembla contrarié.

— Non pas que je veuille vous empêcher de partir, loin de là, mais il faudra que je vous trouve une remplaçante en attendant.

— Lucienne est quelqu'un de très bien, elle saura se débrouiller. Elle ne refusera pas de travailler quelques jours au bloc.

Le chirurgien resta un moment silencieux, le visage penché sur un abdomen dont il finissait la couture.

— Finalement, j'ai besoin de repos, moi aussi. Nous n'avons qu'à prendre des congés en même temps.

Aurélia le fixa, étonnée. Il se mit à rire sous son masque.

— Mais pas au même endroit, rassurez-vous. J'ai des amis à Paris chez qui je pourrais passer quelques jours. La Rochelle est un peu loin pour m'y rendre. Et pour tout vous dire, je n'ai pas spécialement envie de loger chez ma sœur. Depuis le temps que je ne l'ai pas vue, je ne saurais même pas quoi lui dire. À son mari non plus, d'ailleurs, que je n'ai rencontré qu'une seule fois, à l'occasion de leur mariage, et dont je ne garde pas un bon souvenir. Un homme arrogant et imbu de sa personne.

Les dispositions furent prises. Sœur Marie-Louise faisait un peu le nez de voir partir une de ses assistantes.

— A-t-on idée de vouloir prendre des vacances alors qu'il y a tant de travail ! Enfin, vous n'êtes pas religieuse, vous avez droit à vos jours !

Il fut convenu qu'Aurélia prendrait le prochain train pour la gare du Nord. Ses bagages furent promptement préparés. Elle plia consciencieusement l'uniforme dans son casier pour passer sa tenue civile. Elle embrassa ses collègues en promettant de les revoir bientôt.

— Aurélia ! Je suis là !

Le Dr Carnaud, sa valise à la main, fendait la foule des soldats sur le quai, pour venir à sa rencontre.

— Avec tout ce monde, j'ai eu du mal à vous retrouver, dit-il en reprenant son souffle.

Ils durent se ranger sur le côté pour laisser passer une file de porte-brancards que l'on poussait vers les wagons sanitaires.

— Cherchons donc une place, continua-t-il quand ils furent passés, ce train va être bondé et je ne tiens pas à faire le trajet debout dans l'allée.

Le voyage fut long. Parti en début d'après-midi, le train n'arriva à Paris qu'à la nuit tombée. Aurélia et le Dr Carnaud suivirent la cohue des passagers jusqu'à la sortie.

— Vous n'aurez pas de train pour Chinon avant demain matin, indiqua le médecin après s'être renseigné au guichet. Que comptez-vous faire ?

— Tant pis, je patienterai dans la salle d'attente.

— De mon côté, il est un peu tard pour que je me rende chez mes amis. Je ne peux pas débarquer à cette heure sans les prévenir, ce serait très impoli. Si nous allions manger un morceau ? Nous allons bien trouver une brasserie dans les environs.

Aurélia avait accepté avec plaisir l'invitation. Elle se régalait d'une choucroute bien garnie de saucisses, de morceaux de lard fumé larges comme la paume de la main, le tout arrosé d'un délicieux riesling bien frais.

— Et dire que ce magnifique vignoble se retrouve de l'autre côté du front, aux mains des Allemands, c'est un véritable péché ! rit le Dr Carnaud en se servant une généreuse rasade du nectar.

— Vous allez rouler sous la table, docteur, après toutes les fatigues de la journée, le gronda gentiment Aurélia.

Il s'essuya consciencieusement les lèvres.

— En aucune façon, Aurélia, je connais mes limites. Mais ici nous ne sommes plus dans notre hôpital, et par conséquent vous n'êtes plus mon assistante. Alors je vous donne un dernier ordre : appelez-moi par mon prénom, Édouard. Allez, essayez !

— Je ne sais pas si j'y arriverai.

— Mais essayez donc ! Répétez après moi : « Resservez-moi donc un verre de ce vin délicieux, Édouard. »

Aurélia rougit un peu. Son supérieur l'encouragea du regard. Elle prit son verre vide, le tendit vers lui et prit un ton assuré.

— Mon verre est vide, Édouard, servez-moi donc quelques gouttes de ce délicieux et traître breuvage passé à l'ennemi.

Ils se mirent à rire tous les deux.

— Vous voyez, ma chère Aurélia, ce n'était pas si difficile.

Leurs deux verres s'entrechoquèrent. Édouard garda quelques instants son regard dans celui de la jeune femme. Il lui souriait. Aurélia baissa un peu les yeux sur son assiette.

La fin du repas fut joyeuse. Édouard racontait des anecdotes fumeuses du temps où il n'était qu'un carabin, victime comme ses futurs confrères des colères légendaires de son maître d'étude, un vieux professeur décati à demi sourd. Alors qu'ils riaient à l'évocation des frasques estudiantines du jeune Carnaud, un bol de crème au caramel arriva sur la table.

— Je ne sais pas où je vais mettre tout ça ! s'écria Aurélia. Je suis déjà pleine comme un œuf !

C'est le moment que choisit un accordéoniste pour s'installer sur un tabouret au centre de la salle à manger. Dès les premières notes, les clients reprirent avec lui les airs à la mode. *La Môme aux poilus*, *Hardi les gars*, ou encore *Viens poupoule* eurent auprès des clients un franc succès. Aux airs patriotiques, les messieurs levaient leur verre d'un air grave, la main posée sur le cœur. Le tour de chant était fini, et chacun garnit le chapeau de l'artiste avec une pièce ou un billet.

Aurélia, le temps du repas, avait oublié la guerre et son cortège d'horreurs.

— Il se fait tard, il faut penser à trouver un endroit pour la nuit, décréta Édouard. Rapprochons-nous de la gare de Lyon, ce sera plus pratique pour vous. Nous trouverons bien quelque chose.

L'*Hôtel de la Gare*, rue de Chalon, leur proposa deux chambres qu'ils louèrent. Aurélia craignit un instant que le médecin lui propose de partager son lit. Il n'en fit rien.

— Vous serez tout près, demain matin, pour aller chercher un billet, indiqua Édouard en arrivant devant la chambre de la jeune fille. Et moi, dans la matinée, je retournerai frapper chez mon ami qui réside près des Gobelins. Cela me fera passer devant la Pitié-Salpêtrière. Peut-être irai-je y saluer quelques collègues, s'ils sont toujours là.

Aurélia lui tendit sa main qu'il garda un long moment dans la sienne.

— Alors nous nous reverrons à Amiens, dans quelques jours, lui dit-elle. Et merci pour cette soirée.

— Je vous y attendrai, répondit-il en déposant un baiser sur ses doigts. Il me tarde de vous avoir de nouveau auprès de moi dans ma salle d'opération.

8

L'autobus parti de la gare de Chinon venait de déposer Aurélia sur la grande place de Savigny. L'horloge de la mairie marquait 1 heure. Son bagage à la main, elle parcourut d'un pas alerte le kilomètre qui la séparait de la maison familiale. Elle suivit un moment les jardinets bien tenus qui entouraient les maisons, avec le bonheur de redécouvrir les odeurs de son enfance et les parfums des fleurs qui offraient leurs pétales au magnifique soleil du printemps. Les massifs de tulipes multicolores, précoces dans la saison, bourdonnaient sous les assauts des abeilles et des gros bourdons qui passaient près d'elle en vrombissant. Puis ce furent les fragrances des grappes jaunes d'un énorme forsythia qui l'accompagnèrent jusqu'à l'entrée du parc. Le portail en fer grinça légèrement sur ses gonds. Au milieu de la cour, la silhouette d'Antoine, sous son chapeau de paille qu'il ne quittait plus dès le début de la belle saison, était penchée sur ses plants de tomates. Louise entretenait une passion pour ce fruit charnu qu'elle consommait presque à chaque repas, avec une pointe d'ail, une pincée de sel et quelques gouttes d'huile d'olive. Le bruit des pas sur le gravier fit se retourner l'homme à tout faire. Il mit sa main en visière au-dessus de ses yeux plissés et, après avoir reconnu Aurélia, lâcha la petite binette qu'il tenait à la main.

— Mademoiselle Aurélia, c'est vous ? Ah, bien ça alors ! Bien ça alors ! répéta-t-il avec des yeux ronds. Je vais tout de suite avertir monsieur et madame. Alors là, c'est une nouvelle !

— N'en faites surtout rien, Antoine, le retint Aurélia, je veux leur faire la surprise.

Elle entra sans bruit dans le hall et passa sa tête à la porte du salon. Charles était dans son fauteuil préféré, près de la fenêtre, plongé dans son journal. Elle ne voyait de lui qu'une épaule. Sophie lui tournait le dos, à demi allongée sur le canapé, un livre à la main. Louise, à sa place au bout de la table de la salle à manger, vérifiait les comptes de l'entreprise.

— Alors ? Personne n'accueille les visiteurs dans cette maison ?

Dans un ensemble parfait, Sophie et son père s'étaient retournés et la regardaient, incrédules. Au bout de quelques secondes, le temps de comprendre, le journal du père glissa sur le tapis. D'un bond, Sophie se redressa sur ses jambes et se précipita dans les bras de sa grande sœur.

— Aurélia est là ! cria-t-elle.

Sa mère avait levé le nez de ses registres de compte. Le stylo à encre, en tombant, fit une belle tache sur l'un des feuillets. En quelques pas, toute sa famille l'entoura. Sophie pleurait, et sa mère commençait à en faire autant, tâtant les bras et les épaules de sa fille pour vérifier si elle n'avait pas trop maigri.

— Te voilà enfin, ma fille ! fit le père en la serrant à son tour dans ses bras. Il y a si longtemps qu'on attendait ton retour !

Yvonne et Lucie, alertées par le bruit dans le salon, saluèrent à leur tour la nouvelle arrivante.

— Je vais vite faire couler du café frais ! s'exclama la cuisinière, tout excitée. Lucie, dépêche-toi d'aller dresser une table dans le jardin ! Et ensuite, tu iras mettre des draps frais dans le lit de mademoiselle.

La famille, tout à sa surprise, avait du mal à trouver ses mots. Louise et Sophie séchaient leurs larmes. Aurélia se débarrassa de son chapeau et de son manteau un peu trop chaud pour la saison pour s'asseoir sur le canapé. Ses parents prirent place autour d'elle. Louise la dévisageait, à la recherche d'une trace de fatigue.

— Tu as un peu perdu des joues, je trouve, mais ici tu vas te refaire des forces. Je vais commander à Yvonne de faire tes plats préférés.

Sophie avait pris dans la sienne la main de sa sœur.

— Tu me raconteras tout, n'est-ce pas ? Tu as dû en voir des choses, là-bas ! Pour moi, tu es une vraie héroïne ! Comme Jeanne d'Arc !

Louise, malgré les sourires qu'elle arborait, gardait un visage triste. En quelques mois, elle semblait avoir vieilli de plusieurs années. Ses rides s'étaient creusées un peu plus et ses cheveux avaient pris une teinte plus grise.

Charles questionnait beaucoup. Les nouvelles du front l'intéressaient au plus haut point. Ce qu'on disait dans les journaux était-il vrai ? La guerre allait-elle rapidement s'arrêter comme le prédisaient les généraux qui mettaient toute leur confiance dans les prochaines offensives ? Aurélia préféra rester discrète sur les horreurs qu'elle avait vues, sur les blessures atroces, et sur l'emploi des gaz, cette arme ignoble qui tuait de loin et rendait les hommes fous. Non, la guerre n'était pas près de cesser. Chaque jour, on jetait plus d'hommes dans la fournaise, on inventait des armes toujours plus terribles, broyant la jeunesse des deux pays.

Louise jeta un regard triste sur la photo d'Armand dans le cadre qu'elle avait bordé d'un bandeau de crêpe noir.

— Cette guerre m'aura pris mon fils, se lamenta-t-elle, et je n'aurai jamais une tombe pour aller y déposer quelques fleurs. Je crois que c'est cela qui me fait le plus de peine.

Elle serra sa fille aînée dans ses bras.

— Mais toi, grâce à Dieu, tu es revenue à la maison saine et sauve. J'ai prié ardemment chaque soir pour qu'il veille sur toi. Et il a entendu mes prières. Car maintenant tu restes à la maison, n'est-ce pas ? Tu ne repartiras pas dans cet hôpital ?

Elle dévisagea Aurélia avec des yeux inquiets.

— Tu sais, maman, ils ont besoin de tellement d'infirmières là-bas pour soigner ces malheureux. Ma place est dans cet hôpital. J'ai échoué à ramener Armand, mais combien de mères attendent également de revoir leur fils, combien de sœurs prient pour que leur frère revienne ? C'est pour elles maintenant que j'y retournerai.

Louise baissa la tête en caressant doucement le bras de sa fille.

— Je ne me faisais aucune illusion, au fond de moi je connaissais déjà ta réponse.

Elle soupira.

— Si tu savais comme j'envie ces mères qui espèrent encore.

Lucie posa le plateau de café sur le guéridon. L'odeur embauma la pièce.

— Voilà longtemps que je n'en ai pas senti d'aussi bon ! s'écria joyeusement Aurélia pour effacer le silence triste qui s'était installé dans la pièce.

Elle trempa avec gourmandise ses lèvres dans le liquide odorant.

— Le vrai bon café d'Yvonne ! Je crois que c'est ce qui me manque le plus. À part vous tous, bien entendu.

— Yvonne, avec votre permission, se propose de cuisiner une blanquette de veau, madame, précisa Lucie.

— Elle connaît mes plats préférés, sourit Aurélia. Une blanquette de veau, bien sûr que je suis d'accord ! Et plutôt deux fois qu'une ! Et avec des kilos de champignons, bien sûr !

— Pour sûr ! Des kilos de champignons, mademoiselle, je vais de suite le lui dire !

La conversation glissa sur des sujets plus légers. Le commerce du vin était plus que florissant. L'armée, depuis quelques mois, devenait le principal client de l'entreprise Decourson, et elle payait bien. Son père avait dû employer une autre personne pour l'aider à faire la tournée des viticulteurs, lui seul ne suffisant plus à la tâche. Un mulet, Tonnerre, tenait maintenant compagnie à Mirabelle qui semblait apprécier son nouveau compagnon. Le cheval récalcitrant que Charles avait du mal à mener avait été vendu à un maquignon de l'armée. Il avait également fait l'achat d'un second char à banc.

— Si la guerre doit durer, il va falloir que je m'agrandisse encore pour répondre à la demande.

Aurélia afficha un sourire de façade. « Si la guerre doit durer, pensa-t-elle, il n'y aura plus personne pour boire du vin. »

L'après-midi passa vite, en discussions diverses. Sophie voulut absolument montrer à sa sœur ses progrès au piano. Quelques fausses notes la firent grincer des dents.

— Ce n'est pas Mozart, murmura Charles à l'oreille de sa fille aînée, loin de là. Mais ça l'amuse. Tu sais qu'elle veut tout faire comme toi, elle rêve de te ressembler, tu es devenue son idole.

Le repas qui suivit était digne de celui d'un jour de l'An. Yvonne s'était surpassée. Après la traditionnelle salade de tomates, elle apporta sur la table la succulente blanquette accompagnée de pommes de terre nouvelles cuites sous la cendre du fourneau, avec les champignons promis. Un vrai délice pour lequel la cuisinière reçut de beaux éloges. Le père, comme il le faisait pour les grandes occasions et les repas de fête, avait sorti une bouteille de grand cru et de liqueur. La famille trinqua au retour d'Aurélia, puis, avec beaucoup d'émotion, leva le verre à la mémoire d'Armand.

— C'est un héros, dit Charles avec des sanglots dans la voix et la main sur le cœur. Il a fait honneur à notre famille et à notre pays.

— À Armand, répondirent Louise et ses filles.

La nuit venait de tomber. Aurélia, après cette journée chargée, donnait des signes de fatigue. Elle embrassa ses parents et fit un long câlin à sa sœur cadette.

— Demain, nous irons nous promener, lui promit-elle.

Aurélia, pour la première fois depuis des mois, se réveillait dans sa chambre, au milieu de ses souvenirs d'enfance, de ses livres préférés et des poupées conservées de ses tendres années sagement alignées sur une étagère. Le soleil brillait à travers les persiennes, dessinant sur les murs des motifs géométriques. Elle referma les paupières pour écouter le chant des oiseaux qui gazouillaient dans les arbres du parc. Ces piaillements remplaçaient les gémissements des blessés et les bruits lointains de bombardement.

La journée s'annonçait particulièrement belle. Aucun nuage ne venait troubler le bleu du ciel. Sophie n'avait pas oublié la promesse de sa sœur pour une longue promenade. Après un petit déjeuner copieux, on demanda à Antoine d'atteler Mirabelle. Yvonne, dans sa cuisine, se dépêchait de préparer un pique-nique pour les filles.

— Arriverez-vous à conduire Mirabelle, mademoiselle Aurélia ?

— Aucun souci, Antoine, elle connaît la route par cœur jusqu'à la presqu'île de Véron. Elle adore tant s'y rendre que je n'aurai même pas à tenir les rênes.

— C'est pourquoi je n'ai pas attelé Tonnerre, il est plus jeune et plus fougueux, et pas très obéissant quand on lui laisse la bride trop lâche. C'est une bête qu'il faut tenir encore serrée, mais il va se calmer.

Pour confirmer les dires d'Antoine, le mulet, dans la stalle d'à côté, remua nerveusement sa crinière en tapant du sabot dans la paille.

Le panier pique-nique récupéré et sa sœur installée sur le banc près d'elle, Aurélia claqua de la langue.

— Allez, ma belle, on y va.

De son pas lent, la jument prit instinctivement le chemin du fleuve.

Elles n'étaient pas pressées. Sophie chantait, de sa petite voix aiguë, tandis qu'Aurélia profitait du paysage en respirant à pleins poumons les senteurs de la campagne. Une brise légère, à peine perceptible, balançait mollement les hautes haies de genêts. Le chemin caillouteux descendait légèrement jusqu'aux berges du fleuve. Mirabelle ralentit d'elle-même le pas pour ne pas glisser. Passé le tournant bordé de mûriers sauvages, le ruban argenté de la rivière apparut, presque immobile et scintillant sous le soleil, troublé seulement par le bond hors de l'eau d'un poisson qui tentait d'échapper à son prédateur. La charrette s'arrêta à l'ombre d'un bouquet de peupliers. La jument, en récompense de son effort, courba le col pour un festin des bouquets d'herbe tendre qui poussaient à l'ombre des arbres. Le soleil était déjà haut dans le ciel. Les filles s'étaient allongées dans l'herbe, les pieds nus, le chapeau rabattu sur le visage pour se protéger des rayons.

— Te rappelles-tu, Aurélia, la dernière fois que nous sommes venues ici ? Quelle belle journée nous avions passée !

Sophie soupira. C'était l'été dernier, un été de bonheur et d'insouciance. Cette époque, soudainement, lui parut lointaine. Presque une autre vie.

— Je ne peux pas m'empêcher d'y penser. C'était la dernière avec notre frère, et cela me rend triste, reprit-elle.

— Nous le sommes tous, petite sœur. Il ne nous reste plus qu'à penser souvent à lui pour honorer sa mémoire et ne jamais l'oublier.

— Alors, amusons-nous ! s'exclama Sophie en se levant. Armand aurait adoré ça.

Elle entra dans l'eau jusqu'en dessous des genoux.

— Elle est encore fraîche ! Mais tant pis, j'ai trop envie de me baigner.

Aurélia l'avait rejointe. Sophie poussa des cris stridents quand sa sœur, pour la taquiner, se mit à l'arroser. Elles s'amusèrent, en vain, à essayer d'attraper avec leurs mains les petits poissons qui venaient chercher leur pitance dans le sol sableux.

— Je ne sais pas toi, s'écria Sophie en rejoignant le bord, mais moi, j'ai une faim de loup !

Les filles croquèrent de bon appétit dans le pain brioché et les cuisses de poulet froides. Mirabelle, à quelques mètres d'elles, s'attaquait maintenant à dévaster un gros bouquet de boutons d'or en agitant sa crinière rousse de contentement.

— Mais tu ne m'as toujours pas dit, demanda Aurélia la bouche pleine. Que vas-tu faire à la rentrée prochaine ?

Sophie haussa les épaules en piochant dans le sac de beignets encore chauds et tout dégoulinants de sucre.

— Je retourne au lycée de Chinon pour une année de plus, et après je verrai. J'aurai dix-sept ans.

Elle avala une grosse bouchée de pâtisserie qui lui laissa quelques grains luisants et des traces de gras au coin de la bouche.

— Ne le dis pas à nos parents, reprit-elle sur le ton du secret, mais j'ai fait la connaissance d'un garçon charmant. Son père est propriétaire d'une importante entreprise dans les faubourgs de Chinon. Une tuilerie, je crois. En tout cas, une famille qui ne manque de rien. J'ai bon espoir qu'un jour François me parle enfin. Tu verrais comme il est beau ! Je suis certaine qu'il te plairait.

Gourmande, elle avala une seconde bouchée, engloutissant le beignet tout entier.

— Tu ne diras rien aux parents, hein ? répéta-t-elle. Je ne sais pas si notre père prendrait bien la chose. Je te ferai lire les poèmes que François m'a fait parvenir en secret. Il les pose en cachette sur ma chaise, pour ne pas que je le voie, mais moi, je sais bien que c'est lui. C'est d'un romantisme !

Aurélia se mit à rire.

— Ma petite sœur est amoureuse ! En voilà une nouvelle ! Et ta carrière dans le cinéma, alors ?

D'un geste de la main, elle signifia que cette lubie, comme toutes les autres auparavant, s'était finalement envolée, comme l'avait prédit sa mère.

— Et toi, reprit Sophie, tu as toujours dans l'idée d'être avocate ?

Le regard pensif d'Aurélia plongea vers le fleuve et suivit quelques instants une barque de pêcheurs qui se laissait tranquillement dériver.

— Je ne sais pas, à vrai dire. Tout est chamboulé à cause de cette foutue guerre. Personne ne sait quand elle finira. Peut-être vais-je continuer à travailler dans un hôpital, et passer mon diplôme d'infirmière. C'est un peu tôt pour le dire.

— Alors, peut-être feras-tu la connaissance d'un beau médecin. Ce serait une jolie histoire, non ?

L'image du visage d'Édouard se forma dans son esprit, qu'elle chassa aussitôt.

— Comme si j'avais le temps de penser à ça !

Aurélia avait répondu un peu sèchement. Elle s'excusa immédiatement auprès de sa sœur et la prit dans ses bras.

— Je suis désolée, ma Sophie chérie. Ce doit être ces choses que nous voyons là-bas qui nous durcissent le cœur et le caractère. Tu ne m'en veux pas ?

La jeune fille sourit à sa sœur et lui bisa la joue.

— Comment pourrais-je t'en vouloir ? Je suis tellement fière de toi ! Tu sais, je parle de ma grande sœur à toutes mes amies de l'école. Elles rêvent de te rencontrer et voudraient te poser des milliers de questions, que tu leur racontes la vie d'une infirmière dans un hôpital. Tu serais d'accord ?

— Oui, peut-être, plus tard.

L'après-midi passa entre les baignades, une petite sieste à l'ombre des ramures et une longue promenade le long de la berge pour épier les échassiers qui venaient s'abreuver.

— Il est temps de rentrer, décida Aurélia, nos parents vont s'inquiéter.

— Et Yvonne nous aura peut-être fait de la brioche ! s'exclama Sophie en passant la langue sur les lèvres avec gourmandise.

— Mais où donc mets-tu tout ça ?

Sophie était repartie depuis deux jours pour Chinon, afin de terminer son année scolaire, quittant à regret sa sœur. La maison devenait plus calme, et seul le tic-tac régulier de la pendule remplissait l'espace. Charles partait presque la journée entière pour voir ses clients. Louise parlait peu et affichait en permanence un visage mélancolique, souriant à peine quand sa fille brisait le silence qui s'installait dans le salon. Aurélia s'occupait comme elle le pouvait, entre les promenades solitaires dans la campagne alentour et le jardinage avec Antoine, ravi d'avoir de la compagnie et de partager avec la jeune fille sa science des plantes. La veille, il l'avait accompagnée en ville pour quelques achats. Une nouvelle robe, un chapeau neuf assorti, et surtout des chaussures confortables pour rester debout des heures entières derrière la table d'opération. Dans la rue, elle avait croisé quelques militaires en permission, parfois au bras de jeunes femmes souriantes d'avoir retrouvé leur époux, ou leur promis. Nombre de mutilés aussi, à la figure grave. Des hommes à qui il manquait une jambe, ou un bras, parfois avec le visage abîmé par une blessure, qu'ils tentaient de cacher aux regards curieux en marchant tête basse, comme pour s'excuser d'une faute qu'ils n'avaient pas commise. De nombreuses femmes, au regard triste, étaient vêtues de noir.

Aurélia s'ennuyait dans la maison familiale à l'allure de tombeau, étouffant entre ses murs qui semblaient se resserrer sur elle. Finalement, sa complicité avec Alice, Lucienne et Georgette lui manquait, et on avait besoin d'elle à Amiens, elle s'y sentait utile. Une tournée avec son père, derrière Tonnerre, qui effectivement parfois n'en faisait qu'à sa tête, lui avait changé les idées. Charles, avec beaucoup de fierté, présentait sa fille à ses clients.

— Aurélia est infirmière au front. Faut-il du courage pour aller se risquer là-bas, afin de soigner nos braves gars !

Les vignerons, impressionnés, la félicitaient chaleureusement et lui offraient à boire avec empressement.

— Ah ! Si nous on avait l'âge, disaient les plus vieux, nous y serions aussi, à faire notre devoir. Mais il faut bien s'occuper des vignes. La terre devient folle si on la laisse aller seule. Et pour la rattraper, dame, elle court bien plus vite que nous !

La carriole passa devant la maison des Comtat, dont les volets restaient clos, même quand le soleil léchait les murs.

— Pauvre Mme Comtat ! se désola Charles. Elle se meurt de chagrin depuis qu'elle a perdu son fils unique. Après l'annonce de sa mort, personne ne l'a plus vue nulle part. Ni aux festivités, bien sûr, pas même au marché ni dans les magasins. Sa domestique s'occupe seule des courses. Comme seule visite, elle ne reçoit que celle, presque chaque matin, de M. le curé. Certains disent même qu'elle a complètement perdu la tête et qu'ils l'entendent parfois crier la nuit.

— L'annonce de la mort d'Henri m'a peinée, répondit Aurélia. C'était un jeune homme tout à fait charmant.

Charles fit claquer les rênes sur la croupe de Tonnerre qui avait ralenti le pas.

— Si ta mère était arrivée à ses fins, tu serais peut-être veuve à cette heure, répondit le père.

La jeune fille resta silencieuse un moment, contemplant le paysage qui défilait doucement. La charrette entra au pas dans le bourg de Savigny. Quelques passants et des jardiniers penchés sur leurs potagers relevèrent la tête pour saluer le marchand de vin d'un signe de la main.

— Père, je vais repartir, dit-elle enfin. Je retourne à Amiens, je serai plus utile là-bas qu'ici.

Charles ne tourna pas la tête. Il fit claquer de nouveau mollement les rênes sur la croupe du cheval qui, dans une légère côte, avait encore une fois ralenti imperceptiblement l'allure.

— Je savais que tu allais repartir, mais pas aussi tôt. Ta mère en sera chagrinée, et moi aussi, d'ailleurs. Ne pourrais-tu pas trouver une affectation plus proche ? Tu sais qu'ils ouvrent des hôpitaux dans toutes les villes de province. Même ici, dans la région.

— Le chirurgien qui m'a formée au bloc opératoire compte sur moi. Je lui ai promis de revenir.

Charles sourit en regardant sa fille.

— Un chirurgien qui ne peut plus se passer de ta présence ? Allons donc ! Y aurait-il anguille sous roche, ma fille ? Quelque chose que ton vieux père devrait savoir ?

— Non, père, une simple promesse que je dois honorer.

Le repas du soir ne fut pas gai. Louise, contrariée par l'annonce du départ de sa fille, tentait en vain de faire bonne figure en mangeant du bout des lèvres.

— C'est Sophie qui va être bien déçue de ne pas te revoir à son retour de Chinon. Elle qui s'en faisait une véritable joie va être bien peinée.

Charles, comme d'habitude, dévorait. Rien n'aurait pu perturber son appétit pour les bonnes choses qu'Yvonne cuisinait. Et dont il abusait parfois, malgré les conseils du médecin qu'il consultait une fois l'an. « Pour garder de bonnes relations, disait-il, on ne sait jamais. »

— Je te conduirai à la gare demain matin, annonça-t-il entre deux bouchées. Le train pour Paris part vers les 10 heures.

Aurélia rangea consciencieusement ses affaires dans la valise. Sur les vêtements, elle rajouta un livre qu'elle désirait relire, des poésies de Mallarmé qu'elle appréciait particulièrement, ainsi qu'une vieille photographie sur laquelle, plus jeune, elle posait devant le perron de la maison avec Sophie et Armand. Elle devait avoir une douzaine d'années à l'époque, et sa petite sœur à peine sept. Cette dernière tenait à la main sa poupée préférée, Véronique, qu'on lui avait offerte au Noël précédent. Armand se tenait au milieu, les bras reposant sur les épaules de ses sœurs, et souriait de toutes ses dents. « Une époque insouciante », songea Aurélia en caressant la photographie du bout des doigts.

9

Comme la première fois, la gare de l'Est grouillait de soldats. Sur le manteau qu'elle avait gardé sur ses épaules pour se protéger d'un vent frais qui s'insinuait sur les quais, Aurélia avait épinglé son insigne de la Société de secours, avec sa petite croix rouge. Les militaires, quand elle passait près d'eux, lui souriaient en lui adressant un petit signe de reconnaissance auquel elle ne manquait pas de répondre. Pour patienter, elle passa un moment à la cantine de la gare, où une bénévole lui offrit une tisane qu'elle dégusta à petites gorgées.

— Décidément, mademoiselle, nous sommes faits pour nous retrouver à la gare.

Aurélia se retourna vers la voix. Elle reconnut l'officier vétérinaire qu'elle avait rencontré au même endroit quelques mois plus tôt.

— C'est exact, monsieur, mais cette fois je sais exactement où aller et je me sens moins perdue, répondit-elle en lui serrant la main.

L'officier accepta lui aussi un gobelet qu'une jeune fille lui tendit en souriant. Aurélia fouilla une seconde dans sa mémoire.

— Lieutenant Jules Guennédan, de Bretagne. Officier-vétérinaire.

— Vous avez une mémoire infaillible, mademoiselle Decourson !

Il montra les manches de sa tenue.

— À ceci près que, depuis notre dernière rencontre, ils ont eu la drôle d'idée de me nommer au grade de capitaine, allez donc savoir pourquoi ! Je n'ai rien fait pour mériter ça et les chevaux que je soigne, eux, n'y voient aucune différence, je vous l'assure, plaisanta-t-il.

Dans un porte-voix, un employé de gare s'époumonait à annoncer le départ du train pour Amiens. Des officiers crièrent des ordres pour faire embarquer leurs troupes.

— Voilà l'heure de partir, il faut nous avancer pour espérer trouver une place. Permettez que je vous aide ? Cette valise m'a l'air bien trop lourde pour vous.

Sans attendre la réponse, le capitaine s'empara d'autorité du bagage d'Aurélia. Ils jouèrent un peu des coudes pour se faufiler et trouvèrent une place dans les premières voitures, dévolues aux gradés.

L'embarquement terminé, le train avança lentement vers la sortie de la gare, avec des secousses qui firent chuter au sol des bagages mal calés dans les filets au-dessus des têtes. Quelques jurons fusèrent dans le wagon.

— Je vais rester quelque temps à Amiens, annonça l'officier. Peut-être aurons-nous le temps de mieux faire connaissance.

— C'est que mes moments de loisir sont rares, vous vous en doutez, répondit Aurélia. Le travail me prend l'essentiel de mon temps, de jour et souvent de nuit aussi.

— Vous trouverez bien une soirée, que diable ! L'armée a reconstruit un théâtre dans la ville. Nous pourrions aller à une séance, un de ces soirs, si le cœur vous en dit. J'en serais tout à fait honoré.

L'officier avait posé sa main sur le bras d'Aurélia.

— Vous pourriez également m'appeler Jules, ce serait plus convivial, puisque maintenant nous nous connaissons un peu.

Aurélia, par réflexe, avait retiré son bras, ce qui sembla vexer l'officier.

— Je n'ai en aucun cas voulu être cavalier, mademoiselle, s'excusa Jules. Ma proposition était juste... amicale, n'y voyez pas malice. Même si je vous trouve extrêmement charmante et que je serais fier de vous voir à mon bras pour cette sortie.

Il soupira en haussant légèrement les épaules.

— C'est que, voyez-vous, je suis veuf depuis quelques années. Et j'ai beau compenser ma solitude par mon travail, celle-ci me pèse un peu.

Ses yeux, pendant qu'il parlait, s'attardèrent longuement sur les jambes de la jeune femme. Il lui prit la main pour y déposer un baiser qu'Aurélia trouva un peu trop long. Un tic nerveux faisait légèrement trembler sa paupière droite. Aurélia ne répondit pas, préférant sourire poliment et s'absorber dans le paysage qui défilait derrière les vitres du wagon. Elle feignit de dormir la plus grande partie du voyage pour éviter une trop longue conversation avec cet homme dont les manières la gênaient. Derrière ses paupières closes, elle sentait son regard posé sur elle.

Le soir tombait quand le train, en faisant grincer ses freins, entra en gare d'Amiens. Là aussi, les soldats se bousculaient pour faire le voyage en sens inverse. Ils étaient sales, la barbe hirsute, les yeux cernés de noir et le visage sans expression. Ils n'avaient pas un regard pour les nouvelles recrues qu'ils croisaient.

— Mon Dieu ! s'exclama un jeune soldat nouvellement incorporé. On dirait qu'ils reviennent de l'enfer !

Un autre, l'ayant entendu, se retourna vers lui.

— Et pourtant, l'enfer est pour ceux qui ont de mauvaises choses à se reprocher. Nous, on n'a rien fait de mal.

La cour de l'hôpital, éclairée par les lumières blafardes des lampes, était toujours aussi encombrée. On avait tendu des bâches supplémentaires sur des cordes tirées sur de longs piquets de bois. On aurait dit qu'un cirque itinérant avait dressé là son chapiteau. Alice, qui avait vu Aurélia arriver depuis l'autre bout de la place, lui adressa un petit signe de la main.

— Ah, vous revoilà ! l'accueillit la voix de sœur Marie-Louise. Ne perdez pas de temps, allez vous changer et partez aider au bloc.

— À peine de retour et déjà dans le bain, fit le vétérinaire qui l'avait accompagnée. Notre infirmière-chef ne fait pas dans la dentelle et vous remet immédiatement au labeur. La tendresse n'est certes pas son fort, mais au fond c'est une brave femme.

Il prit la main d'Aurélia et la porta encore une fois à ses lèvres.

— Je renouvelle ma proposition de vous emmener au spectacle, mademoiselle. J'espère que vous accéderez à ma demande et que vous ferez de moi un homme comblé. À très bientôt, donc.

Sans attendre la réponse, il tourna les talons pour se diriger à nouveau vers la rue. Un léger frisson parcourut Aurélia. Quelque chose dans l'attitude de cet homme lui dictait de faire preuve de méfiance. Sa façon de la regarder peut-être, avec cette petite lueur lubrique qu'elle avait perçue dans ses yeux quand il la dévisageait. Ou son sourire, dévoilant les dents d'un prédateur qui tourne autour de sa proie, tentant de l'hypnotiser avant de se jeter sur elle. Il lui faisait peur. Elle saurait le moment venu trouver un prétexte pour refuser son invitation. La voix impatiente de sœur Marie-Louise la tira de ses pensées.

— Mademoiselle attend-elle un carton d'invitation pour aller travailler ?

Aurélia enfila sa tenue et se dirigea sans attendre vers les blocs. Elle dut se faufiler entre les brancards qui attendaient leur tour devant la porte de la chirurgie. Celle-ci franchie, elle retrouva l'ambiance particulière du bloc opératoire, le bruit des instruments qui tombent dans les plateaux en émail, l'odeur mélangée des désinfectants, du sang, et celle, très particulière, un peu douceâtre, qui s'échappe de l'intérieur des corps ouverts.

— Mon assistante est enfin de retour ! s'exclama le Dr Carnaud.

Aurélia devina un grand sourire derrière le masque en tissu.

— Vous m'avez manqué, continua-t-il. Sur le plan professionnel, bien entendu, crut-il bon de rajouter.

Il désigna l'aide-infirmière qui lui faisait face de l'autre côté de la table.

— Cette demoiselle est très dévouée et elle fait de son mieux mais n'est pas formée à la chirurgie. Elle n'a pas votre compétence.

Aurélia se sentit gênée pour la jeune fille, qui baissa les yeux en rougissant.

— Laissez votre place, mademoiselle, commanda-t-il, et je vous suis extrêmement reconnaissant de l'aide que vous m'avez apportée.

L'assistante posa la pince qu'elle tenait et sortit prestement, laissant sa place à Aurélia.

— Vous n'avez pas été très galant, lui reprocha cette dernière. J'en ai été vexée pour elle.

Il haussa les épaules.

— Une gentille fille, mais elle parle beaucoup trop à mon goût.

Il se pencha sur la plaie béante d'où s'échappaient des filets de sang.

— Saleté de shrapnell, il est allé se fourrer dans un endroit impossible, mais j'en viendrai à bout. Ou je ne m'appelle plus Carnaud !

Aurélia s'empara d'une compresse et épongea délicatement la sueur qui perlait sur le front du chirurgien. Il arrêta son geste pour planter son regard dans celui de son assistante.

— Encore un exemple de geste délicat auquel celle qui vous a remplacée n'aurait pas pensé. Je ne sais même pas comment elle s'appelle. J'ai dû oublier de le lui demander. Vous voyez, Aurélia, vous m'êtes totalement indispensable.

— Décidément, docteur, vous aussi vous parlez trop, répondit-elle en souriant.

Les interventions se succédèrent jusque tard dans la nuit. Fourbue, le dos endolori par le voyage en train et la longue station debout, Aurélia rejoignit rapidement sa chambre pour y retrouver ses amies. Georgette dormait déjà. Alice et Lucienne, à la lueur d'une bougie, jouaient aux cartes.

— Alors, cette permission en famille ? demanda Alice.

— Cela m'a fait du bien, répondit Aurélia, mais à cause de la disparition de mon frère l'ambiance était morose. Du coup, j'ai préféré abréger mon séjour. Je m'en veux quand même un peu d'avoir déserté si vite la maison.

Lucienne tourna la tête vers Georgette, qui avait disparu sous la couverture. Elle baissa la voix et se rapprocha d'Aurélia.

— Elle a appris avant-hier que son fiancé est mort, dit-elle, tué dans un assaut, dans l'Artois. Depuis, elle ne mange presque plus et ne fait que pleurer. Nous essayons bien de nous occuper d'elle, mais rien n'y fait. Pauvre Georgette, c'est bien triste. Elle va dépérir à force. Déjà qu'elle n'était pas bien grosse !

Aurélia fut très peinée d'apprendre la nouvelle. Elle resta un moment avec elles à les regarder jouer. Elle se surprit à penser qu'elle était heureuse de retrouver son chirurgien. Comme si Alice avait lu dans ses pensées, cette dernière se pencha vers elle.

— En tout cas, pendant ton absence, le Dr Carnaud était imbuvable. Il passait ses journées à houspiller tout le monde et à se plaindre que les assistantes que sœur Marie-Louise lui confiait n'étaient pas à la hauteur. Je l'ai même entendu lui demander si elle connaissait ta date de retour.

Lucienne pouffa.

— Tu ne vas quand même plus prétendre qu'il n'a pas un petit faible pour toi, quand même !

— Je n'appelle pas ça un petit faible, moi, intervint Alice en poussant Aurélia du coude. Il est carrément amoureux de sa jolie assistante, cela ne fait plus aucun doute.

— On ne sait pas si c'est réciproque, renchérit Lucienne en distribuant les cartes. Puisque mademoiselle a décidé de se murer dans le silence.

Aurélia ne répondit pas, se contentant de rougir légèrement.

Georgette était pâle. On aurait dit qu'elle avait soudainement vieilli de quelques années. À la cantine, elle buvait son café du matin du bout des lèvres, refusant la tartine beurrée qu'Aurélia lui avait préparée.

— Il faut que tu manges, lui conseilla son amie. Te laisser abattre ne te servira à rien. Allez, pour me faire plaisir, juste une bouchée.

Georgette croqua sans conviction dans le morceau de pain.

— Nous devions nous marier dès que cette guerre serait terminée, finit-elle par dire. Nous nous sommes promis depuis l'enfance, et nous attendions simplement d'être grands. Mon Dieu, que vais-je devenir ?

Ses yeux se mirent à briller. Aurélia lui caressa la main.

— Nous avons tous perdu quelqu'un, mais pour les autres il faut que nous continuions à vivre, même si cela nous paraît au-dessus de nos forces.

Georgette hocha tristement la tête. Sœur Marie-Louise entra dans la cantine en tapant des mains.

— On arrête de bayer aux corneilles, mesdemoiselles. Un convoi de blessés nous est annoncé, rejoignez vos postes !

Les combats, dans la région, baissaient en intensité, même si les bombardements apportaient chaque jour leur lot de victimes. Dans le cimetière improvisé derrière l'hôpital, on venait d'enterrer huit soldats, tous très jeunes, des artilleurs et des fantassins. Georgette s'accorda un moment pour aller se recueillir sur leur tombe.

— C'est comme si j'allais prier sur celle de mon Marcel, puisque tous les soldats sont des frères de misère.

Aurélia la suivit. Elle aussi pria longuement, surtout pour Armand. « Où es-tu donc mon frère ? pensa-t-elle. Sur quel petit bout de terre dois-je me pencher pour te dire un dernier adieu ? » Georgette, près d'elle, se mit à pleurer.

— Allons, viens avec moi, lui dit son amie, qui s'était ressaisie. Inutile de rester là trop longtemps à ressasser nos tristes pensées. Les vivants nous attendent.

Jamais une journée à l'hôpital ne fut aussi calme. D'autres hôpitaux, qui s'étaient organisés dans la région, prenaient une part non négligeable du travail. Le personnel, profitant de l'aubaine, prenait son temps à la cantine. Les chirurgiens, dont Édouard Carnaud, s'étaient joints aux assistantes et infirmières. On se serait cru à un repas de famille, où tout le monde parlait et riait. Même sœur Marie-Louise, conquise par l'ambiance joviale, plaisantait et captivait l'attention en racontant des anecdotes sur ses débuts dans le métier d'infirmière, au siècle dernier. Pour la première fois, Aurélia l'entendit rire. On trinqua à sa santé et tout le monde s'accorda pour louer son professionnalisme.

— Dieu nous commande l'humilité, répondit-elle en se levant de son siège. Mais pour cette fois, j'espère bien qu'il fermera les yeux.

Elle leva son verre bien haut.

— Bravo à nous toutes et tous pour l'excellent travail que nous faisons !

Elle se rassit sous une salve d'applaudissements.

Le Dr Carnaud s'était débrouillé pour s'asseoir près de son assistante. Il profita d'un moment où Alice poussait la chansonnette pour se pencher à son oreille.

— Le Théâtre aux Armées s'est installé près de la mairie. Me feriez-vous l'honneur de m'y accompagner ce soir ?

Aurélia allait répondre quand il la coupa :

— N'oubliez pas qu'une assistante de bloc se doit de suivre son chirurgien, rajouta-t-il dans un sourire.

Elle fouilla dans sa poche et sentit sous ses doigts le billet que lui avait fait passer le vétérinaire le matin même. Il lui donnait rendez-vous le soir au théâtre, juste avant le début de la représentation.

— Alors ce sera avec plaisir, docteur.

Les soldats, en se poussant joyeusement du coude, se pressaient vers les rangées de bancs installés dans ce qui était, avant la guerre, le réfectoire d'un collège. Quelques militaires se serrèrent pour laisser à Aurélia et au chirurgien deux places au second rang. La salle se remplissait rapidement. Ceux qui n'avaient pu s'asseoir durent se caler contre les murs.

— Nous allons passer une excellente soirée, promit Édouard. Cela nous changera les idées.

De temps en temps, les rideaux de la scène improvisée s'écartaient pour laisser passer une tête, un visage de femme sur une trogne énorme, fardée à outrance, encadrée d'une perruque blond filasse. Aurélia sentit qu'on lui touchait l'épaule. Elle se retourna vivement pour faire face à l'officier vétérinaire.

— Je ne pensais pas vous voir ce soir. Vos obligations vous ont finalement laissé un peu de liberté, lui dit-il. J'en suis heureux. Et je présume que vous n'avez pas eu le temps de m'avertir que vous étiez déjà accompagnée.

Le ton du vétérinaire était cassant. Ses paupières plissées laissaient deviner sa contrariété.

Le chirurgien se retourna à son tour.

— Monsieur Guennédan, articula Aurélia sur un ton qu'elle voulut le plus neutre possible, laissez-moi vous présenter le Dr Édouard Carnaud, le chirurgien avec lequel je travaille.

Les deux hommes se serrèrent la main.

— Quelle chance vous avez, docteur, de travailler avec une assistante aussi charmante, répondit le vétérinaire avec un sourire forcé. Je vous envie, croyez-moi. Pour ma part, je n'ai eu, avec cette demoiselle, que le bonheur de deux voyages en train.

Il adressa à Aurélia un regard furtif dans lequel elle décela une ombre de colère contenue. Les trois coups annonçant le début du spectacle la dispensèrent de toute réponse.

Le Dr Carnaud se pencha vers elle pour lui chuchoter à l'oreille :

— Je ne savais pas que vous étiez une briseuse de cœur. Mais là, je vous comprends.

Aurélia cacha sa bouche de la paume de sa main pour étouffer un gloussement.

— Il n'y a vraiment pas de quoi plaisanter !

Les rires fusèrent dès que le rideau s'ouvrit sur deux soldats déguisés en matrones romaines, drapés dans de longues toges blanches et exagérément maquillés. Des applaudissements nourris et des sifflets d'admiration éclatèrent dans la salle, saluant l'apparition sur scène d'un autre acteur, plus jeune et à la silhouette plus fine, presque androgyne. Il portait une longue perruque bouclée qui descendait sur une poitrine tout aussi factice que fort généreuse. La salle riait et tapait des mains à chaque tirade burlesque. Les comédiens brocardaient l'ennemi allemand, tout autant que le gouvernement français et les généraux qui, du fond de leurs bureaux, commandaient aux hommes. Les spectateurs se tinrent les côtes quand un acteur grimé en officier général, le calot entouré d'une couronne de feuilles de chêne et bardé de médailles en carton, donnait ses ordres d'une voix fluette en montrant une carte de France qu'il tenait à l'envers.

— Il faut attaquer le cœur de l'Allemagne ici, annonça-t-il en montrant de sa baguette la région de Madrid. Et surtout, n'oubliez pas d'ordonner à nos chers petits troufions d'enlever leurs casques pour qu'ils puissent courir plus vite ! Et vérifiez bien qu'ils courent dans la bonne direction !

Certains officiers, dont deux colonels, au premier rang, rirent jaune. Ils évitèrent d'intervenir pour ne pas déclencher une émeute dans la salle. Après les acteurs, chaleureusement salués, des chanteurs prirent place au milieu de la scène. Pendant près d'une heure, accompagnées d'un accordéon, les chansons se succédèrent, reprises en chœur par les soldats. Certains avaient la larme à l'œil quand les paroles parlaient du pays, de la femme ou de la fiancée qu'ils y avaient laissée.

Ma petite Célestine,
Je viens ce soir, comme je t'ai promis,
Rôder sous ta cuisine
Jusqu'à c'que tes patrons soient au lit.
En attendant, ma brune,
Le doux moment d'aller t'caresser,
Je veux au clair de lune

Tout doucement, chanter
« Mon p'tit trognon, l'amour est bon »

Écoute la sérénade, la sérénade,
De ton pioupiou,
Qui vient en camarade,
Ce soir ma belle, à ton rendez-vous
Voilà quinze jours, tu penses !
Qu'étant pas v'nu, on n's'est pas aimés
Et d'puis, j'ai pas eu d'réjouissances,
J'ai besoin d'me rattraper.

Dans la salle plongée dans l'obscurité, Aurélia sursauta quand Édouard prit sa main dans la sienne. Elle se tourna vers lui. Le médecin gardait la tête droite vers la scène. Elle eut pour premier réflexe de vouloir la retirer mais n'en fit rien. Édouard augmenta légèrement la pression de ses doigts. Gênée, elle tourna un peu plus la tête pour voir si quelqu'un avait remarqué ce geste. Elle croisa le regard du vétérinaire qui observait les deux mains enlacées. Empoignant le manteau qu'il avait plié sur ses genoux, il se leva et disparut vers le fond de la salle, bousculant au passage quelques spectateurs.

Après le dernier chant, les artistes saluèrent et la salle se vida doucement. Le flot des militaires se dirigea vers une buvette montée près de la sortie. On y distribuait généreusement des gobelets de vin et d'eau-de-vie. Aurélia aperçut du coin de l'œil l'officier vétérinaire, attablé, qui discutait avec un jeune lieutenant d'infanterie. Elle baissa la tête pour éviter de croiser son regard, qu'elle sentait peser sur elle.

— Charmant spectacle, n'est-ce pas ? commenta Édouard. Ces acteurs nous ont fait passer une excellente soirée.

— Il y a effectivement bien longtemps que je ne m'étais pas autant amusée. Ils étaient très drôles.

La nuit était tombée. À travers les petites rues, ils rejoignirent à pas lents l'hôpital, croisant des groupes de soldats un peu ivres qui rentraient à leur casernement.

— J'espère que vous ne m'en voudrez pas de vous avoir pris la main, dit Édouard après avoir marché un moment. Un instant de trouble, sans doute, en écoutant ces chansons qui parlent de notre vie d'avant, de la paix et de l'amour. Ma mère chantait souvent aussi, et cela m'a rappelé mon enfance.

— Je ne vous en veux pas, docteur, c'était un beau témoignage d'amitié que de me faire partager votre émotion.

Il s'arrêta brusquement, se tourna vers elle et lui prit les mains.

— Et si ce n'était pas seulement de l'amitié, mais des sentiments plus profonds que j'éprouvais envers vous ?

Aurélia, troublée, baissa la tête.

— Je ne sais que vous répondre. C'est à la fois nouveau pour moi et inattendu.

— Je n'ai jamais ressenti cela auparavant pour quelqu'un d'autre. Je ne saurais comment l'expliquer. Notre séparation de quelques jours a été pour moi une véritable torture. Je souhaite simplement que vous puissiez partager mes sentiments. Dans le cas contraire, dites-le-moi, et je ne vous importunerai plus. Je pourrais même prendre une autre assistante si vous le souhaitez. Je comprendrais fort bien.

Aurélia soupira.

— Je ne désire pas laisser ma place. Travailler à vos côtés est agréable et enrichissant. Mais je ne sais pas s'il est bien raisonnable d'entamer une relation, ici, à l'hôpital. Tout se sait très vite et...

— Et quand bien même, s'exclama Édouard, nous ne serions pas les premiers ! Votre amie Alice, avec mon confrère Landais, en est un exemple. On dit les voies du Seigneur impénétrables, peut-être celles de l'amour le sont-elles aussi, qui sait.

Aurélia resta silencieuse un moment, les yeux dans le vague. Édouard lui plaisait, certes, et il était un homme tout à fait charmant. Mais elle ne saurait dire si elle se sentait prête pour cette relation amoureuse.

— Pourriez-vous me donner le temps de réfléchir ? demanda-t-elle.

— Prenez tout le temps qu'il vous faudra, Aurélia, je saurai attendre.

Il lâcha les mains de la jeune fille pour lui donner le bras.

— Allons vite nous coucher, mademoiselle l'assistante infirmière, et prendre un peu de repos. Ici, on ne sait jamais de quoi le lendemain sera fait.

Le travail au bloc reprit très tôt. Une ambulance était arrivée à la pointe du jour, avec quatre blessés graves que se partagèrent les chirurgiens. Deux décédèrent durant l'opération, ou peu après. Celui opéré par le Dr Carnaud était en vie, mais celle-ci ne tenait qu'à un fil ténu, qui pouvait se rompre à tout moment. Il avait perdu énormément de sang. On dut l'amputer d'une jambe qu'un éclat avait transformée en bouillie de chair et d'os. Plusieurs morceaux de métal criblaient également son abdomen et son thorax. D'autres médecins l'auraient déclaré sans espoir, et laissé mourir, simplement aidé par des injections de calmants pour qu'il puisse s'en aller en paix. Mais Édouard avait été ému par le jeune âge du soldat, son visage encore enfantin tordu par la douleur et ses yeux bleus qui le fixaient en suppliant. Après l'opération, on le transféra dans une chambre d'hospitalisation au même étage que le bloc. Aurélia passait le voir souvent, et prenait de ses nouvelles auprès de Lucienne.

— Il n'est toujours pas réveillé et le pouls est faible. Il va mourir, j'en suis certaine, se désolait-elle.

Contre toute attente, le jeune soldat s'était accroché à la vie du bout des ongles et avait survécu, à la plus grande joie du chirurgien, qui passait le voir régulièrement. On apprit, quand il fut bien réveillé, qu'il s'appelait Jean, qu'il était originaire de Clermont-Ferrand, où il était apprenti pâtissier.

— Une jambe de bois et un peu de viande en moins ne m'empêcheront pas de pétrir ma pâte et de faire les meilleurs gâteaux de la ville, déclara-t-il avec philosophie. Et puis j'aimerais aussi fabriquer des friandises. Même si je gage qu'elles ne seront pas aussi bonnes que celles de Juliette Montel[1].

Même sœur Marie-Louise s'était laissée attendrir par le jeune homme, avec qui elle venait discuter dès que son emploi du temps le lui permettait. Jean, définitivement tiré d'affaire, partit trois jours plus tard par un convoi sanitaire pour Paris, dans un hôpital de l'arrière pour une longue convalescence.

— Voilà pourquoi j'aime ce métier, déclara Édouard qui s'était réfugié pour fumer sa cigarette sur les marches derrière la cantine.

Il passait de temps en temps son mégot à Aurélia, qui tirait une bouffée en faisant la grimace. « Je vais arrêter cette cochonnerie, se dit-elle. Finalement, le goût que le tabac laisse dans la bouche ne me plaît pas. » Édouard devina ses pensées.

— Vous avez tout à fait raison, ça ne vous va pas de fumer. Il paraît que ce n'est pas bon pour la santé. Et je préfère de loin que les femmes sentent le parfum, rajouta-t-il.

Il farfouilla dans sa poche pour en extraire un petit paquet enveloppé d'une feuille de journal.

— J'ai un petit cadeau pour vous, lui dit-il en lui tendant le paquet. Désolé pour l'emballage, on fait avec les moyens du bord.

Étonnée, Aurélia ouvrit la feuille de journal pour en extraire une bouteille de parfum délicatement ouvragée. Un cœur ren-

---

1. Voir *Aux douceurs du temps*, roman de Véronique Chauvy aux éditions De Borée.

versé en pâte de verre faisait office de bouchon. Un médaillon doré ornait le flacon bleu azur. « L'Heure bleue, Guerlain », lut-elle. Aurélia ouvrit des yeux tout ronds.

— Mais c'est une véritable folie ! Comment avez-vous pu trouver une telle merveille ici ?

— Je connais un brancardier très débrouillard. Et je ne me hasarderais surtout pas à lui demander où il me l'a déniché, répondit-il avec un petit sourire mystérieux, je serais certainement obligé de le mettre aux arrêts.

Aurélia en déposa une goutte à l'intérieur de son poignet, agita sa main quelques secondes pour la faire sécher et en apprécia l'odeur délicate.

— C'est tout simplement divin ! s'exclama-t-elle. C'est un cadeau magnifique. Je ne sais trop quoi dire.

Édouard prit le poignet de la jeune fille dans sa main pour humer à son tour. Il respira une seconde le parfum, puis approcha ses lèvres pour déposer un baiser délicat sur la peau. Elle le laissa faire. Édouard s'enhardit à en déposer un second, plus long. Aurélia était électrisée par le contact de ses lèvres chaudes. Sans qu'elle le veuille ni ne s'en rende compte, elle posa son autre main sur l'épaule d'Édouard. Il se redressa en passant son bras autour de la taille de la jeune femme pour l'attirer vers lui. Aurélia ferma les yeux. Elle sentit qu'il lui embrassait le cou, puis la joue, le bas du front, pour glisser sur sa bouche. Son corps tout entier se raidit. Jamais un garçon ne l'avait embrassée auparavant. Quelle sensation délicieuse ! Les bras du médecin l'entourèrent et la collèrent à lui. À son tour, elle lui prit la taille. Sous la pression des lèvres d'Édouard, les siennes s'entrouvrirent légèrement et le bout de leur langue se frôla, doucement, comme pour s'apprivoiser l'une l'autre. Elles se mêlèrent enfin. Aurélia soupira en se laissant guider par la bouche de son chirurgien. Elle sursauta légèrement quand les mains de ce dernier descendirent le long de son dos pour s'appesantir sur la naissance de ses fesses. Aurélia était incapable de réagir. Elle répondait maintenant avec fougue au baiser de plus en plus appuyé. Elle s'abandonna à la délicieuse sensation de chaleur qui petit à petit envahissait tout son corps. Elle sursauta en entendant, derrière elle, la porte qui s'ouvrait. Elle se retourna vivement en se dégageant de l'étreinte d'Édouard. Celui-ci fit un pas en arrière.

— Je... je suis désolée, bredouilla Lucienne qui venait elle aussi prendre quelques minutes de pause dans cet endroit tranquille. Je ne voulais pas...

Sans finir sa phrase, elle disparut à l'intérieur du bâtiment. Aurélia, rouge comme une pivoine, roulait des yeux inquiets. Elle enfourna la bouteille de parfum dans une poche de sa blouse.

— Cela ne restera pas longtemps un secret, soupira Aurélia.

— En ce qui me concerne, objecta Édouard, cela ne me dérange pas. Comme je te l'ai déjà dit, nous ne faisons rien de mal.

Aurélia remarqua le tutoiement mais n'en fit pas cas.

— Repartons au bloc, continua le chirurgien en soupirant, nos blessés nous attendent.

Durant les interventions qui se succédaient, Aurélia évitait de croiser le regard du médecin. Elle restait penchée sur les champs opératoires, anticipant les besoins en instruments. Il n'avait même plus à réclamer. Une pince se posait automatiquement dans sa main quand il écartait un morceau de chair pour en extraire un éclat de métal ; ou un clamp à crémaillère, quand un vaisseau se mettait à saigner. Elle sentait parfois ses yeux se poser sur elle et devinait que, derrière son masque, il lui souriait. Elle ne pouvait dire si elle était heureuse ou si elle s'en voulait de s'être laissée embrasser, et d'avoir si facilement répondu à son baiser. Cet homme la fascinait. Elle sentait qu'elle tombait amoureuse pour la première fois.

Aurélia avait dû passer par la cantine pour manger un morceau. Bien qu'elle n'ait pas spécialement le cœur à manger, son estomac réclamait sa dose de nourriture. Un peu de pain et une tranche de viande froide lui avaient suffi. Alice, Georgette et Lucienne étaient assises à la table de leur chambre. Elles tournèrent la tête dans un bel ensemble quand Aurélia entra.

— J'ai fait du café, déclara Alice à son adresse, viens donc en boire une tasse, cela te fera du bien après cette longue journée.

Aurélia surprit le petit sourire en coin de son amie. Lucienne avait-elle déjà colporté sa liaison avec le chirurgien ? Au gloussement de Georgette, qui dissimulait son visage derrière une tasse, elle comprit que ce devait être le cas. Aurélia la fusilla du regard en prenant place à la table.

— Vous avez opéré bien tard, continua Alice en servant le liquide fumant, bien plus que les autres chirurgiens.

— C'est que le Dr Carnaud est un praticien très dévoué pour ses patients, ajouta Georgette. Le meilleur de l'hôpital, j'ai entendu dire. Qu'en penses-tu, Aurélia ?

Elle adressa en même temps un clin d'œil à Alice qui ne put réprimer un petit rire qu'elle cacha derrière la paume de sa main.

— Décidément, les ragots vont vite dans cet hôpital, répondit Aurélia en s'emparant de la tasse. Il y en a qui feraient bien de s'occuper de ce qui les regarde.

— Ne sois pas fâchée contre Lucienne, intervint Alice. De toute façon, tout se sait ici, et nous l'aurions appris d'une façon ou d'une autre. Et puis nous sommes amies, non ? Nous pouvons tout nous dire.

Aurélia resta silencieuse une seconde. Elle repoussa sa tasse, puis se leva lentement de la table, le visage fermé. Un index accusateur se tendit vers Lucienne qui, ne sachant comment réagir, passait son regard effrayé d'Alice à Georgette.

— Infirmière Lucienne, dit-elle d'une voix froide, si jamais je venais à apprendre que vous fricotez avec qui que ce soit au sein de cet hôpital… je jure d'en avertir immédiatement le grand état-major à Paris !

Alice et Georgette éclatèrent de rire. Lucienne, qui s'était une seconde arrêtée de respirer, semblait revenir d'un coup à la vie. Un grand sourire s'étala sur son visage.

— Tu m'as collé une de ces peurs, réussit-elle à dire, je croyais que nous allions nous fâcher pour la vie !

— Bien sûr que non, mais j'avoue que tu le mériterais, rien que pour t'apprendre !

Elle se rassit, avala une gorgée de café et farfouilla dans sa poche pour en extraire le flacon de parfum qu'elle posa sur la table.

— Et puisque vous voulez tout savoir, et que l'on ne peut avoir ici aucune vie privée, voici le cadeau que le Dr Carnaud vient de m'offrir.

Les filles admiraient le flacon avec des yeux ronds.

— Du Guerlain ! s'exclama Alice. Eh bien, il ne s'est pas fichu de toi, ton chirurgien ! Ce n'est pas Landais qui m'offrirait ce genre de chose !

— Il doit être bien amoureux, décréta Georgette. Comme c'est romantique !

— Tu me laisseras bien en prendre quelques gouttes, dis ? supplia Alice. Ce parfum est tout simplement délicieux.

— Taratata ! répondit Aurélia en empochant le parfum. Rien du tout ! C'est pour vous punir de votre curiosité.

— Quelle affreuse égoïste ! s'exclamèrent en chœur les filles.

Aurélia avait un mal fou à s'endormir, tourmentée par les événements de la journée. Avait-elle raison ou tort d'entamer une relation avec Édouard ? Où celle-ci la mènerait-elle ? Elle décida finalement de laisser faire les choses, de laisser s'accomplir le destin que la vie traçait pour elle. De mauvais rêves peuplèrent son repos. Elle se revit dans l'ambulance, sous le bombardement subi quelques semaines auparavant. Les vitres du véhicule se coloraient en rouge sang. Près d'elle, elle vit Édouard, la bouche démesurément agrandie, hurlant des mots qu'elle ne comprenait pas. Seul un bourdonnement, comme un essaim de milliers d'abeilles, emplissait ses oreilles. Elle voulut bouger, sortir de la voiture, sans que ses jambes ni ses bras n'obéissent à ses sollicitations. Elle était comme tétanisée, incapable du moindre geste. Puis, à travers une vitre brisée, se dessina la silhouette d'un homme qui lui faisait de grands signes, agitant ses bras comme un sémaphore pris dans la tempête. La fumée épaisse se dissipa un peu. Armand ! Elle le reconnut malgré son visage maculé de terre. Son uniforme était en lambeaux, il était pieds nus dans la boue, de l'eau jusqu'aux chevilles, semblant s'enfoncer dans ce cloaque qui peu à peu l'aspirait. Aurélia voulut crier son nom, mais aucun son ne put franchir la barrière de ses lèvres. Le vrombissement dans ses oreilles se calma un peu et les cris de son frère lui parvinrent, d'abord étouffés et indistincts, puis de plus en plus fort au fur et à mesure que le bruit diminuait.

— Viens ! Viens ! criait Armand à sa sœur, viens me chercher !

Elle s'entendit cette fois-ci hurler son prénom. Une explosion, à l'endroit où il se tenait, le fit disparaître dans une gerbe de lumière et de chaleur. Elle sentit une main se poser sur son épaule. Se retournant subitement, elle fit face à un officier. Elle reconnut le capitaine du génie de Saint-Jans-Cappel.

— Êtes-vous certaine qu'il est mort, mademoiselle ?

Un rire se fit entendre. L'officier vétérinaire venait d'apparaître à son tour. Il s'approchait d'elle, les deux bras tendus, ses mains prêtes à se poser sur son visage. Aurélia tentait de reculer pour échapper à ces doigts qui voulaient se refermer sur ses cheveux.

— Allons, ma belle ! Le théâtre nous attend, il faut y aller !

Aurélia se réveilla en sursaut, le front en sueur et le cœur battant. Le visage de Lucienne lui faisait face, éclairé par une petite lampe.

— Tu criais dans ton sommeil, lui dit-elle à voix basse. Tu as fait un cauchemar ?

Aurélia reprenait ses esprits, sa respiration se calmait et son cœur revenait lentement à un rythme normal.

— Oui, un mauvais rêve, mais ça va aller maintenant, je te remercie.

Lucienne se recoucha et éteignit la lampe, replongeant la chambre dans un noir profond. Une des filles se retourna dans son lit et se mit à ronfler doucement. Les respirations calmes de ses collègues endormies l'apaisèrent. Elle eut toutes les peines du monde à retrouver le sommeil, toute chamboulée par ce rêve étrange.

La petite cloche du réveil tinta bruyamment dans la chambre. Comme chaque matin, Lucienne s'étira en râlant contre ce maudit appareil qui la tirait de sous les couvertures. Alice, toujours la première levée, se précipita vers le seau hygiénique caché derrière un rideau dans un angle du mur. Il sembla à Aurélia qu'elle venait à peine de fermer les yeux. Elle perçut sous ses pieds nus le contact froid du sol.

— Quelle vilaine tête ! s'exclama-t-elle en découvrant dans le miroir ses yeux bouffis et rouges.

Elle s'empara d'une brosse pour lisser ses cheveux emmêlés.

— C'est vrai, confirma Alice, tu as une mine affreuse. Je ne vais pas te laisser aller travailler comme ça.

Coquette, cette dernière avait toujours une petite trousse de maquillage qu'elle utilisait lors de ses rendez-vous avec le

Dr Landais. Un peu de crème pour faire disparaître les cernes disgracieux et un rouge à lèvres discret redonnèrent à Aurélia un visage plus frais.

— Voilà qui est mieux, décréta Alice en jaugeant le résultat. M. Carnaud ne s'enfuira pas en courant en voyant un épouvantail débarquer dans son bloc ce matin, ajouta-t-elle en riant.

Aurélia haussa les épaules en levant les yeux au ciel.

— Mais que tu peux être gourde !

— Ta nuit n'a pas dû être des meilleures, lui dit Édouard en s'asseyant devant elle à la cantine, un bol de café au lait à la main. Tu as une mine fatiguée.

— Décidément, vous vous êtes tous donné le mot, ce matin !

« Le maquillage n'est pas aussi efficace que ça », pensa Aurélia en trempant sa tartine de pain. Et voilà qu'Édouard adoptait définitivement le tutoiement. Si ses collègues avaient eu encore un doute quant à leur relation, celui-ci était complètement levé.

— Oui, répondit-elle, mais cela ira mieux après ce petit déjeuner.

— Tant mieux ! Car j'ai besoin de mon assistante. Nous partons à Marseille juste après.

Aurélia faillit s'étrangler avec son café.

— À Marseille ?

Le Dr Carnaud éclata de rire.

— Non, pas Marseille sur la Méditerranée ! Marseille-en-Beauvaisis, à deux heures d'ici environ. Notre état-major veut que j'aille m'assurer que l'on puisse installer une annexe de l'hôpital dans un vieux château. Nous voyagerons avec un officier vétérinaire, qui va inspecter un parc à chevaux dans cette commune. Celui que nous avons rencontré l'autre soir au théâtre, je présume.

Aurélia accueillit la nouvelle avec réserve. La promesse d'une escapade avec Édouard la réjouissait, mais la présence de Guennédan, puisqu'elle était certaine que c'était bien de lui qu'il s'agissait, la chagrinait. Quelques images furtives de son cauchemar lui revirent en mémoire, qu'elle chassa bien vite. Après tout, qu'avait-elle à craindre de cet homme ? Elle ne lui avait jamais laissé imaginer qu'il avait quelque chance de la séduire. Et avec Édouard à ses côtés, il n'oserait certainement pas une autre tentative de rapprochement.

— J'en suis heureuse, lança-t-elle, même si j'aurais été ravie de voir un peu de mer bleue, plaisanta Aurélia.

La Renault AG1 réquisitionnée pour le voyage, un taxi rescapé de la bataille de la Marne, l'un de ceux qui avaient convoyé les soldats de Paris au front au mois de septembre dernier, attendait dans la cour. Pour patienter, le chauffeur, un jeune caporal, faisait un brin de causette à une fille de salle. Il se figea au garde-à-vous et salua à l'approche du Dr Carnaud qui, pour l'occasion, avait revêtu sa tenue de capitaine. Aurélia lui emboîtait le pas. Guennédan arriva en même temps, marchant d'un pas rapide en enfilant sa pèlerine. L'étonnement se lut sur son visage en voyant qu'Aurélia était du voyage. Il lui adressa un signe de tête poli et serra la main du chirurgien.

— Allons-y, commanda Édouard au caporal.

Il grimpa à l'arrière du véhicule avec Aurélia, laissant la place du passager au dernier arrivé. La voiture dérapa légèrement en sortant de la cour, faisant glisser Aurélia contre le médecin. Il en profita pour lui caresser furtivement la main.

La voiture roulait à travers un paysage morne et désolé sur des routes défoncées. Les amortisseurs, qui depuis bien longtemps n'exerçaient plus leur fonction, mettaient à mal le dos et le fessier des passagers.

— Cette fois-ci, au moins, nous n'aurons pas à craindre les bombardements, chuchota Édouard à l'oreille d'Aurélia.

Les images de son cauchemar lui revinrent en mémoire. Elle revit son frère lui demandant de venir le chercher. « Te chercher, Armand, pensa-t-elle, mais où donc ? Si au moins tu pouvais me le dire dans un autre de mes rêves. Je viendrais te prendre par la main, où que tu sois, et je te ramènerais chez nous. Et nous irions encore nous promener sur les bords de la Loire, avec Sophie et Mirabelle. Avec Tonnerre, aussi, que tu ne connais pas. » Ce rêve l'avait profondément troublée. Une embardée, pour éviter un trou profond, la ramena à la réalité.

— Bou Diou ! s'écria le caporal. V'là donc qu'on a bin failli met' la niche sur l'chien !

— D'où êtes-vous, mon garçon ? demanda Édouard, amusé par l'accent du jeune militaire.

— Ch'ui d'Créances, mon capitaine, dans le Cotentin. La Normandie, quoi !

Guennédan n'était pas très loquace, répondant seulement à quelques mots qu'Édouard, par politesse, lui adressait. À aucun moment il n'adressa la parole à la jeune femme.

— Je ne sais pas si je ferai le trajet retour avec vous, précisa-t-il. J'en profiterai pour passer par Beauvais afin de contrôler des abattoirs.

Aurélia en fut soulagée. Le vétérinaire n'ouvrit plus la bouche du reste du trajet.

Marseille-en-Beauvaisis était en vue. Comme à Amiens, des cantonnements improvisés se succédaient le long de la route, remplis de soldats, de véhicules, de canons et de montagnes de matériel. Inconsciemment, Aurélia tournait sa tête de droite et de gauche, se penchait à la portière quand elle apercevait un groupe d'hommes, espérant peut-être y reconnaître son frère. « Ma pauvre fille, se dit-elle, que tu es bête ! Armand n'est plus de ce monde, il faut que tu te fasses à cette idée. »

À la demande de Guennédan, le véhicule stoppa juste à l'entrée du bourg, devant une grande propriété où des chevaux étaient rassemblés. Il salua rapidement ses compagnons de voyage avant de se diriger vers les enclos.

La voiture entra au pas dans le village en se frayant un passage à grand renfort d'avertisseur, contournant quelques ruines, longeant des jardins clos de pierre sèche où les tentes et les cabanes remplaçaient les rangées de légumes, avant de suivre une courte allée arborée qui menait au château. La bâtisse, vieille de plusieurs siècles, construite avec une pierre grise, en imposait. Un féru d'architecture aurait vu au premier coup d'œil que la construction avait fait l'objet de plusieurs transformations au cours des siècles. Une tour à chaque angle, terminée par un toit pentu en ardoise, donnait à l'ensemble une allure qu'un médiéviste aurait grandement appréciée. La voiture stoppa près d'une fontaine en granit, dans laquelle un filet d'eau coulait encore. Deux militaires sortirent de la bâtisse pour se précipiter au-devant des nouveaux arrivants. Le plus vieux tendit la main à Édouard.

— Vous devez être le docteur Carnaud ? Je suis le Dr Olivier, généraliste. Et voici mon confrère, le Dr Marielle, dit-il en présentant un jeune homme qui semblait avoir tout juste quitté les bancs de la faculté.

Il épongea son front luisant de sueur avec son mouchoir.

— Nous avons reçu l'ordre d'organiser ici un hôpital, mais nous n'avons aucune formation pour cela. Et les chirurgiens n'arriveront que plus tard. C'est pour cela que nous avons fait appel à quelqu'un de plus expérimenté dans ce domaine.

Il avait débité tout cela d'une traite, s'excusant d'avance de ne pas être à la hauteur de la tâche.

— C'est un plaisir de vous aider, répondit aimablement Édouard.

Il jeta un regard circulaire sur l'ensemble.

— À première vue, il me semble qu'il y aura assez d'espace pour différencier les lieux d'accueil des pathologies et ceux des traumatismes. C'est une chance, ce n'est vraiment pas le cas partout, je vous assure.

Il se tourna vers le plus jeune de ses confrères.

— Pour l'organisation des futurs blocs opératoires et les matériels à commander, mon assistante, Mlle Decourson, vous donnera les indications nécessaires. Pour ce qui est des salles d'hospitalisation, nous allons voir cela avec le Dr Olivier.

Marielle pâlit légèrement.

— Je pensais prendre mes ordres d'un confrère plus ancien, non d'une infirmière.

Édouard planta son regard dans le sien.

— Mon assistante travaille au bloc opératoire à mes côtés depuis plusieurs mois sans discontinuer. Elle a participé à plus d'interventions que la plupart des médecins et connaît parfaitement son rôle. D'autre part, le matériel indispensable à tous les types d'intervention lui est familier. Mon infirmière de bloc est une professionnelle on ne peut plus confirmée, exagéra-t-il un peu. Peut-être, mon cher confrère, pouvez-vous en dire autant ?

Le ton sec et sans réplique eut raison du jeune médecin qui baissa la tête.

— Sûrement non, monsieur, je n'ai malheureusement pas une telle expérience.

— Alors, puisque nous sommes d'accord, mon jeune ami, mettons-nous au travail.

Tout le rez-de-chaussée d'une aile du château pouvait être dédié à la chirurgie. Trois pièces spacieuses alignées le long d'un large couloir, bien éclairées par de hautes fenêtres, feraient des blocs opératoires acceptables et surtout faciles d'accès pour les brancardiers. De vastes salons en enfilade accueilleraient les réserves de matériel et la salle de stérilisation. « C'est beaucoup mieux qu'à Amiens, pensa Aurélia, et le cadre est idyllique. » Elle énumérait de tête le matériel de soin à faire apporter : un autoclave, des boîtes de chirurgie crâniennes, thoraciques et osseuses, plusieurs autres nécessaires aux amputations, le tout en nombre suffisant pour que les chirurgiens puissent œuvrer de concert. Sans oublier les blouses, les gants, les pansements, les bandages et tous les désinfectants et anesthésiques utiles. Le jeune médecin notait consciencieusement sur son carnet. Il se racla la gorge.

— Ne m'en veuillez pas pour ce que j'ai dit tout à l'heure, mademoiselle, je ne voulais en aucun cas vous blesser. Mais c'était tellement… inattendu. Et il est vrai que, sorti très récemment de mes études, l'expérience me fait encore défaut. Et le tact aussi, assurément. L'immensité du travail à accomplir me fait perdre mes moyens.

Son air penaud attendrit Aurélia.

— N'en parlons plus, docteur, répondit-elle en lui souriant. L'essentiel est que nous fassions au mieux ce pour quoi nous sommes ici.

Finalement, ce vieux château ferait, avec quelques aménagements rapides, un hôpital tout à fait correct, avec une capacité d'accueil intéressante. C'est ce qu'avait conclu le Dr Carnaud en revenant dans la cour après sa visite avec son confrère Olivier.

— Il ne vous reste plus qu'à faire venir le matériel et tout installer selon mes directives en attendant l'arrivée de l'équipe médicale.

— Tout sera fait comme vous l'avez dit, répondit Olivier, visiblement soulagé.

— Pour ce qui est de la chirurgie, votre assistante m'a été d'un grand secours, précisa Marielle pour se faire pardonner de son premier jugement.

Édouard lui adressa un hochement de tête satisfait. Après leur avoir souhaité bon courage, Aurélia et le chirurgien prirent congé des deux médecins.

— Tu y as été un peu fort avec ton jeune confrère, Édouard, fit remarquer Aurélia dès qu'ils se furent éloignés. Tu m'as mise mal à l'aise. C'est un médecin, après tout.

— Ne t'inquiète pas. Les jeunes coqs ont parfois besoin d'être remis à leur place. Et tu t'en es très bien sortie, je n'en doutais pas.

Le chauffeur se réveillait d'un petit roupillon qu'il piquait, en attendant ses passagers, à l'ombre d'un des grands chênes qui entouraient le château. Il arrangea sa tenue et remit son calot en place.

— R'tour à Amiens, mon capitaine ?

— À combien sommes-nous de Beauvais ?

Le caporal réfléchit une seconde.

— Une vingtaine de kilomètres, une p'tite heure, tout au plus.

Il leva ses yeux vers le ciel, où s'amoncelaient quelques nuages d'un gris plus soutenu.

— À condition qu'on s'chope pas une pissée. Ça arrive pas beau de ce côté. La boue risque de nous ralentir.

— Et vous ne seriez pas contre une soirée de quartier libre, je présume ?

Le visage du militaire se fendit en un large sourire.

— Pour sûr que non, mon capitaine, il y a bin longtemps qu'j'ai pas pris d'bon temps.

— Alors prenez la route de Beauvais et ne conduisez pas trop vite, j'ai le dos assez cassé comme cela.

Édouard reprit avec Aurélia sa place sur le siège arrière du véhicule. Elle le regardait sans comprendre.

— Une soirée de quartier libre nous fera le plus grand bien à nous aussi, lui glissa-t-il à l'oreille. Et je rêve depuis longtemps d'admirer cette fameuse cathédrale. Un vrai bijou de l'art gothique, à ce qu'on dit.

Passé les étangs et les marécages qui entouraient la ville, Beauvais montrait le visage d'une cité relativement peu touchée par les destructions. De nombreux civils déambulaient dans les rues, au milieu des militaires. Une ville de l'arrière où les troupes pouvaient prendre un peu de repos bien mérité, profiter des magasins, des restaurants et des cafés pour y dépenser la solde. Après avoir emprunté le boulevard principal, encombré de véhicules militaires et d'innombrables charrettes, la voiture stoppa au pied de la magnifique cathédrale Saint-Pierre, dont les façades se découpaient en de véritables dentelles de craie blanche. Le Dr Carnaud tapota l'épaule du chauffeur.

— Laissez la voiture ici. Je vous donne rendez-vous demain matin à 8 heures. Soyez ponctuel. Et si possible, ne buvez pas trop.

— J'y s'rai, mon capitaine ! Vais pas trop forcer sur l'calva. Juste des canards !

Le médecin tendit au caporal un billet de dix francs.

— Pour un bon repas à notre santé.

Après avoir remercié son supérieur, le caporal s'éloigna en sifflotant vers les cafés qui bordaient la place. 6 heures sonnèrent au clocher de la cathédrale.

— Nous avons largement le temps de nous promener un peu, décida Édouard. Il paraît que cette ville est très jolie. Qu'en dis-tu ?

— Tu es mon supérieur hiérarchique, docteur, sourit-elle, nous ferons comme bon te semble.

— Mais ne nous approchons pas des abattoirs, je ne voudrais pas rencontrer ce bourru désagréable de vétérinaire.

« Et moi non plus », pensa Aurélia.

D'un pas nonchalant, ils se promenaient le long des bâtiments aux façades joliment travaillées, au rez-de-chaussée desquels s'ouvraient de nombreux magasins, bien approvisionnés malgré la guerre. Des ménagères faisaient leurs courses, poussant parfois un landau ou tenant des enfants par la main. Si on n'avait pas croisé nombre de militaires en goguette, à la recherche de débits de boissons ou d'endroits proposant un peu d'amour facile, on se serait cru en temps de paix, dans une ville de garnison quelconque. Comme ce conflit semblait loin ! Pourtant, le front ne se trouvait qu'à quelques dizaines de kilomètres à peine.

Aurélia et Édouard s'attablèrent à une terrasse pour se rafraîchir et profiter du soleil qui disparaîtrait bientôt au-dessous des toits. Ils sirotaient lentement leur verre en regardant les passants qui rentraient chez eux.

— Si nous mangions ici ? proposa Édouard en montrant du doigt une ardoise qui annonçait un bœuf en daube pour le repas du soir.

— Pourquoi pas ? répondit Aurélia. Cela me permettra de comparer avec celui d'Yvonne, notre cuisinière, à Savigny.

La viande était à la hauteur des promesses de la serveuse. Cuite à point, accompagnée d'une sauce épaisse dans laquelle nageaient des tranches de carottes, elle régalait Aurélia.

— En voilà un bel appétit ! s'amusa Édouard en la regardant nettoyer consciencieusement son assiette avec de petits morceaux de pain.

Il alluma une cigarette dont la fumée s'éleva au-dessus des tables. Elle accepta d'en tirer une bouffée une fois son dernier morceau de pain avalé.

— Encore faim pour un dessert ? demanda le médecin.

La jeune femme posa la main sur son ventre.

— Je crois que je ne pourrai plus rien avaler, au risque d'exploser. Cette daube m'a fait replonger dans mon enfance. Yvonne, j'en suis certaine, en serait jalouse.

Aurélia tirait de temps en temps sur la cigarette que lui tendait Édouard, sous l'œil courroucé d'un couple âgé, vêtu comme des notables, assis à la table voisine.

— Ces femmes qui fument sont d'un vulgaire ! lança la vieille femme en se penchant vers son époux, assez fort toutefois pour être entendue.

Son chapeau emplumé la faisait ressembler à un dindon. Le double menton flasque qui pendait sur son cou, cachant en partie un collier de perles, rendait encore plus évidente la comparaison avec le volatile. L'image fit pouffer Aurélia. La serveuse apporta deux cafés qu'ils burent lentement, admirant les jeux d'ombres que le soleil déclinant dessinait sur les façades en colombage.

— Il va falloir trouver un toit pour dormir, lança négligemment Édouard, en reposant la tasse dans la soucoupe. Et je ne sais pas s'il y a ici un cercle pour les officiers.

Aurélia n'était pas dupe des intentions du médecin. Elle attendit la suite, en jouant à faire tourner dans sa tasse les dernières gouttes de café.

— Nous pourrions chercher un hôtel, peut-être, continua-t-il. Qu'en penses-tu ?

Par jeu, elle décida de le malmener un peu.

— Effectivement, vu que notre chauffeur doit se trouver aux mille diables dans un débit de boissons quelconque.

Édouard leva les bras au ciel.

— Et sûrement dans un état qui l'empêche de prendre le volant. Ce serait prendre un risque inconsidéré que de reprendre la route.

— En espérant que nous trouvions deux chambres libres, bien sûr ? demanda Aurélia.

— Bien entendu, voyons, répliqua Édouard qui feignit un air offusqué. Ne crois pas que j'oserais profiter de cette situation. Je suis un gentilhomme bien élevé, tout de même !

— Je n'ai aucun doute là-dessus, monsieur le docteur ! Un chirurgien d'une telle réputation ne s'abaisserait pas à ce genre de manigance avec une jeune femme. Qui, de plus, est son assistante. Cela ne serait pas digne de lui.

Édouard acquiesça.

— Tout à fait exact ! Cela démontrerait un manque de tact certain. Il faudrait être bien rustre pour avoir de telles intentions.

Aurélia éclata de rire, ce qui eut pour effet de faire se retourner une fois de plus le dindon qui tranchait avec gourmandise dans une part de tarte aux fruits. Elle se pencha vers le médecin.

— Sois sérieux, Édouard, tu ne pensais tout de même pas que j'aurais cru une seule seconde que cette escapade improvisée à Beauvais te permettrait uniquement d'admirer la cathédrale ? Que tu n'as même pas regardée, d'ailleurs, alors que nous étions garés presque le long de ses murs.

— Ah bon ? Nous étions garés si près ? fit-il d'un air faussement étonné. Diable ! Je devais certainement avoir la tête ailleurs.

Il soupira et posa sur son assistante un regard de chien battu.

— Je n'ai plus qu'à avouer, puisque tu m'as percé à jour. Je désirais passer un moment avec toi, ailleurs que dans une salle d'opération.

Aurélia afficha un sourire satisfait.

— Et pour l'hôtel ? demanda-t-il en baissant la voix.

Elle s'essuya lentement la bouche avec le coin de sa serviette, tandis qu'Édouard la dévisageait, attendant sa réponse. Elle replia minutieusement le carré de tissu pour le poser près de son assiette, puis planta son regard dans celui du médecin.

— Vu le monde qu'il y a ici, il m'étonnerait fort que nous puissions trouver deux chambres de libres.

Les rayons du soleil perçaient à travers les volets. Des rais vifs de lumière, dans lesquels dansaient d'infimes particules de poussière, traversaient la chambre et couraient sur les draps. Aurélia ouvrit les yeux. Son regard s'arrêta sur le dossier d'une chaise où étaient négligemment posés l'uniforme d'Édouard et sa tenue d'infirmière. Elle sentit sur sa hanche le poids du bras d'Édouard et, tout contre son épaule, la chaleur de son souffle paisible. Elle se sentait si bien qu'elle ferma de nouveau les yeux, évitant de bouger pour ne pas le réveiller. Elle se remémora avec délice les frissons qui l'avaient parcourue tout entière quand, dans l'intimité de la chambre, il l'avait embrassée tendrement, défait un à un ses vêtements pour poser ses lèvres sur les parties de son corps qui se dévoilaient peu à peu. Elle avait découvert les muscles bien dessinés de celui auquel elle avait décidé de s'offrir, avait frémi sous ses caresses tendres, non sans appréhender de se donner pour la première fois à un homme. Avec douceur et mille attentions, il avait pris la virginité qu'elle lui avait abandonnée. Ils avaient fait l'amour plusieurs fois, jusqu'à s'endormir l'un contre l'autre, enlacés, vaincus par la fatigue et le plaisir.

Elle sentit un baiser se poser sur son épaule.

— Es-tu déjà réveillée ?

— À l'instant.

La main du chirurgien, cette main faite aussi bien pour sauver des vies que pour l'amour, caressait sa peau, s'attardant sur ses fesses, glissa jusqu'à la naissance du pubis pour remonter vers ses seins. Un courant électrique parcourut la colonne vertébrale d'Aurélia. Elle se tourna vers lui et posa ses lèvres sur les siennes. Ses caresses se firent plus appuyées, et sa respiration plus rapide. D'un geste vif, il la saisit pour la faire glisser sur lui. Il passa ses doigts dans les longs cheveux bruns qui lui caressaient le torse et attira la jeune femme vers lui pour l'embrasser. D'un mouvement du bassin, il entra en elle. Elle l'accueillit avec un râle de plaisir.

10

— Alors ? Cette petite escapade en amoureux ? interrogea Alice sur un ton espiègle.

Aurélia s'attendait à la curiosité sans bornes de son amie.

— Beauvais est une charmante petite ville, répondit-elle, avec une cathédrale magnifique qui mérite qu'on s'y attarde un moment et de belles maisons aux façades travaillées et joliment colorées. Rien à voir avec Chinon ou Amiens, bien sûr, mais un charme indéniable. Un endroit tout à fait agréable, en tout cas.

Alice fit la moue en haussant les épaules.

— Si tu crois que je m'intéresse à l'architecture ! Tu te fiches de moi ou quoi ? Je te parle de ton amourette avec ton beau chirurgien !

Georgette et Lucienne, qui avaient fini leur service et se reposaient dans la chambre, s'étaient approchées à leur tour du miroir devant lequel Aurélia brossait ses longs cheveux. Dans la glace, elle aperçut les trois visages interrogatifs qui attendaient la suite avec impatience.

— Nous nous sommes promenés, continua Aurélia, et avons mangé dans un restaurant. Un bœuf en daube succulent.

— Et après ? interrogea Lucienne en trépignant. Où avez-vous dormi ?

— Dans un hôtel, bien entendu, mais je suis désolée, je ne me rappelle plus son nom, s'amusait-elle aux dépens de ses collègues. C'était au fond d'une toute petite rue bordée d'arbres. Ou une impasse, peut-être, je ne m'en souviens plus très bien, à vrai dire. Ah oui ! Rue Charles… quelque chose, je ne sais plus.

— Elle fait exprès de nous faire languir, cette bécasse ! gronda Alice en tapant du pied.

Aurélia soupira en posant la brosse sur la petite étagère du miroir et se retourna vers les trois jeunes femmes.

— Bon, puisque vous allez me harceler tant que votre curiosité ne sera pas satisfaite, sachez que le Dr Carnaud a beaucoup de talent.

Trois cous s'étirèrent vers elle.

Elle prit quelques secondes avant de continuer :

— Et pas seulement en chirurgie. Enfin, d'après le peu d'expérience que j'ai de ces choses-là.

— Je le savais ! s'écria Alice. Mademoiselle Aurélia a enfin vu le loup !

Lucienne et Georgette applaudirent en riant.

— Cette histoire est tellement romantique, ajouta Lucienne, cela ne pouvait pas finir autrement !

— Par contre, les filles, précisa Aurélia sur un ton plus sérieux, je vous demande de ne pas l'ébruiter. Je ne voudrais pas que tout l'hôpital soit au courant. Et Édouard non plus n'apprécierait pas. Il vous ferait payer cher ce manque de discrétion. Je l'ai déjà vu en colère, et croyez-moi…

— Promis, croix de bois, croix de fer, répondit Georgette en se signant à hauteur du cœur. Hein, les filles, vous êtes d'accord avec moi ?

— On promet, répétèrent-elles en chœur.

Le Dr Carnaud se préparait déjà à intervenir quand Aurélia arriva à son poste.

— Bonjour, Aurélia, dit-il en levant un regard rapide sur elle, alors qu'il procédait au lavage soigneux de ses mains.

— Bonjour, docteur, répondit-elle. Qu'avons-nous, ce matin ?

— Nous commençons par des parages de plaies, deux extractions d'éclats puis des amputations. Aujourd'hui, nous n'allons pas chômer.

La chaleur était oppressante. Ce mois de juin se révélait particulièrement chaud. Édouard, opérant torse nu sous son tablier, suait en sciant un fémur. Aurélia suivait des yeux les gouttelettes qui faisaient briller les poils de son torse, à l'endroit même où, la veille, elle avait posé sa tête, après qu'ils eurent fait l'amour. « Drôle d'endroit et de moment pour penser à cela », se dit-elle. Le souvenir de sa première jouissance, sous les mains expertes de son amant, fit naître une légère sensation de chaleur dans son bas-ventre. Inconscient du trouble de la jeune femme, le médecin, sous l'effort, plissait les yeux, faisant apparaître de minuscules rides au-dessus des sourcils et au coin de ses yeux. Aurélia les connaissait par cœur, ces petites stries qui se formaient quand il se concentrait sur un moment particulièrement délicat de son travail.

La chaleur dans la pièce devenait insoutenable. Le soleil tapait fort sur les carreaux des fenêtres que, pour des questions évidentes d'hygiène, on ne pouvait ouvrir. Aurélia sentit des gouttes de sueur anormalement glacées couler sur son front, dans son cou puis le long de sa colonne vertébrale. Le son aigu et lancinant de la scie qui finissait de couper l'os lui vrillait les oreilles. Des chuchotements, dont elle ne put situer la provenance, se mêlèrent aux grincements de l'instrument. Les sons d'abord indistincts devinrent des mots.

Aurélia ? Aurélia ?

Elle leva des yeux étonnés vers Édouard. Était-ce lui qui l'appelait ? Celui-ci était tout à sa besogne, concentré sur le membre de son patient. Elle tourna la tête pour inspecter la pièce. Il n'y avait personne d'autre qu'eux, mis à part une assistante, le dos tourné, occupée à ranger sur une étagère les boîtes d'instruments qu'elle venait de stériliser. « Trop éloignée, jugea Aurélia, pour l'entendre murmurer. » Et pourquoi l'aurait-elle appelée ?

Aurélia ? Aurélia ?

L'appel recommençait, cette fois plus distinctement. Son regard se porta vers la tête du blessé endormi. Le drap avait légèrement glissé, découvrant des cheveux d'un noir de geai qui lui étaient familiers. Aurélia avança une main tremblante. Saisissant délicatement le drap entre deux doigts, elle le rabattit doucement pour découvrir, sous un front constellé de taches de terre et de sang, une moustache fine et bien taillée en guidon de vélo. Aurélia se tétanisa, l'air ne parvint plus à ses poumons et ses jambes se mirent à trembler. Le visage d'Armand ! C'était bien lui, aucun doute n'était possible. Les yeux du jeune homme s'ouvrirent brusquement, et deux iris d'un vert profond la fixèrent. Les lèvres, pâles et crevassées, bougèrent légèrement.

Aurélia ! Viens me chercher !

Elle poussa un cri qui résonna dans toute la pièce. L'assistante préposée à la stérilisation sursauta, laissant échapper une boîte dont les instruments s'éparpillèrent sur le sol. Aurélia fit un pas en arrière, bousculant au passage un plateau qui chuta bruyamment sur le carrelage.

— Armand ! cria-t-elle avant que ses jambes ne se dérobent.

La pièce se mit à tourner, comme prise dans un tourbillon, puis elle plongea dans un noir profond.

Encore une fois, les syllabes de son prénom arrivèrent à ses oreilles et résonnèrent dans son crâne. Derrière ses paupières closes, le voile de brouillard se déchirait doucement.

— Aurélia, Aurélia ! Que se passe-t-il ?

Elle ouvrit lentement les yeux en reconnaissant la voix d'Édouard. Elle était assise sur le sol, le dos contre le mur. Le médecin lui épongeait le front avec une compresse mouillée. Immédiatement, elle tourna la tête pour observer le blessé allongé sur la table d'opération. C'était un homme d'un certain âge, la quarantaine peut-être, presque chauve, sans rien de commun avec son frère.

— Mon Dieu, j'ai rêvé, dit-elle dans un souffle. Il était pourtant là !

L'assistante, remise de sa surprise, lui posa un petit coussin derrière la tête.

— Tu as fait un malaise, expliqua le médecin d'une voix douce. La chaleur, peut-être, ou un peu d'hypoglycémie.

Aurélia se calmait et reprenait peu à peu des couleurs. Malgré le tremblement de ses mains, elle sentit ses muscles répondre à ses sollicitations.

— Je dois me lever, déclara-t-elle, j'ai besoin de prendre un peu l'air.

La soutenant par le bras, Édouard l'accompagna à l'air libre, derrière le bâtiment de la cantine où ils avaient l'habitude d'aller. Il alluma la cigarette qu'elle lui réclamait. Elle tira sur le tabac, une longue bouffée qui lui brûla un peu les lèvres et la gorge, puis resta un moment silencieuse, le dos appuyé contre le mur, les yeux dans le vague.

— Es-tu avec moi ? demanda Édouard.

Elle tourna la tête vers lui.

— Oui, oui. Ne t'inquiète pas, je vais mieux.

— Tu peux te vanter de m'avoir fait peur. Je pense que ce n'est pas un simple malaise dû à la chaleur. Tu as l'air encore perturbée. Que se passe-t-il ?

Elle hésita à lui parler de ses visions. Il allait sûrement la prendre pour une folle.

— Alors ? insista-t-il.

Aurélia tira une autre bouffée de tabac et recracha doucement la fumée.

— Il y a quelques nuits de cela, j'ai fait un cauchemar. J'ai vu mon frère, pris sous un bombardement. Il me demandait de venir le chercher. Malgré sa tenue déchirée et maculée de terre, je l'ai bien reconnu. C'était lui, il n'y a aucun doute.

Sa voix s'étrangla dans sa gorge. Elle prit une grande inspiration avant de continuer.

— Et aujourd'hui, j'ai eu une vision. Armand était allongé sur la table. J'ai vu très distinctement son visage, ses cheveux, sa moustache, ses yeux verts. C'était lui, là non plus il n'y a pas de doute.

Elle tira une autre bouffée de cigarette.

— Il a ouvert les yeux et m'a parlé, m'a dit encore une fois de venir le chercher. J'ai vu distinctement ses lèvres remuer.

Une larme perla au coin de son œil.

— Mon Dieu, je l'ai vu comme je te vois, Édouard ! C'était tellement réel ! Puis tout est devenu noir et je me suis sentie tomber dans un gouffre.

Édouard posa sa main sur le bras de la jeune femme.

— Je connais le reste. Le décès de ton frère t'a bouleversée. Et tu as du mal à faire ton deuil.

Elle tira une bouffée supplémentaire et jeta le mégot au loin, d'un air dégoûté.

— Comment veux-tu que je fasse mon deuil ? Je ne suis même pas sûre qu'il soit mort. J'ai pourtant tout fait pour m'en persuader.

— C'est fortement probable, tout de même. Mais ton esprit s'y refuse.

— Probable, mais pas certain, s'énerva-t-elle, tout le problème est là !

Le ton employé surprit Édouard.

— Pardon, s'excusa-t-elle immédiatement, je ne voulais pas te parler comme cela, je ne suis pas moi-même.

— Peut-être un psychiatre pourrait-il t'aider ?

— Un psychiatre ? rugit-elle. C'est bien ce que je pensais, tu me prends pour une démente !

— Non ! Dieu me garde de te traiter de folle. Te connaissant, tu m'arracherais les deux yeux.

Il prit le ton le plus doux qu'il put pour la calmer.

— Il se passe tellement de choses dans l'esprit d'une personne. Des choses que l'on ne sait pas encore expliquer, et je doute qu'on y arrive un jour. Un psychiatre pourra peut-être trouver les mots qui t'apaiseront.

Aurélia haussa les épaules, peu convaincue. Il la prit dans ses bras et la serra fortement contre lui.

— Ma pauvre chérie, si je savais comment t'aider. En tout cas, va t'allonger un peu et te reposer. Je ne sais pas si tu es en état de travailler. Je vais demander que tu sois remplacée le reste de la journée.

— Non, je vais beaucoup mieux, se défendit-elle. Et je n'ai pas envie de me retrouver seule dans ma chambre, à repenser à tout cela. Et puis tu dis toujours que les autres parlent trop ! continua-t-elle en souriant.

Tout à fait remise, Aurélia avait repris son travail. Édouard, de temps à autre, levait les yeux vers elle pour la surveiller. De son côté, elle évitait autant que possible de regarder les visages des blessés qui se succédaient sur la table, de crainte d'y voir de nouveau celui de son frère. La journée se passa sans autres incidents.

Les conversations allaient bon train à la cantine. Quelqu'un avait déniché un exemplaire du journal *Le Gaulois*, et chacun commentait les nouvelles. On s'inquiétait de la rupture du front russe, survenue au début du mois. On suivait les premières batailles de l'allié italien contre les troupes autrichiennes et on saluait les victoires des soldats britanniques qui occupaient désormais le Cameroun, un pays africain que personne ne savait situer exactement, pris à l'ennemi germanique. Les médecins s'intéressaient surtout à un article en particulier. On s'émouvait, en haut lieu, des trop nombreuses blessures reçues à la tête par nos soldats. Un nouveau casque, le modèle Adrian, qui devait efficacement remplacer la petite coupelle d'acier que l'on plaçait sous le képi, allait être distribué aux troupes.

Aurélia écoutait les conversations d'une oreille distraite, le nez plongé dans sa tasse, mordant sans conviction dans une tartine de pain. Ses rêves la perturbaient plus qu'elle ne le laissait paraître. Et si, par elle ne savait quel procédé, Armand tentait de prendre contact avec elle ? se surprenait-elle à penser. Un miracle ? Une sorte de magie ? Ou tout autre chose ? Elle secoua la tête, pour se persuader que cela n'était en aucun cas possible. « Tu es bien bête ! se dit-elle. Tu sais que c'est invraisemblable, que de telles choses n'existent pas. » Elle, la cartésienne, l'athée, comment pouvait-elle se raccrocher à de telles fadaises ? Depuis son malaise dans le bloc, deux jours auparavant, elle semblait soucieuse et avait perdu un peu de sa bonne humeur. À l'occasion des pauses, quand elle sortait fumer une cigarette, elle évitait d'évoquer le sujet et restait de longs moments silencieuse et pensive.

— J'ai réfléchi à ce que tu m'as dit, au sujet de tes rêves et tes visions, lui dit Édouard au cours de l'une de ces pauses. Je me rappelle que nous en avons parlé durant mes études. Oh ! très vaguement bien sûr, nos professeurs, de vieux barbons, n'étaient pas convaincus par la chose.

— Parce que les rêves ont fait l'objet d'études ? s'étonna Aurélia. Voilà qui est singulier.

— Oui, à la fin du siècle dernier, un certain Freud, un scientifique autrichien. Il prétendait que les rêves avaient tous une signification, et que certains pouvaient être prémonitoires. Il en a même fait un livre, d'ailleurs.

Aurélia écrasa sa cigarette à demi consumée sur le crépi usé du bâtiment.

— Et qu'en penses-tu, toi ?

— Rien de particulier. C'est le mot prémonition qui m'est revenu à l'esprit. Mais au fond de moi, je n'y crois pas.

La jeune fille dévisageait le médecin, de plus en plus intéressée par la conversation.

— Penses-tu qu'Armand m'appellerait réellement ? Qu'il est quelque part, à m'attendre ?

— Je ne saurais le dire. Mais s'il était vraiment quelque part, comme tu dis, il aurait pris contact avec toi, ou avec ta famille.

Aurélia s'appuya contre le mur, pensive.

— Je n'aurais pas dû te parler de cela, reprit Édouard. Je te mets de drôles d'idées dans la tête. Je m'en veux de faire naître un quelconque espoir. Après tout, tout cela n'est que de la théorie, rien n'est prouvé.

Il la prit par le bras.

— Allons, retournons au travail et oublions ça. Il reste trois patients qui attendent nos bons soins.

Les combats dans l'Artois et en Belgique reprenaient avec une violence inouïe, et le nombre de blessés était inimaginable. Une petite fête organisée par les assistantes et les infirmières pour célébrer le printemps dut être annulée. Personne n'avait le cœur à chanter et danser, ni à déguster les brioches que les cantiniers s'étaient proposé de cuire. Les ambulances se suivaient sans discontinuer dans la cour de l'hôpital auxiliaire. Aurélia, Alice et Lucienne prenaient un peu de repos dans leur chambre quand on frappa à la porte.

— Entrez donc ! cria Alice. Nous sommes toutes décemment vêtues.

Le visage d'Édouard s'encadra dans la porte. Il fouilla la pièce des yeux et s'arrêta sur Aurélia.

— Pourrais-je te parler ?

La jeune femme, qui s'était allongée un moment, se leva pour se rapprocher du visiteur.

— Je crois que notre présence n'est pas requise, annonça Alice à l'adresse de Lucienne. Allons trouver quelque chose à faire ailleurs pendant que ces deux-là discutent.

Aurélia les remercia d'un sourire et d'un petit signe de tête. Quand ils furent seuls, Édouard posa les deux mains sur les épaules d'Aurélia.

— Je viens de recevoir l'ordre d'aller à Arras, à l'hôpital Saint-Jean. Il faut renforcer une équipe médicale là-bas. Mes confrères sont complètement débordés.

Aurélia sursauta. Arras. N'était-ce pas dans cette même ville qu'on avait regroupé le génie ? Et si elle pouvait trouver quelqu'un qui avait connu son frère ? Et si elle pouvait avoir de ses nouvelles ? La confirmation de sa mort, peut-être ?

— Et tu pars quand ? bredouilla Aurélia, abasourdie par la nouvelle.

Le médecin soupira.

— Immédiatement. Le temps de faire mes bagages.

Aurélia pâlit.

— Très bien. Je pars avec toi.

— Il ne saurait en être question ! gronda Édouard. Je te l'interdis. L'hôpital est quasiment sur le front, et c'est très dangereux ! De toute façon, sœur Marie-Louise refusera que tu t'en ailles.

— Ça, j'en fais mon affaire.

Avant qu'Édouard ne puisse rajouter quelque chose, Aurélia était sortie, le plantant au milieu de la pièce, les bras ballants.

— Quelle entêtée ! Cette femme va me rendre fou !

— C'est impossible ! répondit la religieuse sans prendre la peine de lever les yeux du pansement qu'elle posait. J'ai absolument besoin de vous ici, mademoiselle.

— Ma sœur, ma place est auprès du Dr Carnaud, dont je suis l'assistante de bloc, s'insurgea Aurélia. Je suis formée pour l'assister.

— Et pas seulement l'assistante de bloc, ricana sœur Marie-Louise. Peut-être cela a-t-il quelque chose à voir avec votre volonté de l'accompagner à Arras.

Aurélia préféra ne pas répondre. De toute façon, il aurait été inutile de nier. La religieuse était au courant de tout ce qu'il se passait dans son hôpital, comme si elle écoutait derrière chaque porte.

— Le Dr Carnaud est d'accord avec ma décision, mentit Aurélia. Il va d'ailleurs venir vous le dire lui-même.

La religieuse dévisagea intensément la jeune femme, comme pour y sonder ses pensées.

— Le mensonge est un vilain péché, lâcha-t-elle. Et n'oubliez pas qu'ici je suis votre infirmière-chef.

— Alors je demande officiellement ma mutation à Arras. J'en ai parfaitement le droit, la défia Aurélia.

Sœur Marie-Louise leva les bras au ciel en soufflant.

— Soit ! Vous voulez partir, alors allez-y. Mais ne revenez pas me dire ensuite que vous regrettez.

— Je vous remercie, ma sœur.

— Ne me remerciez surtout pas, j'accepte de vous laisser partir à contrecœur. Alors je vous souhaite bonne chance, et faites au moins attention à ne pas vous faire tuer. Que Dieu vous garde, s'il n'a pas autre chose à faire que de veiller sur une petite écervelée comme vous.

Sœur Marie-Louise partit en maugréant.

— Ah ! Quand toutes les infirmières étaient des religieuses, obéissantes, il n'y avait pas tous ces problèmes !

Ses affaires furent rapidement emballées. Pour ne pas se charger inutilement, Aurélia emprunta à Lucienne sa petite valise en carton bouilli, dans laquelle elle entassa quelques habits. Pendant qu'elle pliait ses affaires, ses deux amies tentaient sans succès de la dissuader d'effectuer ce dangereux voyage. Sa valise bouclée avec difficulté tant elle était pleine, elle les embrassa rapidement avant de sortir presque en courant de la chambre.

— Décidément, tu n'en fais qu'à ta tête, la gronda Édouard tandis qu'il surveillait l'embarquement des caisses de matériel de soin et des bagages.

Pour toute réponse, Aurélia lui adressa son plus beau sourire, celui qu'elle arborait quand, fillette, elle arrivait à ses fins avec son père. Le moteur du camion qui allait les emporter tournait déjà, lâchant dans la cour une désagréable odeur d'huile brûlée.

— Tout est arrimé ! cria le chauffeur en serrant les dernières sangles. On peut y aller.

Tandis que le véhicule passait le portail, Aurélia répondait aux signes de la main que Lucienne et Alice lui adressaient. Édouard se pencha vers elle et parla un peu fort pour couvrir le moteur qui ronflait.

— Malgré tout, je ne voulais pas l'avouer, mais je suis heureux que tu sois avec moi. Même si cela m'inquiète.

— Je m'en doute, sans moi tu es complètement perdu, ne l'oublie pas, dit-elle en appuyant sa réponse d'un clin d'œil malicieux.

11

De certains quartiers de la ville d'Arras ne subsistaient que des squelettes de maisons aux toits effondrés, aux poutres calcinées qui ne tenaient parfois que par miracle sur les pignons lézardés. Les rues n'étaient plus que d'immenses tas de gravats que l'on avait poussés sur les côtés pour laisser un passage libre aux voitures, aux attelages de canons et aux troupes à pied. À grand renfort d'avertisseur, le camion se fraya tant bien que mal un passage jusqu'à l'hôpital Saint-Jean, sous les insultes des soldats obligés parfois de grimper sur les amoncellements de déchets pour ne pas se faire heurter par le pare-chocs.

— Ah ! Vous voilà enfin ! les accueillit un vieux médecin un peu replet dès qu'ils eurent passé l'énorme porche qui donnait accès à la cour de l'hôpital. Je vous attendais avec impatience.

Avec un mouchoir, il essuya sa figure rougeaude et suante.

— Dr Flamand, médecin-chef, se présenta-t-il en serrant chaleureusement la main des nouveaux arrivants. Votre venue nous enlève une belle épine du pied. Il me manque deux médecins, dont l'un a été tué et l'autre est gravement malade. Nous avons dû l'évacuer. Et le travail ne manque pas, comme vous pouvez le constater, rajouta-t-il en montrant d'un geste désabusé le chaos qui régnait.

La cour avait dû être un beau jardin à la française planté de pelouses et d'arbustes. Il n'en subsistait plus que les bordures en pierre qui délimitaient des espaces géométriques. Si ses dimensions impressionnantes n'avaient rien à voir avec celles de l'hôpital d'Amiens, le spectacle était identique : les mêmes alignements de brancards, les mêmes infirmières qui passaient de l'un à l'autre, et des dizaines de brancardiers qui, les manches retroussées, s'affairaient. La place était délimitée sur ses trois côtés par des bâtiments à un seul étage. Au rez-de-chaussée, de hautes fenêtres arrondies s'ouvraient sur de vastes salles dans lesquelles on devinait des lits, serrés les uns contre les autres, de part et d'autre d'une allée centrale. Par endroits, des planches de bois remplaçaient les carreaux absents. Le bâtiment de droite semblait avoir terriblement souffert des bombardements. Des trous béants remplaçaient les fenêtres. Les lattes de parquet du premier étage pendaient au milieu de la salle du rez-de-chaussée, couverte de plaques de plâtre. Dans une pièce, on devinait des caisses de chirurgie, un appareil de stérilisation, une table d'opération et des armoires, écrasés par la chute du plancher. Le soleil se reflétait en éclats scintillants sur un gros tas de verre brisé que l'on avait balayé dans un coin.

— Nous avons déménagé les blocs dans le bâtiment de gauche, expliqua le médecin-chef. Vous pouvez vous installer dans l'un d'eux, mais ne sortez des caisses que le minimum utile. Nous pouvons recevoir à tout moment l'ordre d'évacuer. Les Allemands ne sont pas loin, et on craint qu'ils ne prennent la ville sous peu.

Pour ponctuer sa phrase, deux obus éclatèrent dans un quartier proche, faisant vibrer l'air. Le vieux médecin se tourna vers Aurélia.

— Pour ce qui est de votre logement, mademoiselle, nous ne pouvons rien mettre à votre disposition. Vos collègues s'arrangent en disposant dans un coin libre un brancard pour se reposer. Vous me voyez sincèrement désolé de vous recevoir dans de telles conditions.

— Ne vous en faites pas, répondit Aurélia. Nous saurons nous débrouiller au mieux. Mais si je peux me permettre de vous poser une question...

— Je vous écoute.

— Savez-vous où se trouvent les dépôts du génie ?

— Le génie ? s'étonna le médecin. Il y a belle lurette qu'ils ont quitté les lieux. Et je serais bien incapable de savoir où.

Aurélia, déçue, serra les poings. Édouard la prit par le bras.

— Allons, viens, on a besoin de nous.

Aurélia et Édouard, après avoir rapidement salué les deux équipes chirurgicales occupées sur leurs blessés, se mirent immédiatement au travail.

— Ici, on n'a pas le temps de faire dans la dentelle, avait expliqué un chirurgien, les mains plongées dans l'abdomen d'un jeune soldat. On met en condition juste pour que ça tienne jusqu'à l'hôpital de l'arrière et on évacue tout de suite. Sinon, c'est l'engorgement assuré. Nous ne pouvons pas nous le permettre.

Le chirurgien ne mentait pas. Les blessés arrivaient par grappes. Le médecin-chef, œuvrant dans la cour, procédait au triage, dirigeant vers la chirurgie ceux qui pouvaient, en un minimum de temps, subir un geste qui les maintiendrait en vie. Les autres, moins touchés, étaient dirigés vers l'arrière, après des soins sommaires. En camion, en voiture, en charrette, ou même à pied, ils formaient de chaque côté de la route un cortège ininterrompu. Les autres, ceux qui n'avaient aucune chance de s'en sortir, les mourants, étaient rassemblés dans une arrière-cour. Deux prêtres, leur étole posée par-dessus la veste d'uniforme, passaient de l'un à l'autre, leur apportant le dernier secours de la religion.

Une autre série d'explosions fit trembler les vitres et Aurélia, surprise, baissa la tête par instinct. Une fine poussière tomba du plafond.

— Question hygiène, pesta Édouard, on fait mieux !

Il balaya de la main quelques minuscules morceaux de plâtre tombés sur le champ opératoire.

— Ne nous laissons pas distraire, Aurélia. Il faut vite recoudre celui-là.

À peine la plaie fermée et bandée, deux brancardiers emportèrent l'opéré, aussitôt remplacé par un suivant. Combien d'hommes, depuis leur arrivée à Arras, étaient passés sur la table ? Aurélia n'était plus en mesure de les dénombrer. Vingt ? Quarante ? Plus encore ? Elle donnait des signes de fatigue. Les muscles de ses épaules lui brûlaient. Son dos, à force d'être penché, la faisait horriblement souffrir, et son cou se raidissait. Édouard, épuisé lui aussi, serrait les dents et tentait de n'en rien laisser paraître. Le jeune soldat allongé sur la table mourut dans un soupir. Ses blessures s'avéraient plus graves que l'on avait cru au premier abord. Édouard arracha son masque et s'assit sur une caisse de médicaments. Il appuya sa tête contre le mur et ferma les yeux.

— Dix minutes. Il me faut dix minutes, murmura-t-il.

Profitant de ce court laps de temps, Aurélia décida de se dégourdir un peu les jambes. Elle chipa au passage le paquet de cigarettes dans la poche d'uniforme d'Édouard et sortit sur le perron pour en allumer une. Plusieurs brancards étaient alignés à ses pieds.

— Pouvez-vous m'en donner une, mademoiselle ? l'interpella un blessé dont le bras était entouré d'un bandage sanglant.

Elle ne se fit pas prier pour satisfaire sa demande. D'autres hommes, allongés sur leur civière, lorgnaient avec envie la fumée bleue odorante. Édouard ne sera pas content, mais tant pis, pensa-t-elle. Le paquet, presque neuf, fut entièrement distribué. Elle s'excusa de ne pas en avoir plus. Une autre série de détonations secoua l'air. Le ciel, dont le bleu se faisait plus sombre au fur et à mesure que le soleil déclinait, se teintait de noir et de rouge.

— Ça, c'est du côté de Saint-Laurent, ou Saint-Nicolas. En tout cas, c'est derrière la Scarpe, commenta un blessé qui s'était relevé sur ses coudes. Je connais bien, je suis du coin. J'ai ma ferme par là-bas, continua-t-il d'un ton plus grave.

— Avec ce qu'il vient de tomber là-bas, constata un autre, il ne doit plus rester grand-chose debout. Ça a l'air de flamber sec !

— C'est pour ma Claudette que je m'inquiète. Et un peu pour mes trois vaches aussi, bien sûr.

La fumée grise du hameau en feu se faufilait dans les rues de la ville, noyant les maisons dans un brouillard épais. Sa cigarette terminée, Aurélia reprit le chemin du bloc, où Édouard devait l'attendre. En passant devant un placard dont la porte était entrouverte, elle perçut des pleurs étouffés. Étonnée, elle ouvrit doucement la porte. Assise sur le sol, la tête enfouie dans les genoux, une jeune infirmière pleurait. Aurélia s'accroupit près d'elle et posa délicatement la main sur son épaule. L'infirmière sursauta et leva vers elle un visage juvénile. Du revers de sa manche, elle essuya ses joues mouillées et ses beaux yeux bleus rougis par le chagrin.

— Que se passe-t-il ? demanda Aurélia.

— La mort, la mort partout, balbutia la jeune fille en baissant les yeux. Je n'en peux plus. J'ai tenu tant que j'ai pu, mais là...

D'autres larmes se mirent à couler.

— Comment t'appelles-tu ? demanda l'assistante en s'asseyant près d'elle.

— Béatrice, réussit-elle à dire entre deux hoquets, Béatrice Chambier.

Aurélia la prit dans ses bras et la serra contre elle, la berçant doucement, comme elle le faisait avec sa sœur Sophie quand, plus jeune, elle avait un gros chagrin. Elle lui caressa doucement les cheveux en murmurant :

— Je sais ce que tu ressens. Ce que l'on voit ici est injuste. Mais il faut que tu sois forte. Tous ces hommes dehors ont besoin de toi. Il leur faut une main qui se pose sur eux, un sourire, une personne qui les écoute. Un visage de femme, de sœur, ou même de mère, quand ils n'ont plus rien d'autre que la souffrance. Dis-toi que parfois nous serons le dernier visage ami qu'ils verront.

Béatrice ferma les yeux et prit une grande inspiration.

— Tu as raison, ils ont bien besoin de nous.

Elle essuya son visage avec un pan de sa blouse.

— Ça va aller ? demanda Aurélia.

— Oui, je vais mieux, répondit-elle avec un petit sourire, je te remercie. Ce que tu m'as dit m'a fait beaucoup de bien. Tout va bien se passer maintenant, je vais reprendre mon travail.

Béatrice se leva, lissa son uniforme et replaça une mèche blonde sous son voile d'infirmière.

— Et toi, quel est ton prénom ?

— Aurélia.

— Merci, Aurélia, nous nous recroiserons sûrement. Enfin, je l'espère.

Béatrice disparut dans le couloir.

Les interventions reprirent à un rythme infernal. Le jour déclinait derrière les carreaux que des soldats occultaient avec des couvertures pour ne pas que l'artillerie ennemie repère les lumières. Les brancardiers durent installer au-dessus des tables quelques lampes à acétylène afin que les chirurgiens puissent continuer à opérer sans trop se crever les yeux. À intervalles réguliers, l'éclair d'une explosion baignait la pièce d'une lueur rouge orangé. Quelques secondes après, la déflagration faisait gémir les huis et tinter les carreaux dont le mastic, du moins ce qu'il en restait, tombait peu à peu en morceaux sur le sol.

— Ils nous foutront pas la paix de la nuit, ces salopards, bougonna un brancardier qui apportait des lampes supplémentaires.

Un chirurgien, en tenue de bloc, les cheveux ébouriffés et les yeux bouffis de sommeil, accompagné d'une infirmière, entra dans la pièce.

— Bonsoir, cher confrère, s'adressa-t-il à Édouard. Il est temps d'aller vous reposer, vous devez être épuisé. Je viens vous remplacer. À votre tour de profiter de quelques heures de sommeil. Elles sont tellement rares.

Édouard remarqua son fort accent germanique. Sous la blouse, le médecin portait une tenue d'officier allemand.

— Vous êtes...

— Prisonnier de guerre, en effet. Néanmoins chirurgien. Il m'a paru tout naturel de me porter volontaire pour aider à sauver des vies. Un soldat, qu'il soit français ou allemand, est avant tout un homme.

— C'est tout à votre honneur, docteur...

— Abel Baumann, de Francfort.

Édouard lui tendit la main.

— Dr Édouard Carnaud, et voici mon assistante, Mlle Decourson.

L'officier allemand claqua des talons et salua de la tête.

— Nos infirmières bénévoles, quelle que soit leur nationalité, méritent notre plus grand respect pour le travail accompli.

Aurélia le remercia d'un sourire. Il se tourna de nouveau vers Édouard.

— Loin de moi l'idée de vous chasser hors de votre bloc, cher confrère. Mais si vous n'allez pas occuper vos couches, quelqu'un les prendra avant vous.

— Avec plaisir, répondit Édouard, je ne tiens plus debout et ma concentration n'est plus ce qu'elle était en arrivant.

— Prenez l'escalier qui mène à l'étage, expliqua le chirurgien, puis sur la droite vous trouverez des brancards libres pour vous allonger. Il y a plus confortable, je l'avoue, mais nous ne pouvons pas faire les difficiles.

Édouard salua à son tour, fit quelques pas en direction de l'escalier et se retourna vers le Dr Baumann.

— Votre maîtrise du français est remarquable, je vous félicite.

— Que voulez-vous, répondit-il en haussant les épaules, quand on est féru de philosophie, il est important de savoir lire Voltaire et Rousseau dans le texte. Le français est bien la langue des Lumières, non ?

Deux éclatements d'obus ponctuèrent sa phrase.

— Je ne sais pas où elles sont parties, ces fameuses Lumières, marmonna-t-il, mais ici elles n'éclairent rien.

Le grenier était sombre. Seules deux bougies presque consumées posées dans des coupelles dégoulinantes de cire projetaient sur les murs des ombres déformées et vacillantes. Des draps tendus sur des cordes séparaient la vaste pièce en plusieurs chambres. Quand leurs yeux furent habitués à l'obscurité, ils trouvèrent dans l'une d'elles deux civières placées côte à côte sur lesquelles étaient disposés un oreiller et deux couvertures. Des respirations et des ronflements montaient dans l'obscurité. Rompus de fatigue, ils s'allongèrent sans même prendre le temps de se déshabiller. Édouard tâta les poches de son uniforme à la recherche de ses cigarettes.

— J'ai dû les laisser quelque part, conclut-il à voix basse, je les retrouverai demain. De toute façon, en y réfléchissant bien, je n'ai pas tant envie de fumer que ça.

Aurélia sourit mais ne releva pas. Elle savait que dans sa cantine il trouverait sa réserve de paquets neufs et qu'il n'en manquerait pas. Leurs doigts se caressèrent un moment. Aurélia sentit une main chercher son visage. Ils s'embrassèrent tendrement puis plongèrent tous deux dans un profond sommeil, leurs deux mains enlacées.

12

Louise Decourson semblait encore avoir vieilli et ses cheveux avaient pris une teinte de cendre. Sophie avait brillamment réussi ses examens de fin d'année et s'apprêtait à passer de longues vacances monotones à Savigny, sans sa sœur ni son frère. Peut-être Antoine l'accompagnerait-il le long de la Loire pour s'y promener et s'y baigner ? Mais ce ne serait plus pareil. Elle avait fait promettre à son père de l'emmener avec lui lors de ses tours de négoce. Sophie et sa mère sortaient chaque matin s'asseoir sur le perron à l'heure à laquelle passait le facteur, dans l'attente d'une lettre d'Aurélia.

— Ma pauvre grande fille, se lamentait Louise en voyant le postier passer sans s'arrêter devant le portail, elle doit avoir tellement de travail que le temps lui manque pour nous écrire.

Quelquefois, elle ne prononçait pas un mot, se levait pour aller marcher un peu dans le parc, au bras de sa fille, caressait quelques fleurs et laissait couler des larmes silencieuses.

— Pas de nouvelles, bonnes nouvelles, répondait Charles qui laissait de plus en plus souvent son associé conclure ses affaires à sa place, préférant rester auprès de son épouse. Parfois, il vaut mieux ne pas en avoir, disait-il en fixant la photo d'Armand dans le cadre que Sophie fleurissait encore chaque matin.

Alors Louise, à grand renfort de soupirs, se replongeait sans enthousiasme dans la lecture des comptes de l'entreprise de son époux. Les affaires lui devenaient presque indifférentes.

La dernière sortie des Decourson datait de la semaine précédente. Une nuit, malgré les fortifiants prescrits par le médecin qui la visitait chaque jour, Mme Comtat avait succombé à sa mélancolie. Émile l'avait retrouvée morte dans son lit, serrant entre ses doigts une photo d'Henri, souriant, accoudé à la voiture de son père. La cérémonie en l'église de Savigny-en-Véron fut particulièrement émouvante, et tout ce que la commune et ses alentours comptaient de notables avait assisté aux funérailles au cimetière de la commune. Son époux, Émile, était effondré. Après son fils unique, il perdait maintenant sa femme. Le banquier le plus connu de la région, celui qui faisait la pluie et le beau temps jusqu'à Chinon, n'était plus qu'un homme brisé, anéanti, aux épaules voûtées, presque un vieillard chez qui seuls les yeux tristes aux paupières bouffies par le chagrin semblaient encore vivants.

— Ma foi en notre Seigneur m'empêche d'aller rejoindre immédiatement ma femme et mon fils, avait-il confié en revenant des obsèques. Mais jusqu'à quand, mon cher Charles, jusqu'à quand ? La vie m'est devenue tellement insupportable !

On craignait que par désespoir il ne tente un geste malheureux. Une dame de compagnie veillait nuit et jour sur le pauvre homme.

13

Aurélia et Édouard furent réveillés en sursaut par des cris provenant de la cour. À travers les tuiles disjointes du toit, ils virent que le soleil était déjà levé. Aurélia étira ses muscles raidis par le travail de la veille et l'inconfort du brancard. Ils descendirent dans la cour de l'hôpital qui, comme à son habitude, grouillait de monde.

— Il me faut trouver un café, dit Édouard en bâillant à s'en décrocher la mâchoire.

Dans un coin de la cour, sous un appentis, un soldat faisait chauffer une gamelle d'où s'échappait une délicieuse odeur.

— Je vous sers un gobelet, docteur ? lança le soldat en voyant le couple s'approcher. Et à vous aussi, mademoiselle ?

Ils acceptèrent de bon cœur. Les cris qui les avaient réveillés recommencèrent. Deux brancardiers se précipitèrent pour ceinturer un soldat qui s'était levé de son brancard et s'agitait.

— Il est comme ça depuis qu'il est arrivé, commenta le cantinier en haussant les épaules. Un de plus que cette saleté de guerre a rendu fou. Il ne connaît même plus son nom, ni d'où il vient. Pauvre garçon !

— Vous dites qu'il a perdu la mémoire, s'étonna Aurélia, et qu'il ne se rappelle rien ?

— C'est exactement cela, et ce n'est pas le premier ! Comme fou, je vous dis ! J'ai entendu un médecin dire que c'était de l'amasie, ou imésie, enfin un nom savant qui ressemble à ça, en tout cas.

— Amnésie, rectifia Édouard.

— Oui, c'est ça, s'exclama le cuisinier en plongeant sa louche dans la marmite.

— Tenez, s'adressa-t-il à Aurélia et Édouard, j'ai quelques pommes de terre cuites. Ce n'est pas idéal pour manger le matin, mais au moins ça va vous tenir au ventre un moment.

Édouard grimaça en avalant le liquide particulièrement amer.

— La chose que je déteste le plus dans l'armée, c'est le goût de son maudit jus de chaussette, lança le médecin. Je jure, quand tout cela sera fini, de ne plus jamais boire de cette horrible mixture.

— Ce n'est pas ma faute, s'excusa le cantinier d'un air désolé. Moi, je fais avec ce qu'on me donne !

— Je le sais bien, mon ami. Malheureusement, en ce moment, on fait tous avec ce qu'on a.

Édouard en avala tout de même quelques gorgées avant de vider le fond du gobelet par terre.

— Finis donc tranquillement de manger, dit-il à Aurélia, je vais voir quel est le programme de ce matin. Tu me rejoindras dans quelques minutes.

D'un pas rapide, il disparut dans le bâtiment, tandis que la jeune femme mordait avec appétit dans le tubercule.

Deux obus rapprochés éclatèrent au-delà des murs de l'hôpital.

— Voilà qu'ils remettent ça, les bougres, grommela le soldat. Ils ne nous laisseront donc jamais tranquilles ?

Un troisième projectile siffla en rasant le toit de l'hôpital pour aller s'écraser quelques dizaines de mètres en arrière sur une maison déjà en partie détruite qui cette fois-ci s'effondra complètement.

— Bon Dieu, mais c'est nous qu'ils visent ! hurla-t-il en laissant tomber sa louche dans la marmite.

Il attrapa Aurélia par le bras.

— Mademoiselle, vous feriez mieux de...

Il n'eut pas le temps de finir sa phrase. Un obus venait de s'écraser au pied du bâtiment où les blocs opératoires étaient installés. Les vitres volèrent en éclats dans un bruit assourdissant, projetant dans toutes les directions des morceaux de verre, de tuile, de bois et de plâtre. Les brancards posés contre le mur et leurs occupants furent projetés dans les airs comme des fétus de paille. Le souffle de l'explosion bouscula Aurélia qui perdit l'équilibre. Sa tête percuta avec un bruit mat la charrette sur laquelle était posée la roulante. Sous le choc, elle perdit connaissance quelques secondes.

Quand elle rouvrit les yeux, une épaisse fumée avait envahi la cour, noyant les bâtiments. Ses oreilles n'entendaient plus qu'un sifflement aigu. Des hommes, la bouche grande ouverte, hurlaient, d'autres gisaient à terre, comme des pantins désarticulés, dans des positions ridicules. Elle se retourna vers le cantinier qui, quelques secondes auparavant, avait voulu la protéger. Il était allongé sur le sol, la tête noyée dans un flot de sang, les yeux grands ouverts. Il ne bougeait plus. Aurélia faillit défaillir quand son esprit se rappela que le chirurgien venait d'entrer dans le bâtiment.

— Édouard ! hurla-t-elle.

Dans un effort surhumain, elle réussit à se relever. Un filet de sang chaud coulait de son front, parcourant sa joue pour s'étaler sur le col de son uniforme. La démarche mal assurée, elle se précipita vers le bâtiment. De la poussière s'échappait encore par les fenêtres béantes dont les bois pendaient sur leurs gonds. Elle faillit chuter à plusieurs reprises en heurtant les corps épars sur le sol. Le hall d'entrée n'était plus qu'un tas de gravats. À tâtons, elle se dirigea vers l'entrée de la pièce. Une forme blanche et molle bloquait l'accès à la porte qui menait à ce qui, peu de temps avant, était des blocs opératoires. Elle s'agenouilla, tira de toutes ses forces en s'arc-boutant pour dégager l'obstacle. Ses doigts agrippèrent du tissu, puis un bras fin et chaud. Un corps roula vers elle. Elle reconnut le visage de Béatrice, la jeune infirmière que la veille elle tenait contre elle pour la réconforter. Elle sut immédiatement qu'elle était morte. Aurélia poussa un cri lorsqu'elle sentit qu'on l'attrapait par le bras pour la tirer hors du bâtiment.

— Ne rentrez pas là, c'est trop dangereux, le plafond risque de s'écrouler sur vous ! fit une voix.

Avec une force et une violence dont elle ne se serait jamais crue capable, elle repoussa l'homme contre le mur, se redressa pour enjamber le corps de la jeune femme et entra dans la pièce. Le patient que l'on commençait à opérer au moment de l'explosion gisait sur le sol, du sang s'échappant d'une plaie que l'on n'avait pas eu le temps de refermer.

— Édouard, hurla-t-elle dans une quinte de toux, où es-tu ?

En toussant, la main contre son nez et sa bouche pour ne pas avaler trop de poussière, les yeux irrités, elle parcourut la pièce, poussant du pied les boîtes de chirurgie éparses sur le sol. L'appareil de stérilisation éventré laissait échapper des jets de vapeur en sifflant. Elle le contourna pour ne pas se brûler.

— Édouard ! appela-t-elle une fois de plus.

Les bras en avant pour ne pas se cogner, elle continua d'avancer vers le fond de la pièce, où l'on avait entreposé la réserve de matériel. À travers le brouillard, elle devina une forme plus claire vers laquelle elle se précipita. Elle reconnut une blouse de chirurgien. Ses doigts remontèrent jusqu'au visage et touchèrent des cheveux. Ceux d'Édouard, elle en était certaine. Du revers de la main, elle essuya un visage blanc de poussière de plâtre. C'était bien son amoureux qui gisait sur le sol, entre les caisses. Son cœur battait à tout rompre. Elle posa la main sur le torse du médecin. Il respirait. « Il est vivant, merci, mon Dieu ! » pensa-t-elle. Mobilisant toute son énergie, elle tenta de le tirer, mais elle ne put réussir à le faire bouger. Elle en aurait pleuré de rage. Elle perçut une voix à l'entrée de la pièce.

— Il y a quelqu'un ici ?

— Par ici ! s'époumona Aurélia. Venez m'aider, vite !

Deux hommes arrivèrent aussitôt, le buste penché au ras du sol, le visage caché par un linge pour se protéger de la poussière. Aurélia reconnut un brancardier et le médecin allemand.

— Il est en vie, aidez-moi à le sortir, vite ! commanda Aurélia.

Les deux hommes traînèrent avec difficulté le médecin inconscient à l'extérieur, où il fut allongé sur un brancard. Un chaos indescriptible régnait dans la cour. Déjà, on s'occupait des blessés et on évacuait les morts. Aurélia reconnut le jeune soldat qui la veille au soir lui avait réclamé une cigarette. Il lui manquait tout le bas du corps. Elle détourna le regard de cette vision d'horreur. Le médecin-chef arriva en titubant, soufflant comme une forge. Il se pencha vers le Dr Carnaud.

— Comment va-t-il ?

— Il est vivant, répondit le médecin hessois, mais inconscient.

— Je le laisse à vos bons soins, alors. Il y a tant de choses dont je dois m'occuper, lança-t-il en repartant vers le bâtiment dévasté.

Baumann palpa son confrère à la recherche de blessures qu'il ne trouva pas.

— Je ne vois ni plaies ni fractures, pas de saignements non plus. C'est le choc qui a dû l'assommer. Il a une chance inouïe.

Aurélia était agenouillée près d'Édouard. Elle avait défait son tablier pour lui essuyer le visage.

— Réveille-toi, mon amour, réponds-moi, s'il te plaît, réveille-toi, répétait-elle.

Deux larmes tracèrent un sillon sur ses joues poussiéreuses et ensanglantées.

— Il faudrait aussi nettoyer cette plaie, remarqua le Dr Baumann en montrant le front d'Aurélia.

— Nous verrons cela plus tard, répondit-elle sans quitter son amant des yeux. Il faut d'abord s'occuper de lui.

Près d'eux, une noria de soldats s'était organisée pour évacuer les corps présents dans le bâtiment tandis qu'on posait des madriers pour ne pas que le reste du plafond s'effondre sur les secours. Certains, par miracle, n'avaient pas été touchés, seulement blessés ou plus ou moins asphyxiés par la poussière. D'autres, moins chanceux, étaient coincés sous les poutres et les morceaux de plafond, écrasés par le poids. On enleva une dizaine de morts, et on continuait l'exploration des pièces à la recherche d'autres corps.

— Qu'allons-nous faire, mais qu'allons-nous faire ? se lamentait le médecin-chef, complètement dépassé par la situation et qui courait d'un groupe de sauveteurs à l'autre. L'hôpital est complètement inutilisable.

Pour Aurélia, plus rien ne comptait qu'Édouard, dont elle caressait le visage.

— Je crois qu'il revient à lui, déclara Abel Baumann.

Édouard ouvrit des yeux affolés qu'il roulait autour de lui et se mit à tousser. Sa respiration devint plus calme dès que l'assistante lui prit le visage entre ses mains.

— Comment te sens-tu ? demanda Aurélia. As-tu mal quelque part ?

Il secoua négativement la tête.

— J'ai l'impression d'avoir reçu une volée de coups de marteau sur tout le corps, répondit-il d'une voix sifflante, mais je pense que ça va. Que s'est-il passé ? Je me penchais dans une caisse de matériel, il y a eu un bruit énorme, une incroyable sensation de chaleur, et puis plus rien, tout est devenu noir.

— Un obus, répondit Baumann, de plein fouet sur le bâtiment. Vous avez eu une sacrée veine de vous en être sorti vivant.

— Des morts ?

Le médecin allemand baissa tristement la tête.

— Beaucoup, oui, je le crains.

Édouard s'aperçut de la blessure d'Aurélia.

— Mon Dieu, ma chérie, tu es blessée ! Laisse-moi regarder ta tête.

— Une simple estafilade, le rassura-t-elle, la tête saigne toujours beaucoup, tu le sais bien. J'ai le crâne bien plus dur que la roue d'une charrette, réussit-elle à plaisanter.

— Ne vous en faites pas, cher confrère, je vais prendre soin de… (Il chercha une seconde la formule adéquate.) Votre assistante ?

Édouard le remercia d'un signe de tête. Il se redressa en grimaçant sur les coudes et considéra les dégâts.

— Vos artilleurs sont diablement efficaces !

— En tout cas, répondit Baumann, quand je rentrerai au pays, je me plaindrai en haut lieu. Il est tout à fait inconcevable de bombarder un hôpital. Cela va à l'encontre de toutes les règles d'humanité.

— Alors il faudra également demander de tout simplement interdire la guerre, ajouta Édouard.

Il se remit rapidement de sa mésaventure. Avec le matériel encore en état, il s'occupait des blessés, avec les autres médecins qui avaient échappé au bombardement. L'un d'eux était mort, tout comme son assistante, criblés d'éclats de verre alors qu'ils étaient en pleine intervention. On prit le temps d'organiser une petite cérémonie, avant que leurs corps, comme beaucoup d'autres, ne soient évacués vers l'arrière pour y être inhumés. L'état-major venait de donner l'ordre d'évacuer la ville, qui se trouvait désormais directement sous le feu ennemi et allait être conquise dans les heures à venir. Des camions furent mobilisés pour vider l'hôpital Saint-Jean des blessés qui s'y trouvaient encore, quel que soit leur état. Nombreux étaient ceux qui allaient mourir durant ce voyage.

— Docteur Carnaud, l'interpella le médecin-chef, vous devriez rentrer vers Amiens. Si vous le désirez, vous prendrez le Dr Baumann avec vous, je le laisse à votre garde. Pour ma part, je me replie avec mes personnels sur Compiègne.

Il serra la main des deux médecins.

— Bonne chance, messieurs.

Il grimpa dans un camion et leur fit un signe de la main avant de disparaître sous le porche. Édouard posa sa main sur l'épaule d'Abel.

— Je ne pense pas que vous soyez conquis par l'idée de visiter Amiens. Vos compatriotes sont très proches (il désigna du doigt le nord de la ville), à quelques centaines de mètres à peine. Gardez votre uniforme dissimulé sous votre blouse, pour traverser les rues sans être ennuyé par les nôtres qui s'y trouveraient encore, et rejoignez-les.

— Vous laisseriez réellement s'échapper un prisonnier ? demanda le Dr Baumann. Vous risquez d'avoir de graves ennuis, je pense.

Édouard se mit à rire.

— Franchement, qui va s'en soucier ? Il me semble que je vous dois bien ça, non ? C'est vous qui m'avez sorti de ma mauvaise posture, et j'honore simplement une dette que j'ai envers vous.

Baumann tendit sa main à Édouard, que ce dernier serra chaleureusement.

— Vous êtes un homme bien, Carnaud, j'espère que nos routes se croiseront de nouveau, dans d'autres circonstances.

Il se tourna vers Aurélia.

— Bonne chance à vous également, mademoiselle. J'ai vu chez vous quelqu'un de déterminé et de courageux. Vous avez tout mon respect. Et si je l'osais, je vous présenterais par avance tous mes vœux de bonheur, ajouta-t-il.

Il fit deux pas en arrière, se raidit dans un garde-à-vous et pencha le buste vers eux. En quelques pas, il disparut lui aussi par l'entrée massive de l'hôpital.

— Trouvons rapidement un véhicule, pendant qu'il y en a encore, décréta le chirurgien. Je n'ai aucune envie de me retrouver à mon tour prisonnier. Et toi non plus, j'imagine.

Il fit signe à un camion qui passait près d'eux et reconnut leur chauffeur de la veille, qui stoppa à leur hauteur.

— Montez vite à l'arrière, il y a encore un peu de place ! leur cria-t-il.

Le couple grimpa rapidement, en se frayant un chemin à travers les civières. Ils s'aperçurent avec horreur que le véhicule ne transportait que des cadavres. L'un d'eux, plus petit que les autres, était celui de Béatrice.

14

Aurélia et Édouard avaient retrouvé avec amertume l'hôpital auxiliaire qu'ils avaient quitté peu de temps auparavant. Le chirurgien, malgré ce qu'il voulait laisser croire, n'était pas complètement remis du traumatisme subi à Arras. Il se fatiguait vite et sa concentration, après quelques interventions, n'était plus la même.

— Il te faudrait quelques jours de repos, lui disaient ses collègues, une permission te ferait le plus grand bien.

Aurélia était du même avis. Depuis le début de la guerre, Édouard s'était dépensé sans compter, oubliant de dormir et parfois de manger pour passer des heures, de jour comme de nuit, au chevet de ses patients. Il éludait la proposition d'un revers de la main ou d'un haussement d'épaules, arguant que l'on avait besoin ici de ses compétences pour porter assistance aux hommes. Il se réveillait souvent au cours de ses trop rares sommeils, en proie à des cauchemars dans lesquels il se voyait écrasé sous un toit, asphyxié dans la fumée qui, peu à peu, brûlait ses poumons. Les poches sous ses yeux se gonflaient chaque jour un peu plus, prenant une teinte plus sombre.

— Passe-moi un bistouri lame de dix, ordonna-t-il à Aurélia au cours d'une intervention.

L'instrument arriva immédiatement dans sa main. Il se pencha pour inciser la peau autour du petit trou sanguinolent qu'avait creusé une balle. Une arme de poing de petit calibre, diagnostiqua Aurélia qui devenait experte dans ce type de plaie. Rien à voir avec les armes d'un calibre plus important, telles que les mitrailleuses, qui ravageaient les organes internes avant de ressortir en ouvrant des plaies béantes. Rien de comparable non plus avec les éclats d'obus et les shrapnels, qui occasionnaient des plaies énormes, souvent mortelles, emportant dans leur course la chair et les os. Édouard arrêta son geste quand la lame toucha la peau. Sa main tremblait légèrement. Aurélia leva ses yeux vers lui et leurs regards se croisèrent. Le chirurgien sembla tout à coup désemparé, incapable d'inciser. Elle avança lentement la main vers la sienne et prit l'instrument qu'elle reposa dans le plateau.

— Tu dois absolument te reposer, lui dit-elle doucement, comme quand on parle à un enfant. Sortons quelques minutes.

Le médecin retira ses gants, qu'il jeta rageusement dans une poubelle, et se dirigea d'un pas nerveux vers la sortie du bloc.

— Laissez cet homme ici, dit-il à un brancardier qui, voyant le praticien sortir, se demandait quelle attitude adopter. Je reviens dans quelques minutes.

La cigarette qu'il alluma tremblotait entre ses doigts. Il s'appuya contre le mur et observa ses mains.

— Crois-tu que je vais pouvoir encore opérer ? demanda-t-il à Aurélia d'une voix dans laquelle sourdait un peu d'angoisse. Je ne sais pas ce qu'il m'arrive.

L'assistante prit les mains du chirurgien dans les siennes.

— Tu as vécu quelque chose de difficile, à Arras, il est normal que tu sois perturbé. Et tu n'as pris aucun repos depuis des mois. Quitte Amiens quelque temps, jusqu'à ce que tu sois remis. Personne ne pourra te refuser un congé.

Il resta un long moment silencieux, les yeux dans le vague, tirant nerveusement sur sa cigarette, visiblement troublé.

Il suivit du regard une troupe de soldats qui, le pas lourd et l'air résignés, marchaient en silence vers le centre de la ville, vers le front. Il les désigna du menton.

— Partir en permission, retrouver la paix et le confort, c'est surtout ces pauvres gars qui en auraient besoin. Ils le méritent bien plus que moi. Ils risquent leur vie chaque seconde, eux.

Il alluma une seconde cigarette. Aurélia en prit une avec lui, pour se donner une contenance. Elle expira une longue bouffée de fumée bleue.

— Il vaut mieux un chirurgien reposé, en pleine possession de ses moyens, qu'un médecin qui a la main qui tremble et qui risque de faire une erreur irréversible, osa-t-elle.

Elle regretta immédiatement sa phrase. Du coin de l'œil, elle surveillait la réaction du médecin, craignant d'être allée un peu trop loin. Il pâlit légèrement et les muscles de sa mâchoire serrée saillirent sous sa peau. Il tira une longue bouffée de sa cigarette qui le fit tousser. Il se racla la gorge.

— C'est réellement ce que tu penses ? répondit-il d'un ton cassant. Tu ne me crois plus capable de faire correctement mon travail ? C'est vraiment ce que tu veux dire ?

Aurélia, pour ne pas croiser son regard qui s'était fait plus dur, fit semblant de s'intéresser à la circulation dans la rue.

— Je n'ai pas dit cela, rétorqua-t-elle le plus doucement possible. Je disais simplement que tu as besoin de repos. Pour rester l'excellent chirurgien que tu es d'habitude.

Elle posa sa main sur son bras.

— Et que tu seras encore.

Édouard eut un rire aigre.

— Je m'incline respectueusement devant tes qualités de diplomate.

Du talon, il écrasa nerveusement le mégot, comme s'il voulait l'enfoncer profondément dans le sol. Il s'appuya le dos au mur et contempla un instant le ciel, tout à sa réflexion.

— Je suis injuste avec toi. Tu as sans doute raison, j'ai besoin de repos. Je suis épuisé. Et si on m'accordait quelques jours, viendrais-tu avec moi ? Tu n'as pas ménagé ta peine, toi non plus.

Aurélia étala un large sourire.

— Aurais-tu peur que je devienne l'assistante d'un autre beau chirurgien qui pourrait me plaire ?

Il la prit dans ses bras et posa un baiser sur ses lèvres.

— Voilà une chose que je t'interdis absolument. S'il le faut, je te confierai à la garde de sœur Marie-Louise !

— Je ne sais pas si c'est une bonne idée, pouffa Aurélia. Depuis notre escapade à Arras, j'ai bien l'impression qu'elle me bat froid.

L'état-major n'avait pas rechigné à accorder quelques jours de permission au chirurgien et à son assistante, au grand dam de l'infirmière-chef, qui avait piqué une colère noire. Décidément, cette petite assistante se montrait trop rebelle à son goût. Alors qu'elle s'en aille ! On trouverait bien une remplaçante. Justement, des renforts en personnels de santé, dont deux médecins supplémentaires tout juste sortis de leur formation, venaient d'arriver de la capitale. Le service de chirurgie pourrait se passer de Carnaud pour un temps. Georgette, Lucienne et Alice, mises au courant du départ de leur amie, faisaient un peu la tête, en proie à la tristesse de la voir s'en aller. Alice s'assit près d'Aurélia, les bras croisés.

— Ce n'est pas mon Landais qui m'emmènerait en vacances, se plaignait-elle. De toute façon, je ne sais pas si notre relation va durer.

— Vous avez pourtant l'air de bien vous entendre, remarqua Georgette.

— Oh ! Pour ce qui est des petits rendez-vous furtifs le soir dans le grenier, quand tout le monde dort, ça oui, répondit Alice en soupirant. Mais pour le reste, il ne veut pas s'engager pour le moment. Il dit que c'est trop tôt, qu'il n'est pas encore prêt, ou invente tout un tas d'autres raisons auxquelles je ne crois plus. Je me demande sérieusement s'il n'est pas en train de me mener en bateau et ne cherche finalement pas qu'à profiter de mon affection. Vous voyez ce que je veux dire !

— Ce n'est déjà pas si mal, rit Lucienne. En ce qui me concerne, personne n'a encore pris la peine de me conter fleurette.

Alice, l'air étonné, se retourna vers elle et fronça les sourcils.

— Pourtant, le responsable de la cantine, le sergent Jacques, te fait bien les yeux doux ! On dirait que, chaque fois qu'il te sert un gobelet de café, il va s'évanouir de bonheur. Il te mange du regard, le bougre.

— Je l'ai remarqué, moi aussi, intervint Aurélia. Un bel homme, qui a l'air tout à fait charmant.

— Charmant, c'est certain, mais sachez que ce joli cœur est marié ! s'offusqua Lucienne. Il n'est pas question qu'il y ait quoi que ce soit entre nous ! Je ne suis pas une fille à soldats, tout de même, j'ai ma fierté !

— Il est marié ? s'étonna Alice. Alors ça, c'est vraiment pas de veine.

— Ce n'est qu'un détail, lança Georgette, à la guerre comme à la guerre !

— Alors toi, s'étonna Lucienne, je trouve que tu as bien vite oublié ton fiancé !

Georgette pâlit légèrement. Alice éclata de rire, suivie d'Aurélia qui finissait de boucler sa valise au ventre rebondi.

— Je l'ai pleuré, répondit tristement Georgette, et j'y ai laissé toutes les larmes de mon corps. Mais je me suis fait une raison, et la vie doit continuer malgré tout. Je suis jeune, elle ne va pas s'arrêter là.

Elle baissa un peu la voix.

— D'ailleurs, j'ai repéré un petit brancardier tout à fait avenant. Je vois bien que de temps en temps il me regarde. Mais il doit être trop timide pour m'aborder. Mais ne vous inquiétez pas, les filles, je vais me débrouiller, l'air de rien, pour accélérer les choses !

— Bravo, applaudit Lucienne, je te préfère comme cela ! Tu as bien raison, la vie continue.

À force de peser avec le genou sur le couvercle, avec l'aide d'Alice qui tirait comme une forcenée sur les deux sangles de cuir, la valise consentit enfin à se fermer.

— Tu auras de la chance si cette valise n'explose pas en route en éparpillant tes culottes sur le quai, jugea Alice. Les voyageurs auront droit à un joli spectacle !

Ses affaires prêtes, Aurélia passa une pèlerine sur son uniforme, remit sa coiffe qui avait glissé de travers et écarta les bras pour y recevoir ses amies.

— Vous allez toutes me manquer, déclara-t-elle en déposant de grosses bises sur leurs joues.

Lucienne, de loin la plus émotive des quatre, sécha une petite larme.

— Reviens-nous vite, et ne nous oublie surtout pas. Ce ne sera plus pareil sans ta présence. Nous aurons une petite pensée pour toi chaque jour.

— Je penserai à vous toutes, moi aussi, déclara Aurélia, mais ce n'est qu'une absence de quelques jours, nous nous reverrons bientôt.

Édouard attendait déjà dans la cour, une valise à ses pieds. Sœur Marie-Louise, juchée en haut de l'escalier, haussa les épaules d'un air dédaigneux quand Aurélia s'approcha pour la saluer. Sans répondre à son au revoir, la religieuse s'engouffra dans le bâtiment en marmonnant :

— Dans l'armée, ça s'appelle de la désertion !

Édouard s'impatientait.

— Dépêchons-nous, le train ne nous attendra pas.

15

Il fut convenu de se rendre pour quelques jours à Charenton, chez un cousin avec qui Édouard avait gardé des contacts amicaux. Aurélia préférait pour quelque temps rester avec Édouard pour prendre soin de lui au lieu de revenir à Savigny-en-Véron.

— Francis te plaira, expliqua le médecin. Un célibataire endurci, un peu excentrique, parfois un peu fou, mais tout à fait charmant.

Le quai, en arrivant à Paris, était bondé. Se frayant à grand-peine un chemin dans la bousculade, le couple rallia le hall immense éclairé par les verrières sur lesquelles tapait encore le soleil.

— Par ici, par ici, Édouard ! cria un homme juché sur un chariot à bagages dont il agrippait fermement le montant pour ne pas tomber.

— Ah ! Voici notre hôte ! indiqua Édouard en désignant l'homme du doigt.

Ils se rejoignirent rapidement sur un côté pour ne pas être bousculés par la foule.

— Quel bonheur d'accueillir l'éminent médecin de la famille et un héros de la guerre ! s'écria Francis avec un large sourire.

Les deux cousins tombèrent dans les bras l'un de l'autre et se bisèrent gaiement.

— Et toi, mon cher cousin, toujours la mine aussi joyeuse, répliqua Édouard en lui tapotant l'épaule.

— Toujours aussi flatteur, mon cher Édouard, mais, le sais-tu, j'ai décidé de ne plus vieillir. Les gâteaux d'anniversaire et autres cadeaux futiles à cette occasion sont désormais interdits dans ma maison.

Francis se dégagea de l'étreinte et posa sur Aurélia un regard surpris.

— Mais quelle est donc cette créature superbe qui t'accompagne ? Une compagne de voyage ? Une amie dévouée ? Un ange gardien descendu sur terre pour surveiller tes péchés, ou peut-être une infirmière totalement séduite par les talents du grand chirurgien que tu es ?

— C'est un peu tout cela à la fois, rit Édouard. Laisse-moi te présenter Aurélia, mon assistante de bloc, avec qui je travaille depuis quelques mois déjà.

Francis fronça les sourcils en examinant la jeune femme des pieds à la tête tout en se frottant le menton.

— Humm... Oui, charmante, en effet. Je vois que tu sais toujours choisir les plus belles demoiselles.

Aurélia avait un peu rougi.

— Mais je n'avais pas prévu l'arrivée d'une invitée féminine, reprit le cousin, sinon j'aurais insisté auprès de ma bonne pour que la maison soit briquée mieux qu'elle ne l'est. C'est que le beau sexe à l'œil pour cela ! Chose qui pour nous, hommes rustres et imparfaits que nous sommes, paraît tout à fait insignifiante.

— La faute en incombe à votre cousin, répliqua Aurélia, qui n'a pas pris le temps de vous en avertir. Et je suis extrêmement gênée d'être là, je vous l'assure, monsieur.

Francis s'approcha de la jeune femme et ôta son chapeau claque un peu démodé, révélant ses cheveux blonds mal coiffés qui tombèrent en une cascade indisciplinée, comme une crue soudaine, sur son visage et ses épaules. Démodé, le reste de son costume l'était tout autant, semblant sortir d'une malle de dandy oubliée depuis un siècle dans un grenier. Coinçant sa canne sous son bras, il lui prit la main pour y déposer un baise-main digne du Grand Siècle.

— Oubliez votre gêne, je vous assure que la surprise est divine, chère mademoiselle. Mais sachez que le monsieur est de trop. Je suis cousin Francis, Francis Peyrolle, le petit canard noir de la famille, doté par héritage d'une maison un peu trop grande pour lui, entretenue à grand-peine grâce à la générosité de ses amis. Amis qui, par un incommensurable élan de pitié à son égard, achètent ses poésies qu'ils ne lisent d'ailleurs sûrement pas. Bien qu'ils m'en fassent des éloges que j'estime imméritées.

Le cousin se gratta la gorge avant de continuer.

— Qui dit pas de fortune dit également pas d'épouse, sinon une amourette de passage, une colombe qui s'envole bien vite vers un nid plus réconfortant. Mais oublions cela, c'est du passé, et ma vie est bien ainsi.

Il recoiffa son chapeau d'un geste théâtral.

— Pour l'heure, continua-t-il, je n'ai pour compagnie qu'une vieille domestique revêche qui se prend pour la maîtresse de maison et la reine de mon emploi du temps. Sans oublier un gros matou tout aussi acariâtre qui sème ses poils dans toute la maison jusque sur mes cahiers d'écriture.

Il reprit son souffle.

— Voilà ! Vous savez tout de moi, du moins le principal. Le reste est sans aucune saveur et inconsistant.

Aurélia, amusée par la présentation du cousin, répliqua sur le même ton en esquissant une révérence :

— Aurélia Decourson, assistante de bloc opératoire, fille d'un marchand de vin dans la région de Chinon.

— Ah ! Le petit vin de Loire, s'exclama le cousin, mon péché mignon !

— Peut-être pourrions-nous sortir de cet endroit bruyant, s'impatienta Édouard devant leurs pitreries.

Francis, sans quitter Aurélia des yeux, haussa les épaules.

— Et voilà, à peine est-il arrivé que mon cher cousin met à bas tout le charme de cette rencontre. Quel manque cruel de courtoisie ! Et dire que nous partageons une partie non négligeable du même sang ! Alors, puisqu'il le commande, obéissons à l'homme de l'art, et prenons de ce pas le chemin de la maison.

Le couple suivit Francis qui claudiquait vers les omnibus. Le cousin se retourna pour voir s'ils suivaient et surprit le regard d'Aurélia, fixé sur sa jambe droite. Elle baissa les yeux, visiblement gênée.

— Une maladie d'enfance, expliqua Francis en tapotant sa jambe de sa canne, qui m'a fait vivre avec le genou tordu. La poliomyélite. Par bonheur, elle ne m'a pas laissé d'autres séquelles.

— J'en suis désolée, balbutia Aurélia, je ne voulais pas...

— Ne vous excusez surtout pas ! Aujourd'hui, je peux même affirmer que c'est une bénédiction qui m'a fait échapper à la mobilisation. La guerre n'est pas du goût des poètes, qui préfèrent de loin s'extasier devant les couchers de soleil flamboyants, suivre le vol des oiseaux dans l'azur, parler d'amour pendant des heures et réinventer chaque jour le parfum des roses.

Il ôta son chapeau claque, qu'il fit tournoyer dans l'air dans des arabesques compliquées.

— Roses dont vous faites partie, mademoiselle. Et qui sait, peut-être, dans les jours à venir, deviendrez-vous l'égérie que j'attends depuis si longtemps ! Ô Calliope, muse de la poésie, étend sur moi tes ailes !

— Je t'avais bien dit que mon cousin était un peu fou, rit Édouard en poussant Aurélia du coude.

Le poète repositionna son chapeau en le tapotant légèrement pour l'enfoncer. Il fit tournoyer sa canne, manquant de peu d'éborgner un promeneur qui recula d'un pas devant la menace.

— Que le médecin que vous êtes, monsieur Édouard, n'oublie pas le respect qu'il doit à son aîné, répliqua Francis.

— D'une petite année, mon cher cousin, d'une petite année seulement.

— Je te l'accorde, monsieur le cartésien, mais quelle année !

L'omnibus traversait au pas les rues de Paris. Aurélia s'extasiait de tout, oubliant la guerre qui semblait si loin du monde qui s'étalait devant elle ; les vitrines des magasins, toutes éclairées et débordant de marchandises ; les promeneuses qui s'attardaient devant celles des modistes, dans lesquelles s'alignaient des étagères de chapeaux et des files de mannequins de bois habillés à la dernière mode ; les trottoirs grouillant de monde ; les messieurs au bras de leur dame se promenant nonchalamment ; les buveurs aux terrasses, dégustant leur bière ou leur thé accompagnés de petites pâtisseries colorées, et les dizaines d'enfants qui jouaient au cerceau ou à la corde sous les arbres bordant les larges avenues où se croisaient des dizaines de voitures. À chaque carrefour, des chansonniers ambulants proposaient, pour une pièce d'un sou, des livrets de chant. Aurélia, avec ravissement, admirait les monuments qui défilaient derrière les vitres et les perspectives parfaites des boulevards. L'omnibus rasa la tour Saint-Jacques pour déboucher le long de la Seine sur le quai de Gesvres. Au-delà d'un bras du fleuve se dressait la cathédrale Notre-Dame, à la fois imposante et délicate, dentelle de pierre posée au milieu de l'eau comme un immense vaisseau. Aurélia en était tout émerveillée. Francis, lui, jetait vers la rue un regard désabusé sur une moue dédaigneuse.

— Que ces trajets sont ennuyeux dans cette ville grouillante et puante ! Voici pourquoi je ne quitte presque jamais mon petit paradis de Charenton. A-t-on idée de faire vivre tant de monde dans aussi peu d'espace ! Un entassement humain sur un tas d'immondices grouillantes de rats. Un des cercles de l'Enfer de Dante !

Les habitations se raréfiaient au fur et à mesure que l'on remontait le cours de la Seine. Les bâtiments faisaient place à des maisons basses, serrées les unes aux autres et entourées de grilles pour délimiter les jardins bien tenus, puis à des champs saupoudrés çà et là de maisons de maître protégées par de hauts murs et des portails en fer forgé, chapeautant des collines à peine esquissées.

— Nous voici à Charenton ! s'exclama Francis. Je respire enfin autre chose que cet air nauséabond.

Le véhicule stoppa devant l'hôtel de ville pour laisser descendre les derniers voyageurs.

— Dix minutes de marche et nous serons enfin à la maison. Ce n'est pas trop tôt !

La maison du cousin Francis, une belle bâtisse de pierre blanche à un étage coiffée d'un toit pentu, était la dernière du bourg, au bout d'une impasse. Au-delà s'étalaient à perte de vue les hautes frondaisons du bois de Vincennes, comme un océan de verdure. Le bruit des autos et de la ville avait subitement fait place aux chants des oiseaux, déclinés en une gamme infinie, du plus grave au plus aigu, et au bruissement d'une brise légère dans les branches qui apportait des effluves fleuris.

— Soyez les bienvenus dans mon petit paradis, déclara cousin Francis en poussant un portillon de fer grinçant dont la peinture rouge s'écaillait par endroits et aux gonds rongés par la rouille.

En lettres déliées, à la peinture blanche, on y avait inscrit le nom, tout à fait mérité, de « villa Paisible ».

Des massifs de roses vibrants d'abeilles et de bourdons longeaient une allée de gravier d'où émergeaient des touffes de mauvaises herbes. Du liseron en fleur montait allègrement à l'assaut des bordures de pierre, les masquant presque totalement, s'insinuant dans les moindres interstices. Le jardinage, remarqua Aurélia, habituée aux allées disciplinées de sa maison de Savigny amoureusement entretenues par Antoine, n'était visiblement pas le fort du cousin qui laissait la végétation aller à vau-l'eau.

— Oh là ! s'écria le propriétaire. On ne vient pas accueillir ses invités ?

Il se pencha vers Aurélia et Édouard.

— Ma bonne, Claudine, est d'une nature assez sauvage. Mais au-delà des apparences, c'est une femme admirable, comme vous allez vous en apercevoir.

Claudine apparut sur le perron, une marche au-dessus du jardin. C'était une femme d'une quarantaine d'années un peu grasse, aux hanches larges et à la poitrine en proportion, sanglée dans un tablier de ménage. Elle s'essuya les mains à un torchon qu'elle rejeta sur son épaule, à la lisière de ses cheveux déjà grisonnants qui lui tombaient au ras du cou.

— Monsieur arrive bien tard, fit-elle sur un ton qui ressemblait à un reproche. J'savais pas à quelle heure mettre mon poulet en route, moi !

Francis ne répliqua pas.

— Ma chère Claudine, je vous présente mon cousin Édouard, un grand chirurgien, et Mlle Aurélia, son amie.

Claudine les salua rapidement d'un hochement de tête et fronça les sourcils.

— Je ne savais pas non plus qu'il y aurait une personne supplémentaire. Du coup, je vais être obligée d'apprêter une chambre de plus.

Cela résonnait plus comme une question. Le poète se tourna vers Édouard.

— Il est vrai que nous n'en avons pas parlé, intervint Francis, l'air un peu gêné. Je ne sais pas si... Enfin, tu me comprends bien.

Aurélia baissa la tête, laissant à Édouard le soin de répondre. Ce dernier jeta un coup d'œil furtif à son assistante, qui préféra s'absorber dans la contemplation des roses infestées de pucerons.

— Ne vous donnez pas de travail supplémentaire, madame, une seule chambre fera l'affaire.

— Voilà donc une chose de réglée, déclara Francis en martelant le sol de sa canne. Maintenant, nous savons à quoi nous avons affaire.

Il adressa un clin d'œil à son cousin.

— Bien que je n'en doutais pas, monsieur le chanceux, continua-t-il plus bas d'un air entendu.

— Eh bien, rentrez donc *d'dins* pour *chikèr eune guerzelle*, vous n'allez pas rester dehors ! les invita Claudine en reprenant son torchon. Mais évitez ma cuisine, je viens de passer la *wassingue* et je veux pas que vous me salopiez tout mon travail, j'en ai assez comme ça dans c'te fichue baraque.

Elle disparut dans la maison.

— Comme vous l'avez certainement noté, dame Claudine est un pur produit du Nord, expliqua Francis. N'hésitez pas à me demander quand vous ne comprenez pas certains mots. J'avoue que moi-même, malgré les années, j'ai quelquefois un peu de mal. Pour l'heure, elle vous invite à rentrer vous rafraîchir.

Si le jardin ressemblait quasiment à une friche, l'intérieur de la maison brillait comme un sou neuf. Pas un seul grain de poussière ne traînait sur les meubles et les bibelots, et le parquet luisant sentait la cire fraîchement passée. À peine Aurélia s'était-elle assise dans un fauteuil qu'un matou énorme vint se frotter contre ses jambes en ronronnant. Un animal si gras qu'il ne devait plus être très vaillant à la chasse aux rongeurs, préférant sans nul doute aux exercices physiques le confort moelleux d'un canapé ou d'un coussin.

— Voici mon compagnon, Glace. Son nom, expliqua son maître, vient du jour où il s'est introduit la première fois dans la maison par une fenêtre ouverte dans la cuisine. Il a eu le temps de lamper la moitié d'une glace à la vanille – d'où son nom – que je destinais à mes invités. Depuis, il a élu domicile ici et n'est jamais reparti. Je n'ai pas eu le cœur de le renvoyer à la rue.

— Et il me met des poils partout, l'maudit cahou ! s'exclama Claudine qui entrait dans le salon avec un plateau de boissons fraîches. Et pis tardez pas trop à l'apéritif, le poulet sera prêt dans un quart d'heure, dit-elle en rebroussant chemin vers la cuisine. Je ne mettrai pas à réchauffer, sinon ça va être tout sec.

Francis leva les yeux au ciel en soupirant.

— Parfois, j'ai l'impression de vivre chez ma bonne !

Le repas se déroula dans une ambiance chaleureuse. Francis se révélait un hôte parfait, attentionné avec ses invités, qu'il invita à rester à Charenton le temps qu'ils le désireraient. Aurélia, sur l'insistance du cousin, dut adopter le tutoiement.

— Le vous est l'apanage des vieux et des bourgeois, avait dit Francis. Je suis décidément quelqu'un de trop singulier pour adopter le pluriel !

Malgré son excentricité apparente, Francis était un homme de beaucoup de tact et d'une culture étonnante. Il avait compris, au fil de la conversation, qu'Édouard avait été traumatisé par ses déboires au front. Il évita de poser des questions, laissant à son cousin le choix du silence à ce sujet. Aurélia, d'emblée, fut conquise par ce parent tout à fait particulier.

Le claquement sec des sabots d'un groupe de cavaliers qui passait devant la maison pour rejoindre le bois de Vincennes réveilla Aurélia. Elle frotta ses yeux encore endormis et lut 8 h 30 sur le réveil posé sur la table de nuit. Elle s'étira longuement pour ranimer ses muscles. Le matelas était mou et profond, comme elle les préférait. Édouard dormait encore, son visage apaisé tourné vers elle. Elle décida de ne pas bouger afin de ne pas déranger son sommeil. Le soleil qui passait à travers les persiennes révélait ce qu'elle n'avait fait qu'entrapercevoir la veille au soir, à la lueur d'une lampe à pétrole, lorsqu'ils s'étaient couchés, épuisés par le voyage. La chambre était meublée avec goût. La commode, sur laquelle étaient posés des cadres de photos, était sculptée de motifs fleuris, tout comme le cadre du lit. Plusieurs tableaux, accrochés à des hauteurs différentes, décoraient les murs. Elle devina dans la semi-pénombre une scène de chasse, puis un repas champêtre, où un jeune homme en chemise blanche lutinait une bergère, voisinant avec un paysage de montagne enneigée au pied de laquelle fumait la cheminée d'un chalet de bois. Sous la fenêtre, contre les rideaux blancs transparents, un fauteuil tendu de tissu vert aux franges dorées disparaissait sous leurs habits posés en tas. Les valises, restées ouvertes sur le sol quand ils y avaient cherché les vêtements de nuit, mettaient la seule touche de désordre. Aurélia se promit de procéder à un rangement dans les tiroirs dès qu'Édouard serait réveillé. Elle sentit une main toute chaude se poser sur elle et caresser doucement son ventre. Édouard avait ouvert les yeux et la regardait en souriant.

— As-tu bien dormi ? demanda-t-elle.

Il bâilla longuement avant de répondre.

— Comme un enfant, malgré les roucoulades de ce bon Francis.

Elle se pelotonna contre lui.

— De quelles roucoulades veux-tu parler ? Je n'ai absolument rien entendu. Aussitôt couchée, aussitôt endormie.

— À en croire ce que j'ai pu entendre, la Claudine ne s'occupe pas seulement de l'entretien de la maison et de la cuisine.

— Es-tu sérieux ? pouffa la jeune femme.

— Absolument. Il n'y a pas de doute possible. J'en aurais bien profité aussi pour quelques galipettes, figure-toi, mais tu dormais déjà à poings fermés, et je me suis endormi tout aussi malheureux qu'abandonné.

Elle se retourna vers lui en souriant.

— Oh, mon chéri, j'en suis tout à fait désolée, crois-moi.

Il passa ses bras autour de la taille de la jeune femme.

— Mais il n'est jamais trop tard pour bien faire. N'oublie pas que je suis comme un convalescent à qui tu as promis de prendre soin de lui.

— Vous exagérez, docteur, rit-elle doucement. Vous outrepassez vos droits sur votre personnel. Je me plaindrai en haut lieu.

— J'en suis tout à fait conscient, vois-tu, mais je me fiche complètement de ce genre de considérations, mademoiselle l'assistante, et j'use et j'abuse sans vergogne de mon statut d'officier et de ma totale autorité sur mes subordonnés.

Elle fit mine de se résigner et haussa les épaules.

— À vos ordres, monsieur, puisque c'est pour le bien de la France...

Sa chemise de nuit glissa sur la carpette.

Pour la première fois, Aurélia découvrit Édouard en costume de ville, sans son uniforme ni le képi qu'il ne mettait que pour ses déplacements hors de l'hôpital. Il ressemblait à un petit-bourgeois, un clerc de notaire, ou un commerçant aisé, peut-être, ce qui n'était pas pour déplaire à la jeune femme. Elle avait également délaissé son uniforme d'infirmière pour une longue robe grise serrée à la taille par une ceinture d'un ton plus clair qui épousait parfaitement ses formes.

— Quelle magnifique beauté grecque ! siffla Francis qui, penché sur la table de la salle à manger, remplissait des feuillets blancs de phrases qu'il raturait ensuite d'un air agacé. Vous êtes tout à fait superbe, Aurélia. Quittez donc ce rustre de médecin pour embellir la vie du poète romantique que je suis !

— Tout doux, mon cousin, sourit Édouard en entrant dans la pièce. Cette beauté est à moi.

Francis haussa les épaules d'un air contrit.

— Ces militaires, quels tristes sires ! Tout leur est dû ! Mais trêve de plaisanterie, avez-vous donc bien dormi, les tourtereaux ?

— Comme des anges, cousin Francis, déclara Aurélia en faisant le tour de la table pour biser son hôte. C'est la première fois depuis longtemps que je dors aussi bien. Quel bonheur de se réveiller avec le chant des petits oiseaux !

Claudine apporta un plateau avec des tasses de café, du sucre et une assiette de gâteaux secs. Un grognement indistinct répondit au bonjour que le couple lui adressa.

— Il faut vraiment que je me passe de ses services, déclara Francis à voix basse dès que Claudine disparut dans sa cuisine. Cette femme et ces grognements de bête me font peur, parfois.

Édouard se pencha près de l'oreille de son cousin.

— Ce serait bien dommage, car cette dame semble avoir d'autres qualités plus… nocturnes.

Aurélia pouffa et se tourna vers la fenêtre, faisant mine de ne rien avoir entendu de la conversation entre les deux hommes.

— Ce n'est pas beau d'écouter aux portes ! répondit simplement Francis avec un demi-sourire. Tu es un sacré polisson !

Aurélia mangea de bon appétit, sous l'œil amusé de Francis. Rassasiée et complètement réveillée par les deux tasses de café, elle entreprit de débarrasser la vaisselle du petit déjeuner.

— Ah, non ! s'écria Claudine qui revenait de sa cuisine. Ça, mademoiselle, c'est mon travail. Je ne voudrais pas que mon pingre de patron pense que j'fais rien, y s'rait capable d'en profiter pour m'diminuer mes gages.

Elle glissa un regard en coin vers Francis.

— Déjà qu'y m'paye mon salaire de misère en retard tous les mois !

— Je sais, soupira Francis en levant le nez de sa feuille en grimaçant, et j'y pense.

— Eh bien, si vous pouviez y penser mieux qu'ça, ça m'arrangerait. En tout cas, reprit-elle avec son accent à couper au couteau, va falloir mettre la main au porte-monnaie, y'a marché ce matin. Et si vous voulez avoir de quoi vous remplir l'estomac...

Aurélia sauta sur l'occasion.

— Je pourrais venir avec vous, si vous le voulez bien, Claudine. J'adore faire les marchés. J'y allais souvent avec ma mère.

— Pourquoi pas, répondit la domestique, au moins j'aurai pas à me casser le dos à m'coltiner les paquets tout' seule, pour c'te fois.

L'énorme matou suivit les deux femmes sur quelques mètres dans l'impasse avant de s'affaler dans une touffe d'herbe en miaulant et d'offrir en ronronnant son ventre à la caresse du soleil déjà chaud.

— M. Francis est quelqu'un de vraiment charmant, lança Aurélia pour engager la conversation. Êtes-vous à son service depuis longtemps ?

Claudine prit un peu de temps pour chercher sa réponse.

— Quelques années, oui, j'sais pu bien exactement depuis combien d'temps ça fait. M. Francis a été bien bon avec moi, ah ça, on peut le dire.

Aurélia perçut instinctivement que Claudine ressentait le besoin de parler à quelqu'un d'autre que son patron. Elle lui laissa l'initiative, pour ne pas la brusquer.

— C'est qu'j'en ai bien eu du malheur en c'temps. J'ai pas toujours été une bonne fille. Une bien mauvaise graine, ça oui !

Aurélia la regarda en souriant, pour l'encourager à continuer. Claudine répondit timidement à son sourire. Derrière cette femme à l'apparence rustre, un peu revêche même, sous cette carapace de matrone que rien ne semblait atteindre, se cachait une personne pleine de sensibilité, et d'une grande fragilité.

— Une histoire bête. Un homme que j'ai connu du temps de ma jeunesse, et pour qui j'ai quitté ma famille, sous les hurlements et les coups du père. Comme on peut être idiote à c't âge-là ! Pis j'les ai pus jamais r'vus. Doivent être morts, à c't'heure.

Aurélia acquiesça de la tête, comme si elle avait vécu les mêmes aventures malheureuses.

— Une histoire d'amour, alors.

— P'tet, oui, au début, répondit Claudine en grimaçant. Les filles rêvent bien toutes du prince charmant, comme dans les livres.

Elle renifla bruyamment et s'essuya le nez du revers de la manche.

— Ah ça, oui ! reprit-elle. Fallait-il être gourde pour suivre un larron pareil !

Les deux femmes saluèrent une ménagère qui visiblement revenait de ses emplettes, les épaules voûtées sous le poids de ses cabas.

— Bonjour, Claudine. Ça va bien, ce matin ?

— On fait aller, madame Langevin, on fait aller.

Elles marchèrent encore quelques dizaines de mètres en silence avant que Claudine ne reprenne le cours de son histoire.

— Puis il a pas fallu longtemps pour que j'me retrouve à battre mon quart pour les clients de Montmartre. À coups d'taloches que j'allais soulever mes jupes derrière les Halles pour qu'mon julot y manque de rien et fasse la grande vie.

— Ça ne devait pas être bien drôle, osa Aurélia, vous avez dû être bien malheureuse.

Claudine haussa les épaules.

— Le plus dur, c'est quand on sort de la taule. Seule et sans le sou. Une ancienne tapineuse, qui n'est plus rien ni personne, pensez-vous ! Alors on tape aux portes pour trouver un peu de ménage pour gagner une pièce, ou avoir le droit de ronger un quignon de pain. Mais le p'us souvent, on n'récolte que des insultes et des coups de pied, ou une volée de cailloux. Et pis y a eu m'sieur Francis.

Sa voix s'étrangla dans sa gorge, qu'elle racla fortement pour ne pas laisser entrevoir son émotion.

— Il m'a regardée longuement, de d'vant sa porte. « T'es un oiseau perdu ? » qu'il m'a demandé. Alors bien sûr, j'ai répondu oui, j'pouvais pas mentir. Il s'est avancé et a ouvert l'portail en grand. Je vous jure, j'en m'nais pas large. C'est qu'à l'époque il était un peu plus costaud que maintenant. Sur le coup, j'ai bien cru qu'il allait sortir un bâton de derrière le muret pour me chasser, comme les autres y m'faisaient d'habitude pour rigoler et s'taper les cuisses avec leurs bourgeoises.

Elle passa son cabas vide dans l'autre main, le temps de prendre une respiration.

— « Alors t'as trouvé un nid », qu'il m'a dit en prenant le sac où j'avais quat' linges. Et je ne suis plus jamais repartie. Cette maison est devenue le chez moi qu' j'avais p'us.

— Une histoire qui finit bien, Claudine, c'est l'essentiel, lui dit Aurélia en lui prenant le bras. Vous voyez, finalement, les contes de fées existent.

— Je ne sais pas pourquoi j'vous ai raconté tout ça. P'tet parce que vous êtes une bonne personne, je l'ai vu tout d' suite. Je sens ces choses-là. Votre jeunesse et votre joie de vivre inspirent la confiance. Et ça, c'est bien rare, vous savez, par ces temps d'misère.

Elle reprit sa respiration, en haut d'une petite côte, avant de continuer :

— C'est que votre bonhomme aussi, il a l'air d'être quelqu'un de bien. À la façon dont il vous regarde, on comprend qu'il est amouraché. Vous savez, mademoiselle Aurélia, j'ai pas bien d'instruction, j'sais à peine lire, et l'école, je l'ai pas fréquentée beaucoup. Mais j'connais bien les gens, j'les renifle mieux qu'un chien de chasse.

— On sent aussi que vous l'aimez beaucoup, Francis. Vous faites une drôle de paire tous les deux. Parfois, on dirait presque que vous êtes un vieux couple qui se chamaille tout le temps mais qui ne peut se passer l'un de l'autre.

Claudine ralentit son pas, ses joues se teintèrent d'un peu de rose.

— Je suis désolée, balbutia Aurélia, je n'aurais pas dû dire cela et je vois bien que je vous ai mise mal à l'aise. Je suis parfois si bête !

La bonne éclata de rire.

— C'est pas faux de dire que des fois j'le ménage pas, l'patron. Mais en vrai il adore ça. Et pis, qu'es qui f'rait tout seul dans cette grande baraque ? Sans moi, quand il est plongé dans ses écritures, il en oublierait d'manger. Déjà qu'il est gras comme un crayon de bois !

Édouard s'était assis au salon, sous la fenêtre ouverte en grand qui donnait sur le jardin. Des odeurs mélangées de rose et de glaïeul entraient dans la pièce. Il consultait négligemment un vieil exemplaire de *L'Auto* qui datait déjà de deux mois.

— Je préfère ce genre de littérature, commenta Francis qui avait levé le nez de ses feuilles éparses sur la table et désignait le journal. Au moins, je n'y lis pas toutes les bêtises et les mensonges dictés aux pisse-copie par les sbires de Poincaré.

Il gribouilla une phrase sur le papier, qu'il ratura nerveusement, avant de reprendre, d'une voix plus basse :

— C'est vrai ce qu'on dit ? Que nos gars ont le moral et que cette guerre sera finie dans quelques mois ?

Édouard replia la feuille de chou et la rangea à sa place, coincée entre l'assise et l'accoudoir du fauteuil. Il prit une grande inspiration. Son cousin le regardait, attendant une réponse qui tardait à venir.

— Non, ce n'est pas vrai, dit-il enfin. Les soldats vivent un véritable enfer, et ce n'est pas près de finir. Je crois même malheureusement que nous n'en sommes qu'au début.

— Je m'en doutais bien, répondit Francis.

Il s'absorba dans la relecture de ses derniers écrits, rayant un mot ou soulignant une phrase. Édouard, l'air absent, avait levé la tête, observant la course lente des cirrus, très haut dans le ciel, qui zébraient par petites touches discrètes et filantes le bleu immaculé.

— Tu as dû en voir de belles là-bas, mon pauvre cousin, et c'est sûrement pour ça qu'ils t'envoient te retaper un peu, lança Francis sans lever les yeux.

Le médecin tourna vers son parent un visage étonné.

— En voilà une idée ! Pourquoi dis-tu cela ?

Le poète, de son stylo-plume, désigna l'un des accoudoirs du fauteuil.

— Quand tu n'y prêtes pas attention, tu as les mains qui tremblent légèrement. Je n'y connais pas grand-chose, mais ce n'est sûrement pas habituel chez un chirurgien.

Édouard, décontenancé par le sens de l'observation de son cousin, contempla ses mains. Une légère vibration, presque imperceptible, agitait ses doigts. Il ferma les poings, si fortement que ses phalanges blanchirent.

— Décidément, on ne peut rien te cacher, Francis. Serais-tu un concurrent de Sherlock Holmes ?

— Ton compliment me touche, Édouard. J'ai effectivement lu certaines des nouvelles de Conan Doyle, dont quelques-unes sont vraiment excellentes, soit dit entre nous. Mais je pense que c'est surtout à la poésie que je le dois. Pour écrire, il faut surtout savoir observer.

Il marqua une courte pause.

— Alors, tu m'expliques ? Si ce n'est pas trop douloureux pour toi d'en parler.

Édouard raconta sa mésaventure. Son court séjour à Arras, le bombardement, l'explosion tout près du bloc opératoire qui l'avait fait voltiger contre un mur en le laissant inanimé, et les nombreux morts et blessés. Son sauvetage par Aurélia et le médecin allemand, qui avaient pris des risques inconsidérés pour lui venir en aide. Francis hochait la tête, la mine grave.

— Ce tremblement est dû au choc psychologique, expliqua le chirurgien. Cela passera avec le temps, et je vais pouvoir, bientôt j'espère, reprendre mon travail.

— Grâce aux bons soins d'Aurélia, augura Francis, tu devrais t'en remettre bien vite. Cette jeune femme est une vraie perle. Tu as beaucoup de chance de l'avoir.

Édouard acquiesça.

— Une véritable chance, oui.

Les cabas de Claudine et Aurélia s'étaient rapidement remplis. Leurs courses faites, elles flânèrent entre les étals, s'attardant sur les robes et les colifichets. Un foulard de soie rouge vif pailleté de fils dorés attira l'attention de la jeune femme.

— Vous avez bon goût, il est magnifique, s'extasia Claudine en tâtant précautionneusement le tissu.

Le vendeur empocha le prix et tendit le tissu à Aurélia.

— Vous serez tout à fait ravissante avec cette merveille autour du cou, commenta Claudine.

— Personnellement, répondit Aurélia, je ne suis pas très adepte du rouge. En fait, c'est pour vous que je l'ai acheté. Un petit cadeau pour vous remercier de nous accueillir et de prendre soin de nous.

Claudine ouvrit des yeux ronds.

— Mais vous êtes folle, mademoiselle, jamais j'pourrai accepter !

— Taratata ! Cela me fait plaisir de vous l'offrir. Mais s'il vous plaît, faites-moi un cadeau vous aussi : arrêtez de m'appeler mademoiselle, mon prénom, c'est Aurélia. Vous êtes d'accord ?

Elle étala son plus beau sourire qui fit ressortir ses jolis yeux verts.

— J'suis tout émue, déclara Claudine en se laissant nouer le foulard autour du cou.

Aurélia s'appliqua à faire retomber sur chaque épaule les deux mêmes longueurs de tissu.

— Voilà, fit-elle en prenant un peu de recul. C'est parfait. Et j'avais raison. Cela vous va à ravir.

— J'peux vous embrasser, Aurélia ?

— Il ne manquerait plus que ça que vous ne le fassiez pas !

La silhouette frêle de la jeune femme disparut presque entre les bras épais et la poitrine opulente de Claudine.

— J'vais vous confier un secret, lança-t-elle. Au bout du marché, un confiseur fabrique les meilleures pommes d'amour du monde. Ça vous dit ?

— Et comment, Claudine ! J'adore ces petites friandises !

— Alors c'est dit, et c'est moi qui régale !

Le portail grinça sur ses gonds.

— Voilà, ces dames, fit Francis en levant la tête.

Des rires retentirent dans le hall d'entrée. Claudine venait juste d'achever de raconter à Aurélia une blague avec un fort accent du Nord, mélangeant des mots de français et de patois ch'ti.

— En tout cas, elles ont l'air de s'entendre à merveille, ces deux-là, commenta Édouard.

Aurélia entra dans le salon et s'approcha de son amant pour poser sur ses lèvres encore collantes et rouges un baiser au goût sucré de pomme d'amour.

— Ce marché est charmant ! s'exclama-t-elle. Nous y avons trouvé de quoi vous concocter quelques délicieux repas.

— Vous concocter ? demanda Francis. Parce que Claudine va vous laisser œuvrer dans sa cuisine ?

— Et pourquoi pas ? intervint Claudine qui arriva à son tour après s'être débarrassée de ses sacs. Aurélia m'a fait promettre de lui apprendre quelques recettes, pour l'jour où qu'elle s'mettra en ménage.

— Voilà une idée excellente, lança Édouard, à qui le regard complice entre les deux femmes n'avait pas échappé.

— D'ailleurs, les cours commencent dès c'soir. Aurélia va apprendre à cuisiner le bœuf sauce au vin. Il me reste des cèpes séchés dans l'cellier.

— Une daube ! s'exclama Édouard. Je crois que c'est même mon plat préféré.

Le chirurgien et Aurélia échangèrent un regard complice. Ils se rappelèrent tous les deux celle dégustée à Beauvais, juste avant de faire l'amour pour la première fois.

Francis remarqua immédiatement le foulard neuf. Il fronça les sourcils.

— Vous avez fait des folies, Claudine. Voilà donc où passent vos gages, dans des frivolités. Ce n'est pas bien sérieux.

— Quel vieux grincheux vous faites ! Un cadeau d'Aurélia, répondit-elle en étalant un large sourire. Y m'va bien, j'trouve. Vous n'êtes pas d'accord ?

— Ravissant, en effet, répondit son patron qui n'avait guère l'habitude de voir sa bonne de si belle humeur. Aurélia vous a drôlement gâtée.

À l'autre bout de la pièce, Aurélia adressa un clin d'œil à Édouard.

— Et vous, messieurs, de quoi avez-vous causé durant notre absence ? Vous n'avez pas dit trop de mal de nous, j'espère.

— Nous avons parlé de tout et de rien, répondit le médecin, évasif, et mon cher cousin s'est surtout enquis de ma santé.

Elle le dévisagea d'un air étonné. Il montra ses mains en accentuant volontairement leur tremblement.

— Je vois, répondit Aurélia.

Les journées à la villa Paisible passaient vite. Les promenades dans la fraîcheur des allées du bois de Vincennes enchantaient leurs après-midi. Ils observaient le vol des papillons multicolores au-dessus des tapis de mousse et les courses folles des écureuils qui se poursuivaient dans les branches. Puis, après avoir longtemps marché, main dans la main, ils s'asseyaient un moment sur l'herbe autour des lacs, en suivant les jeux gracieux des cygnes.

— On dit que ces oiseaux-là gardent la même compagne toute leur vie, commenta Aurélia. C'est une belle preuve de fidélité, tu ne crois pas ?

— Ah bon ? Au contraire, je trouve cela tout à fait déprimant. Pauvres animaux, heureusement que nous sommes plus évolués que ça.

Elle donna une bourrade dans les côtes de son amant.

— Tu plaisantes, j'espère !

— Hé ! Mais tu m'as fait mal, rit-il. Serais-tu jalouse, mademoiselle Decourson ? Ce n'est quand même pas ma faute si les jolies femmes adorent les médecins, surtout quand ils sont beaux garçons comme moi.

— Terriblement jalouse, monsieur, en effet.

Elle jeta sur lui une poignée d'herbe qu'elle venait d'arracher.

— Et sachez, beau parleur, continua-t-elle, qu'il n'y a rien de plus terrible au monde qu'une femme en colère. Que je vous y prenne donc à fureter vers d'autres jupons ! Vous verrez de quel bois je me chauffe !

D'un geste vif, il l'enlaça et la coucha dans l'herbe pour l'embrasser. Sous la surprise, elle poussa un petit cri perçant.

— Ne t'inquiète pas, je te taquine. J'ai dû être moi aussi un cygne dans une autre vie.

— Tu as plutôt intérêt !

Francis, qui les accompagnait parfois, trouvait toujours un prétexte d'aller chercher l'inspiration un peu plus loin pour s'éloigner, laissant aux amoureux un peu d'intimité.

— Voici plus d'une semaine déjà que nous sommes là, déclara Édouard en mâchonnant un brin d'herbe. Je dois me rendre demain au Val-de-Grâce, me présenter à l'un de mes supérieurs. Il jugera de mon état et me signifiera si je dois retourner ou non à Amiens.

— Demain ? Déjà ?

Un nuage sombre passa dans les yeux d'Aurélia.

— Je suis si heureuse, ici avec toi, que je l'avais presque oubliée, cette guerre. Et je n'ai absolument pas vu la semaine s'écouler.

Elle songea que, depuis son arrivée, elle n'avait pas pensé à Armand. Elle s'en voulut terriblement. Peut-être le fantôme de son frère avait-il décidé de la laisser en paix. Comme pour la punir, le ciel se teinta subitement de noir et un orage d'été, aussi violent que passager, les fit refluer en catastrophe vers la maison, leur veste au-dessus de la tête. Ils rentrèrent en courant, tout dégoulinants de pluie, laissant de petites flaques sur le parquet.

— Saleté de pluie, gronda Francis, mes feuillets sont tout trempés et l'encre a coulé. J'avais écrit des vers magnifiques que je voulais vous lire ce soir. Et maintenant, tout est perdu.

16

Édouard partit tôt le matin pour honorer son rendez-vous à l'hôpital militaire, pressant le pas pour ne pas rater l'omnibus de 8 heures pour la capitale. Aurélia s'était levée en même temps que lui, alors que le soleil, au-dessus du bois, caressait à peine la cime des arbres, les teintant de reflets dorés. Claudine était levée depuis longtemps, avant tout le monde, et l'arôme du café embaumait la maison. Le médecin, préoccupé, avait déjeuné en silence.

— Vous voilà obligée de passer la journée en ma compagnie, chère Aurélia, déclara Francis en entrant à son tour dans le salon. J'ai entendu Édouard s'en aller.

Il s'appuya au buffet pour bâiller longuement. Avec ses cheveux encore tout ébouriffés, sa robe de chambre d'un bleu délavé, ses pantoufles avachies et trouées au bout qui laissaient entrevoir son gros orteil, il ressemblait à un épouvantail. Il sentit glisser sur lui l'œil amusé de la jeune femme.

— Je suis désolé de me présenter dans cette tenue. De vieilles habitudes de célibataire dont je n'arrive pas à me débarrasser.

Glace, qui avait relevé la tête en entendant arriver son maître, glissa vers lui son regard fendu d'un air désapprobateur. Il se retourna sur son coussin en remuant rageusement la queue. La domestique dodelina de la tête en désignant la robe de chambre éculée.

— J'aurais dû la j'ter depuis longtemps, cette horrible loque toute pelée ! grogna Claudine en ramenant dans le salon une cafetière fumante. J'en voudrais même pas pour briquer l'sol.

Aurélia pouffa de rire en voyant Francis baisser la tête, comme un enfant qui vient de se faire gronder. Le cousin avala rapidement son bol en grimaçant.

— Je vais donc me changer, avant d'affronter de nouveau les foudres de ma bonne. Qui ferait bien de rester à sa place, d'ailleurs, dit-il d'une voix plus forte afin qu'elle l'entende de sa cuisine où elle était repartie.

— J'y pense, patron, répondit-elle du tac au tac, comme pour les gages !

Aurélia, cette fois-ci, ne put s'empêcher d'éclater de rire.

Francis la dévisagea, interloqué.

— Pardonnez-moi, s'excusa Aurélia, je n'ai pas pu me retenir. Je ne voulais en aucun cas vous vexer.

Un grand sourire éclaira le visage du cousin.

— Ne vous excusez surtout pas, malheureuse, c'est si bon d'entendre rire dans cette maison. Même si c'est à mes dépens. Mais je le mérite peut-être.

Aurélia, qui avait passé le temps en discutant de poésie avec Francis, lui donnant son avis sur ses vers, proposant une rime qu'elle estimait plus douce, guettait depuis un moment à la fenêtre. Le portail grinça enfin, et la jeune fille écarta le rideau, cherchant sur le visage d'Édouard, qui traversait le jardin à grandes enjambées, le résultat de l'entrevue.

— Alors ? l'interrogea-t-elle dès qu'il fut entré. Quelles sont les nouvelles ?

Le médecin se débarrassa de son képi et de sa veste d'uniforme qu'il posa précautionneusement sur le dossier d'une chaise. La jeune femme trépignait, suspendue à ses lèvres qui ne s'ouvraient pas.

— Nous repartons au front, c'est ça ? demanda-t-elle au comble de l'impatience. Mais parle, enfin, ce silence est insoutenable !

Édouard se décida enfin.

— Ce n'est pas pour tout de suite. On m'a proposé un poste au Val-de-Grâce. Mais pas encore de chirurgie, du moins pas pour le moment. J'assisterai un médecin en orthopédie, qui s'occupe des prothèses pour nos blessés. Cela pourrait tout de même être intéressant, bien que fort éloigné de mes compétences.

— Et tu as accepté, j'espère ?

Il soupira en se laissant tomber dans le fauteuil, faisant fuir Glace qui souffla, mécontent d'être dérangé en pleine sieste.

— Je n'ai pas eu vraiment le choix. N'oublie pas que nous sommes en guerre et que je sers dans l'armée. Cela impose tout de même quelques contraintes.

Il prit le bras d'Aurélia et l'attira vers lui.

— J'ai toutefois obtenu que ton affectation soit changée. Tu restes mon assistante, quoi qu'il arrive. Si tu es d'accord, bien entendu. Cela te convient ?

La jeune femme sauta de joie.

— Mais quelle idée ! Bien entendu ! Du moment que je reste avec toi.

Édouard se retourna vers son cousin, heureux lui aussi que son parent n'ait pas à repartir au front. Du moins pas pour le moment.

— Nous allons donc malheureusement être obligés de quitter la villa Paisible, cher Francis, pour nous rapprocher de l'hôpital.

Claudine, qui avait écouté la conversation de l'embrasure de la porte du salon, y alla de son commentaire :

— C'est bien dommage. J'm'y étais faite, à vot' présence. La maison va replonger dans le triste.

— Mais nous aurons l'occasion de nous revoir souvent, la rassura Francis, puisque la porte de cette maison leur est toujours ouverte, et qu'ils y sont chez eux.

Il se tourna vers ses invités.

— Vous y reviendrez le dimanche, pour échapper quelques heures à cette horrible vie parisienne.

Aurélia se précipita dans les bras de la domestique qui arborait une mine déconfite.

— Francis a raison, nous reviendrons vous voir très souvent. Surtout qu'il y a encore beaucoup de recettes que je n'ai pas apprises.

— Et vous pensez déménager quand ? reprit le cousin poète.

— Demain, sûrement. J'ai profité de mon voyage à Paris pour visiter un petit meublé que l'on a eu la gentillesse de m'indiquer. Rien de bien grand, mais suffisant pour le moment. Et tout proche de l'hôpital, qui plus est, ce qui est un avantage certain.

Il se retourna vers Aurélia, cherchant un aval sur son visage.

Elle acquiesça.

— Alors puisque vous allez partir, déclara Claudine, je vais vous cuisiner ma spécialité ce soir. Je vais vite chez Mme Lefranc, son mari acceptera bien de m'tuer un d'ses lapins qu'on va faire à la moutarde. Une recette de plus à votre actif, Aurélia.

17

Le couple, descendu quelques minutes auparavant de l'omnibus, remontait la rue Saint-Hippolyte. Il n'y régnait pas le même calme qu'ils avaient dégusté durant leur séjour à la villa Paisible. Les voitures, à coups d'accélérateurs impatients, rejetaient sur les trottoirs étroits les passants furieux de se faire presque bousculer. Une petite procession de religieuses en cornette, suivies de dames en habit de deuil et voilette opaque, et de quelques pensionnaires d'un orphelinat de jeunes filles, marchait d'un pas pressé vers une église que l'on apercevait au bout de la rue, au-delà d'une rangée d'arbres squelettiques. Des cloches se mirent à sonner, appelant les fidèles à l'office. Aurélia, qui avait perdu le fil des jours, se rappela qu'on était dimanche.

— Nous sommes arrivés à destination ! indiqua Édouard en posant son bagage au sol.

Avec son doigt, il indiquait le premier étage d'un bâtiment à la façade grise, bien qu'apparemment repeinte de frais, juste au-dessus de la boutique d'un cordonnier. Reprenant sa valise, il poussa une porte du même gris qui donnait sur un escalier étroit grimpant à un palier. Une légère odeur de moisi, mêlée à celle de friture, remplaçait le parfum suave et sucré de la friche de Francis.

L'appartement, qu'Aurélia découvrait au fur et à mesure qu'Édouard ouvrait les volets, était petit mais suffisant pour eux deux. Leur nouveau domicile se constituait d'une pièce de vie qui faisait office également de cuisine, d'un cabinet de toilette, d'un débarras et d'une chambre, le tout garni de meubles un peu vieillots mais propres. Le parquet geignit sous leur pas.

— Je passerai un peu de farine sur le sol, commenta le médecin, cela fera disparaître ces grincements désagréables.

La jeune femme resta debout au milieu de la pièce principale, sa valise à ses pieds, détaillant chaque recoin de la pièce.

— Tu n'as pas l'air conquise, remarqua Édouard en fronçant le sourcil.

— Bien sûr que si, mentit-elle en se forçant à sourire. C'est tout simplement que ça me fait drôle de savoir que l'on va habiter ici ensemble, comme un vrai couple.

— C'est bien ce que nous sommes, non ?

— Oui, mais tout est allé si vite entre nous, parfois cela me fait peur.

Il s'approcha pour déposer un baiser sur les lèvres de la jeune femme.

— Tu verras, nous serons heureux ici. Allez, défais nos bagages. Je vais vite à l'épicerie que j'ai vue au coin de la rue nous chercher de quoi manger.

La porte claqua derrière Édouard et ses pas résonnèrent dans l'escalier. Une fois seule, Aurélia pénétra dans la chambre, posa sa valise sur le lit et s'assit, ses mains posées sur les genoux. Son regard glissa sur une vue de Paris au fusain accrochée sur le mur tapissé d'un papier jaune sur lequel s'étalaient de larges fleurs rouges aux pétales immenses. Elle se sentit soudainement oppressée au milieu de ces murs qui semblaient se rapprocher pour l'enfermer complètement. Elle se leva prestement pour ouvrir la fenêtre, découvrant pour tout horizon une façade austère et des petits balcons étroits sur lesquels pendait du linge.

Un air chaud pénétra dans la pièce, en même temps que les bruits de la rue. Penchée au-dessus du garde-corps, elle se força à calmer sa respiration. Subitement, elle songea que sa maison d'enfance de Savigny, perdue au milieu de la nature, lui manquait terriblement, tout comme la villa Paisible, qu'elle venait de quitter quelques heures plus tôt. Même à Amiens, dans le sous-sol qui lui avait servi de chambre, elle n'avait jamais ressenti une telle sensation d'étouffement. « C'est à cause de la ville, je n'ai pas l'habitude, mais cela va passer, se persuada-t-elle. Je suis avec Édouard, je devrais être la plus heureuse des femmes de commencer une vie avec un tel homme. » Elle se promit d'écrire le jour même à sa famille et à ses amies de l'hôpital 101 pour tout leur raconter. Ces dernières seraient sûrement déçues en apprenant qu'elle ne reviendrait pas. En se penchant un peu plus sur le rebord de la fenêtre, elle aperçut Édouard qui revenait, plusieurs paquets à la main.

— Allez, tout ça ne va pas se ranger tout seul, se dit-elle à voix haute.

Elle ouvrit le premier tiroir de la commode, écrasa du doigt une minuscule araignée qui y avait élu domicile et entreprit de ranger le linge. De l'autre côté de la cloison, elle entendit un bébé pleurer.

18

La pétarade d'une automobile dans la rue réveilla Aurélia en sursaut, à peine quelques minutes avant que le réveil ne sonne. « Décidément, le chant des oiseaux était bien plus agréable », pensa-t-elle. Elle se leva pour mettre la cafetière à chauffer sur la cuisinière à gaz, une bien belle invention qui remplaçait avantageusement celles à charbon, peu pratiques et salissantes. Édouard sortit du lit, attiré par l'odeur du café qui embaumait l'appartement. Il plaqua d'un geste lent ses cheveux ébouriffés sur son crâne, déposa un baiser sur la nuque de sa compagne, avant de s'asseoir à la table de la cuisine.

Pour faire bonne impression à l'occasion de son premier jour au Val-de-Grâce, il avait la veille brossé sa tenue, fait briller les boutons dorés de la vareuse et ôté de son képi les longs poils blancs que Glace avait déposés. Aurélia essayait, derrière ses sourires, de cacher son anxiété. Jamais elle n'avait travaillé dans une structure aussi gigantesque que le célèbre hôpital militaire et ne connaissait rien aux prothèses. Serait-elle à la hauteur du travail qu'on allait lui demander ? Subitement, l'hôpital auxiliaire 101 lui manqua terriblement, tout comme ses amies, la blonde Alice, Lucienne et Georgette, les soldats de la cantine, et même sœur Marie-Louise qui, pourtant, lui avait tourné le dos lors de son départ d'Amiens.

— Il est l'heure, déclara-t-elle d'un ton faussement joyeux en ajustant sa coiffe, sous laquelle elle fit disparaître ses cheveux. Il faut y aller. Ne soyons pas en retard pour le premier jour.

Édouard, devinant son trouble, la rassura :

— Ne t'en fais donc pas autant ! De toute façon, je n'y connais rien non plus, à ce genre de travail. Nous aurons donc tous les deux tout à apprendre.

— Pourquoi m'en ferais-je ? Il n'y a aucune raison à cela, mentit-elle. Je n'ai jamais été aussi sereine de ma vie ! Il me tarde même d'y être, pour tout te dire.

Il la dévisagea en coin, un sourire moqueur sur les lèvres.

— Ah bon ? C'est donc pour cela que tu as décidé de rejoindre ton travail chaussée de tes pantoufles ?

La jeune femme sursauta et poussa un petit cri en regardant ses pieds. Horreur ! Perdue dans ses pensées, elle avait omis d'enfiler ses chaussures de ville et s'apprêtait à sortir dans la rue avec des petites mules roses à pompon dépassant de sa jupe blanche d'assistante médicale. Ils éclatèrent tous les deux de rire.

Cinq minutes à peine suffirent au couple pour rejoindre le Val-de-Grâce. Sur le trajet, Aurélia repéra quelques magasins qui lui seraient utiles. Une épicerie bien approvisionnée dont les fruits et légumes de saison débordaient des cageots en jetant des éclats de couleur sur le gris du trottoir, une boucherie-charcuterie avec ses guirlandes de saucisses et ses pyramides de pieds de porc en gelée, la boutique d'un fromager d'où s'échappaient des effluves douceâtres de lait caillé ainsi qu'une blanchisserie, enveloppée d'odeurs de savon et de lavande. Elle regretta de ne pas avoir le temps de s'attarder devant une boutique de modiste qui présentait, dans sa vitrine savamment décorée, les dernières robes à la mode et des chapeaux piqués de fleurs en tissu ou de plumes plantées droites comme des mâts. « Finalement, pensa-t-elle, pour toutes ces commodités, la ville a du bon. »

Aurélia se figea, interloquée, devant l'entrée de l'hôpital qu'elle découvrait pour la première fois. Jamais elle n'aurait pu imaginer un tel bâtiment. Le porche d'une cathédrale ? D'un palais, peut-être ? Rien de commun avec les établissements de soins qu'elle connaissait déjà, à Chinon, Tours ou Amiens. Le style baroque de l'énorme bâtisse, abbaye devenue hôpital militaire à la Révolution française, puis école d'où étaient issus les meilleurs médecins français sous la conduite de Desgenettes, Larrey ou encore Laveran, ne pouvait qu'impressionner. C'était tout un pan de l'histoire de la médecine, évoqué la veille au soir par Édouard au cours du repas, qui transpirait de ces murs majestueux. Petite assistante médicale anonyme, elle ressentit une sorte de fierté d'avoir à travailler là, en côtoyant le souvenir de ces grands hommes.

Elle suivit Édouard dans la fraîcheur du hall immense, tout autant décoré de frises, bas-reliefs et statues que les façades. Une foule hétéroclite s'y pressait, dont les conversations se perdaient sous les hautes voûtes. Se croisaient des militaires des services médicaux, dans leurs uniformes ornés du caducée doré, des soldats de la troupe, dans leur tenue bleu horizon impeccable, des infirmières au pas pressé, ainsi que de nombreux civils, souvent un paquet ou un bouquet de fleurs à la main, venus rendre visite aux hospitalisés. Aurélia allongea le pas pour ne pas perdre le chirurgien dans cette cohue presque silencieuse où les discussions se tenaient à voix basse, comme on le ferait dans un lieu de culte. Elle cligna des yeux en débouchant dans une grande cour carrée, ceinte de bâtiments de trois étages percés d'innombrables et larges fenêtres. Sur les pelouses bien tondues et tirées au cordeau, autour de tables en fer, des soldats en chemise, coiffés de leur calot pour se protéger du soleil déjà ardent à cette heure matinale, jouaient aux cartes. D'autres lisaient une revue ou devisaient tranquillement en tirant nonchalamment sur une cigarette. Assis sur les chaises pliantes, ou dans un fauteuil roulant, parfois à même le sol, ils riaient le plus souvent, ou se poussaient du coude, l'œil égrillard quand passait une charmante infirmière, heureux malgré une jambe manquante ou un bras absent d'être encore vivants. Que l'on était loin de la cour de l'hôpital d'Amiens, cette cour des miracles où se concentraient toute la souffrance et la misère humaine ! se surprit à penser Aurélia. Ici, les cris et les lamentations étaient absents, nulle odeur de sang et de chair pourrie pour vous agresser les narines. On ne ressentait pas sous les pieds ce léger tremblement continuel du sol, martelé, écrasé, dévasté jusque dans ses profondeurs par les orages de fer qui martyrisaient les hommes sur les lignes de front. Sans les uniformes omniprésents, sans ces manches repliées épinglées sur l'épaule, ou ces jambes de pantalon que ne remplissait plus un membre offert en sacrifice à l'absurdité de la guerre, sans ces innombrables visages cachés sous les bandages sanglants, on se serait presque cru dans un jardin public.

— Le service est là, commenta Édouard en désignant de la main le rez-de-chaussée de l'aile droite de la cour.

Ils entrèrent dans une vaste salle aux cloisons et sols carrelés de blanc. Elle ressemblait à s'y méprendre à une sorte de laboratoire, ou à une salle de gymnastique. Sur tout un pan de mur, des étagères supportaient des brassées de béquilles rangées comme des fagots. Sur d'autres, tout un assemblage de jambes de bois, de prothèses de bras et de mains d'un réalisme surprenant, qui firent frissonner la jeune femme. Contre le mur en vis-à-vis, entre les fenêtres, on avait monté des cages de fer grillagées dans lesquelles des hommes grimaçants tiraient sur des cordes reliées à des poulies. Au centre de la pièce, sur un alignement de barres parallèles, identiques à celles utilisées par les sportifs, des soldats en chemise, soufflants, la face rougie par l'effort, réapprenaient à marcher sous les encouragements du personnel médical.

— Ah, vous voilà ! fit une voix dans leur dos.

La blouse blanche voletant autour de ses jambes, un homme âgé, presque un grand-père, s'avançait vers Édouard et Aurélia d'un pas décidé. Son crâne dégarni brillait sous les lampes laissées allumées malgré le soleil qui inondait la pièce par les larges baies. Une grande barbe d'un blanc immaculé, comme celle d'un père Noël, lui mangeait tout le bas du visage, débordant largement sur le col de sa chemise. Ses yeux, d'un bleu presque transparent, allumaient d'un éclat vif sa figure ronde sans rides.

— Vous devez sans doute être le docteur Carnaud. Docteur Marcellin, se présenta-t-il, le chef de ce service. Je suis tout à fait ravi de vous accueillir chez moi.

Sa voix forte et rocailleuse, teintée d'un léger accent du Sud-Ouest, résonna dans la salle, faisant se retourner le personnel qui y officiait.

— Enchanté, docteur, répondit Édouard en serrant la main tendue. Je suis également comblé d'avoir été affecté à votre équipe.

Il se retourna vers Aurélia, restée un pas en arrière.

— Laissez-moi vous présenter Mlle Decourson, mon assistante.

Le médecin-chef inclina légèrement le buste. La main fine de la jeune disparut dans la sienne, large et épaisse comme celle d'un paysan habitué à manier l'outil.

— Heureux de vous accueillir également, chère demoiselle. J'ai appris que vous aviez servi dans les hôpitaux du front. Sachez que je salue votre engagement. Malgré les risques que cela comporte. Vous et vos consœurs faites un travail digne de toutes les admirations.

Les joues d'Aurélia rosirent légèrement sous le compliment. « Quel homme charmant et plein de délicatesse ! » pensa-t-elle en s'inclinant à son tour.

— Tout le plaisir est pour moi, docteur Marcellin.

— Alors, suivez-moi tous les deux dans mon bureau, je vais vous expliquer ce que j'attends de vous.

En fait de bureau, le chef de service œuvrait sur une modeste table posée sur des tréteaux derrière un paravent qui le séparait de la salle, mais d'où il avait une vue imprenable sur celle-ci. Il pria les deux nouveaux venus de s'asseoir sur des chaises qu'il rapprocha. D'un geste lent, en s'asseyant, il lissa sa barbe.

— Ce n'est sûrement pas à vous, cher confrère, que je vais apprendre que cette horrible guerre engendre un nombre de plus en plus grandissant de mutilés. Il nous faut donc développer de nouvelles techniques pour apporter à ces pauvres jeunes gens un confort rapide, et surtout durable. C'est pourquoi nous mettons au point ici de nouveaux types de prothèses.

Il désigna de l'index les étagères de bras et de jambes qu'Aurélia avait aperçues en entrant.

— Cela passe aussi, naturellement, par la mise au point de nouveaux protocoles opératoires, qui portent principalement sur le choix du lieu de coupe de l'os, plus au moins haut par rapport au genou ou au coude, voire à l'épaule, au type de moignon à constituer et bien entendu aux vaisseaux sanguins à conserver. Suis-je clair jusque-là ?

— Parfaitement clair, monsieur, répondit Édouard.

— En fait, j'attends de vous que vous fassiez le lien entre notre service et celui de chirurgie pour faciliter la mise au point de ces techniques.

Un petit sourire malicieux s'afficha sur le visage du chef.

— Je ne vous apprendrai pas à quel point les chirurgiens sont des gens... chatouilleux quand il s'agit d'interférer dans leur art. Ils tiennent à leurs prérogatives, ce qui crée quelquefois des querelles de clocher qui nuisent au projet que je tiens à mettre en route. Vos confrères seront, j'en suis intimement persuadé, plus confiants de travailler avec un pair, et vous serez plus à même que moi, qui ne connais de la chirurgie que les dissections de cadavres sur les marbres de la faculté, d'instaurer un climat de collaboration amicale et constructive.

Marcellin fit une pause dans son discours pour dévisager Édouard. Il reprit d'une voix plus basse :

— Je sais qu'un traumatisme malheureux vous empêche momentanément de manier vos instruments, et vous m'en voyez tout à fait désolé. Je reste persuadé que cette regrettable situation ne sera que temporaire.

Édouard glissa un regard vers Aurélia qui l'encouragea discrètement d'un petit signe de tête.

— Je suis convaincu que votre expérience nous sera d'un indispensable secours, continua le Dr Marcellin. Vous êtes pour nous quelqu'un de très précieux, cher confrère. Et nombre de nos soldats vous seront grandement reconnaissants.

Il se tut quelques secondes pour laisser à Édouard le temps de réfléchir à la proposition.

— Puis-je compter sur vous ?

— Mon expérience vous est entièrement acquise.

— Je n'en doutais aucunement.

Le vieux médecin se tourna ensuite vers Aurélia, le regard rempli de douceur.

— Quant à vous, mademoiselle, je vous laisse toute latitude pour aider nos patients. Un sourire, savez-vous, un simple encouragement et surtout beaucoup d'empathie et de patience sont un complément indispensable à la bonne récupération aussi physique que morale de nos chers blessés. M'est avis que l'on ne prend pas assez en compte le côté psychologique de la blessure. À ce titre, je passe parfois pour un original auprès de certains de mes collègues qui m'en font reproche, mais qu'importe, rit-il, à mon âge, on a d'autres préoccupations que celle de plaire.

Il gratta pensivement son crâne dégarni.

— Qu'ai-je donc oublié ? Ah oui, bien sûr, vous verrez avec Mme Dumont, mon infirmière-chef, pour ce qui est de votre logement à l'hôpital.

— C'est que, intervint Édouard, un peu gêné, nous louons tous deux un appartement, à quelques rues d'ici.

Le Dr Marcellin parut une seconde étonné puis leva les bras au ciel.

— Alors, voilà qui est parfait ! Pour tout vous dire, nous manquons cruellement de place pour loger tous nos personnels. De plus, la vie privée des personnes qui travaillent ici ne me regarde absolument pas. J'ai bien d'autres chats à fouetter.

Il se leva de sa chaise.

— Il ne vous reste plus qu'à vous présenter aux personnels du service. Vous verrez, ce sont tous des gens charmants et d'une grande compétence, et nous formons ici une belle équipe qui a à cœur de travailler en harmonie. Je suis persuadé que vous allez y trouver votre place.

19

Antoine, tout essoufflé d'avoir couru depuis le portail, remit à son patron la lettre déposée par le facteur. Sophie, qui avait vu arriver l'homme à tout faire de la fenêtre de sa chambre, s'était précipitée au salon pour y rejoindre ses parents. Louise s'était assise sur le canapé, les mains jointes comme pour une prière, attendant que son époux fasse la lecture. La sœur cadette, qui trouvait que son père ouvrait le courrier trop lentement, trépignait d'impatience. L'enveloppe glissa sur le sol tandis qu'il dépliait le feuillet. Il ajusta ses lunettes, se racla la gorge et commença la lecture.

Mes très chers parents et sœur,
Je ne vous ai pas écrit depuis longtemps, j'en suis désolée, mais tant d'événements se sont déroulés depuis ma dernière lettre ! De l'hôpital d'Amiens, j'ai dû partir un temps dans celui d'Arras pour prêter main-forte. Moins de temps que prévu, car la ville a été prise sous un violent bombardement et nous avons dû être évacués pour la laisser aux troupes allemandes.

— Mon Dieu ! s'exclama Louise en portant la main à son cœur. Ma fille sous un bombardement ! Quelle horreur !

Mais n'ayez aucune inquiétude, je suis rentrée à Amiens sans encombre, où un travail énorme nous attendait. Les blessés se bousculaient, et nous nous efforcions de leur apporter tout le réconfort possible, du mieux que nous pouvions. C'était un travail harassant, mais tellement gratifiant. Je ne regrette à aucun moment mon engagement pour nos chers petits soldats.

— Notre fille a toujours été bonne pour les autres, commenta sa mère.

Charles leva sur elle un sourcil froncé, agacé d'être coupé dans sa lecture.

Mais c'est surtout une autre nouvelle que je tenais à vous annoncer. J'ai fait à Amiens la connaissance d'un chirurgien, le Dr Édouard Carnaud, dont je suis l'assistante, et de tendres sentiments nous unissent désormais.

— Ma sœur a un amoureux ! lança Sophie en sautillant.

— Mais allez-vous donc vous taire, toutes les deux ! rugit Charles. On ne finira jamais cette lettre, à ce train-là ! Allons, un peu de discipline, je vous prie.

Et je crains que les choses entre nous soient allées bien plus vite que ne le voudraient les convenances.

Cette fois-ci, c'est Charles qui s'interrompit.

— Allons donc ! Dans quoi votre fille s'est-elle embarquée, ma chère Louise ?

— Poursuivez, alors, et nous le saurons quand vous aurez fini de commenter chaque phrase.

Charles leva les yeux au ciel devant la mauvaise foi de son épouse. Il rajusta les lunettes qui avaient tendance à glisser sur l'arête de son nez et soupira avant de continuer.

Édouard a eu quelques jours de congé, dont j'ai pu profiter également, et nous avons passé un peu de temps chez l'un de ses cousins à Charenton, près de Paris. Édouard est désormais affecté, tout comme moi, à l'hôpital du Val-de-Grâce, à Paris. Vous serez sûrement rassurés par le fait que je serve maintenant loin du front et de ses dangers.

— Voilà une nouvelle qui me ravit ! La place d'une jeune femme n'est pas au milieu d'une guerre, commenta Louise. Mais, tout de même, elle aurait pu venir passer ses congés à la maison !

Charles, qui savait pertinemment qu'il ne pourrait faire taire son épouse, ne releva pas.

Pour des raisons pratiques que vous comprendrez sûrement, nous avons loué un meublé, rue Saint-Hippolyte, non loin de l'hôpital.

— Si je comprends bien la situation, fit Charles en levant le nez de la lettre, ma fille s'est mise en ménage avec un homme qui ne nous a jamais été présenté et dont nous ne connaissons rien. Voilà des façons que je trouve bien cavalières et qui ne sont pas spécialement de mon goût.

— Vous connaissez votre fille, intervint la mère, elle n'a jamais rien fait comme les autres.

Charles haussa les épaules.

— Cela, je le sais. Mais de là à se mettre en ménage, tout de même. Reconnaissez, Louise, qu'elle y va cette fois un peu fort.

— Ne faites pas votre bourru, Charles, et finissez donc de nous lire ce courrier.

— Oui, continuons, pour voir quelle autre surprise de son cru notre fille nous réserve encore.

La prochaine fois que nous pourrons nous libérer, je compte bien revenir à Savigny vous présenter Édouard. Vous l'aimerez, j'en suis tout à fait persuadée. C'est un homme charmant, aux petits soins pour moi, et un excellent praticien qui est promis, j'en suis certaine, à un bel avenir.

— L'infirmière qui tombe amoureuse du beau médecin pendant la guerre. Voilà une histoire bien romantique, commenta Sophie.

— Humm, grogna le père. Au moins, c'est un bon parti qu'elle a choisi là, c'est déjà ça ! Un chirurgien, c'est un métier tout à fait honorable.

J'espère, mes très chers parents et ma sœur adorée, que ces nouvelles seront bien accueillies par vous et que ce courrier vous trouvera tous les trois en bonne forme. Je vous note mon adresse en fin de page, afin que vous puissiez me répondre. Je vous embrasse tendrement et pense chaque jour à vous.

Votre grande fille qui vous aime et qui est heureuse.

Aurélia

Charles replia la lettre et la posa sur la table de la salle à manger.

— Notre fille n'écrit pas souvent, mais quand elle le fait, c'est toujours quelque chose ! Que va-t-elle bien pouvoir nous annoncer la prochaine fois ? Je m'attends à tout de sa part.

Il soupira en tapotant légèrement le genou de son épouse.

— Voyez, vous vouliez absolument lui trouver un époux, reprit-il, voici votre vœu enfin exaucé.

Il se mit à réfléchir quelques instants.

— Quand vous lui répondrez, ma chère Louise, dites-lui que nous ferons avec plaisir la connaissance de cet Édouard.

Après tout, les choses semblent bien consommées entre eux, puisqu'ils partagent le même logement. Et le reste aussi, je présume.

— Pas devant Sophie, enfin ! s'offusqua Louise.

Charles balaya l'intervention de son épouse d'un geste de la main.

— Faites-lui tout de même savoir que j'aurais préféré que tout cela soit plus… conventionnel, plus… Enfin, vous vous débrouillerez, vous écrivez de toute façon bien mieux que moi.

Louise opina du chef.

— Et ce n'est rien de le dire !

Charles haussa les épaules devant la remarque de sa femme.

— Bon, ce n'est pas tout ça, j'ai un rendez-vous à Thizay qui ne peut attendre, dit-il en se levant avec difficulté de son fauteuil. Je ne rentrerai que dans l'après-midi, lança-t-il en se dirigeant vers la porte. Cela me donnera le temps de digérer tout ça.

Il revint sur ses pas.

— Et informez donc aussi Yvonne et Lucie de la teneur de ce courrier. Elles ont vu la lettre arriver et doivent trépigner dans la cuisine d'avoir des nouvelles d'Aurélia.

— Quand nous rencontrerons cet homme, demanda Sophie tout excitée, comment devrai-je m'adresser à lui ? Monsieur ? Édouard ? Docteur ? Ou cher beau-frère, peut-être ?

— Calme-toi, ma petite fille, nous n'en sommes pas encore là !

Louise sourit doucement en passant les mains dans les longs cheveux de sa fille.

— Aurélia m'étonnera toujours. Elle a toujours été une jeune fille indépendante et imprévisible.

Elle indiqua du menton la photo d'Armand dans son cadre endeuillé.

— Ils ne sont pas frère et sœur pour rien, ces deux-là.

20

Ma très chère fille,

C'est toujours avec une grande joie que nous recevons de tes nouvelles. Nous sommes, tu le comprendras, tellement inquiets pour toi. Nous avons été bien soulagés de savoir que tu avais quitté les endroits dangereux pour Paris, où tu seras plus en sécurité.

Je ne vais pas te cacher que ton père a appris avec tiédeur ta relation avec ce médecin. Malgré ta majorité, il aurait préféré rencontrer ce jeune homme avant que vous décidiez de vous allier. Tu sais comment il est ! Mais je le sais tout de même content que tu sois heureuse. Et c'est bien sûr avec beaucoup de plaisir que nous recevrons cet homme chez nous. Je te connais bien, ma fille, si tu l'aimes, c'est qu'il doit être quelqu'un de bien. Ta sœur Sophie, à cette nouvelle, était tout excitée. Tu la connais, fleur bleue comme elle est ! Mais je me fais tout de même un peu de souci pour elle. Je sens, bien qu'elle tente de le cacher, qu'elle s'ennuie à la maison, entre ses deux parents qui vieillissent et sans ta présence. Ni celle, malheureusement, de notre regretté Armand, à qui nous pensons chaque jour.

Je n'ai pas beaucoup d'autres nouvelles à te donner. Ici, les jours s'écoulent doucement et il ne se passe rien qui mérite de s'y attarder. Sophie fait des progrès au piano, et il lui tarde de te les montrer. Elle t'envoie des milliers de baisers. Nous attendons d'autres nouvelles, et surtout ta venue, que nous espérons prochaine, avec la plus grande impatience. Nous t'embrassons bien fort tous les trois, notre chère fille adorée, et nos pensées t'accompagnent.

Maman

PS : Yvonne, Lucie et Antoine t'envoient leurs meilleurs souvenirs.

— Tu t'inquiétais de la réaction de tes parents, lança Édouard en piquant un morceau de viande avec sa fourchette. Te voilà rassurée.

— Pas si inquiète que cela, en fait. Je sais que mes parents, même s'ils aiment suivre les traditions, ne veulent que mon bonheur.

Elle enfourna une bouchée de haricots qu'elle avala aussitôt.

— Surtout mon père, continua-t-elle, dont je suis la préférée. Même s'il ne l'avoue pas devant Sophie et...

Aurélia arrêta net sa phrase, s'apercevant qu'elle allait parler d'Armand comme s'il était encore de ce monde. Le papier peint disparut pour laisser place aux reflets argentés et scintillants de la Loire. Son frère, immergé dans le fleuve jusqu'à la taille, lui faisait de grands signes et l'appelait. *Aurélia, viens me chercher !* Elle sursauta quand elle sentit une main se poser sur la sienne.

— Vas-tu bien, ma chérie ? Tu es pâle, subitement.

— Ce n'est rien, répondit-elle en reprenant contenance, un petit coup de fatigue, rien de plus.

Pour rassurer Édouard, qui la scrutait comme un médecin cherchant sur le visage de son patient le symptôme d'une maladie, elle ouvrit de grands yeux ronds et pouffa de rire en avalant une autre bouchée de haricots.

Le couple avait intégré le service du Dr Marcellin depuis un mois. Aurélia y avait pris ses marques, sous la houlette de l'infirmière-chef. Anne Dumont était une femme d'une cinquantaine d'années, dont la compétence n'avait d'égal que sa douceur et sa patience. Les patients l'adoraient. Comme une sœur, ou une mère, elle savait en quelques phrases remonter le moral d'un jeune soldat qui, en perdant une partie de lui-même, voyait son avenir s'envoler et n'être plus désormais qu'un invalide, un demi-homme, un inutile qu'on regarderait avec pitié. Cette femme la subjuguait. À son contact, Aurélia apprenait beaucoup. Elle retenait mentalement les mots qu'elle employait pour dissiper, chez ces hommes meurtris dans leur tête et dans leur chair, les peurs, les chagrins et les angoisses d'une vie future. D'une phrase, d'un sourire, ou simplement d'une main posée doucement sur une épaule, elle redonnait l'espoir, transmettait son incroyable énergie.

— Ce ne sont finalement que de grands enfants, disait Anne.

Elle insufflait son élan à tout le service, dans lequel régnait entre le personnel, qu'ils soient médecins, infirmiers, assistants ou même ébénistes, une belle entente.

Aurélia s'était liée d'amitié avec Marthe, une jeune infirmière du même âge qu'elle. Un petit bout de femme de qui émanait un charme certain, avec ses grands yeux verts toujours rieurs, ses taches de rousseur comme autant de mouches posées au hasard sur ses joues rebondies, sous une mèche châtain clair qu'elle n'avait jamais réussi à dompter sous sa coiffe. Marthe avait toujours la plaisanterie à la bouche, réussissant à tirer des rires aux patients les plus déprimés.

— Trotti-trotta, je m'en vais dans les bois te conter fleurette, avec ma seule gambette ! chantait-elle aux patients durant leurs exercices aux barres. Frotti-frotta, je n'ai plus qu'un bras, mais je le garde tout pour toi, pour te serrer contre moi.

— C'est à vous, mademoiselle Marthe, que nous aimerions conter fleurette, lui avouaient invariablement les soldats.

Nul doute qu'ils en étaient tous un peu amoureux. Le Dr Marcellin, conquis lui-même par sa joie de vivre communicative, reprenait avec elle le petit air qu'elle avait inventé, quand il venait s'intéresser aux progrès de ses patients. La chansonnette était devenue l'hymne du service.

Édouard se donnait lui aussi corps et âme à son nouveau travail, rencontrant les chirurgiens dans leurs services, ou derrière leur table d'opération, inventant avec eux de nouveaux protocoles opératoires. Il était aux anges quand un moignon de jambe ou d'avant-bras, parfaitement reconstruit, aux cicatrices fines et sans relief, reposait impeccablement et sans douleur dans le réceptacle de la prothèse. Le soir, après le repas, il griffonnait avec attention sur une feuille de papier le plan d'un nouveau type de matériel articulé qu'il présenterait, une fois le projet abouti, au Dr Marcellin. Aurélia avait plusieurs fois remarqué, alors qu'il était penché sur ses dessins, que ses mains tremblaient de moins en moins.

Depuis plusieurs jours, le Dr Marcellin affichait un air grave. Il restait de longs moments assis derrière sa table-bureau, les yeux dans le vague en lissant doucement sa barbe entre ses doigts, signe d'une profonde réflexion qui lui plissait les yeux. Il lisait et relisait à nouveau les feuillets étalés devant lui, se levait, tournait un moment autour de sa table, l'air pensif.

— Carnaud ! Paulet ! (Un jeune interne affecté depuis peu dans le service .) Approchez donc, j'ai à vous parler de quelque chose d'important.

Il invita les deux médecins à s'asseoir devant lui. Une lueur malicieuse brillait dans ses yeux.

— Cela vous dirait de diversifier vos occupations ? leur demanda-t-il d'un air énigmatique. D'oublier pour un temps les jambes de bois et les moignons de bras ?

Les deux médecins se regardèrent, étonnés. Dans un bel ensemble, ils opinèrent du chef.

— Nos supérieurs, reprit le vieux médecin, s'émeuvent de l'aspect repoussant de nos blessés de la face. Vous en avez vous-même sûrement croisé, de ces hommes dont la figure ravagée, presque monstrueuse, fait peur à tout le monde.

— On en voit quelques-uns, effectivement, commenta le Dr Carnaud. Pauvres garçons, ils sont bien à plaindre.

— Ils ne vont pas avoir la vie bien aisée, rajouta le jeune interne.

— Justement, rebondit Marcellin en frappant ses mains l'une contre l'autre. C'est sur ce point précis que nous allons pouvoir travailler pour améliorer cela.

Les deux praticiens se regardèrent sans comprendre. Certes, la chirurgie maxillo-faciale, grâce à des médecins tels qu'Hippolyte Morestin, Léon Dufourmentel ou encore Albéric Pont, progressait à pas de géant, mais de là à rendre agréable à regarder un visage en partie détruit, cela frisait la gageure !

— Je comprends votre étonnement, messieurs.

Le chef pointa son doigt vers le ciel.

— Des masques, messieurs ! s'exclama Marcellin. Nous allons leur inventer des masques !

— Comme pour le carnaval ? plaisanta Paulet.

— C'est un peu cela, en effet, mon jeune ami, nous allons nous en inspirer plus largement que vous ne le croyez.

Aurélia, amusée, observait Édouard, tout excité, lui faire part des nouveaux projets du service. Tout à ses explications, il laissa refroidir dans son assiette la soupe de légumes dans laquelle surnageaient des croûtons de pain frottés à l'ail et quelques carrés de fromage. Elle ne l'aimait jamais autant que dans ces moments-là, quand il retrouvait tout son enthousiasme. Elle l'écouta, approuva de la tête quand il lui demanda ce qu'elle en pensait. Il ne fit pas même cas de la réponse, d'ailleurs, tout son esprit tourné vers les innovations de la médecine auxquelles il allait apporter sa collaboration.

— Tu te rends compte, ma chérie, s'exclama-t-il, on va essayer de rendre un visage humain à ces pauvres bougres ! Quel projet magnifique !

Alors elle se leva et passa ses bras autour de son cou pour poser un baiser sur ses lèvres.

— Et je suis tellement fière que tu y prennes part !

Peu à peu, Aurélia s'était faite à cet appartement qui au début l'étouffait. Elle avait changé la disposition des meubles, posé quelques cadres colorés et agrémenté les pièces de bouquets de fleurs fraîches achetées chez un fleuriste de la rue de la Glacière. Des rideaux blancs immaculés faisaient entrer la lumière dans les pièces en cachant les murs hideux d'en face. Aux côtés d'Édouard, elle était tout à fait heureuse et ne regrettait nullement la décision qu'elle avait prise de partager sa vie.

Un petit attroupement s'était constitué au centre de la grande salle du service. Le Dr Marcellin posa la main sur l'épaule d'un jeune homme qui se tenait près de lui.

— Je vous présente Iban Etcheverry, du 49e régiment d'infanterie de Bayonne, blessé à Charleroi, dès le début du conflit, en août 1914.

Iban, jeune Basque d'à peine plus de vingt ans, semblait intimidé au milieu de tous ces personnels de santé qui le dévisageaient d'un air grave. Les mains jointes, il tortillait nerveusement ses doigts entrelacés. Il n'était pas dupe des sourires forcés que certains lui adressaient pour cacher un soupçon de dégoût ou, pire encore, de pitié. Il n'était pas aisé d'imaginer quel avait bien pu être le visage de ce jeune homme, avant qu'un éclat d'obus ne le défigure horriblement. Seule la partie droite de sa figure était reconnaissable. Celle de gauche n'avait plus rien d'humain. Sa joue avait disparu et on avait dû, pour fermer un trou béant, étirer la peau. Son menton s'arrêtait à la fossette, sur laquelle une fente énorme remontait jusque sous le nez qui n'existait presque plus, remplacé par une cavité dans laquelle on apercevait l'os blanchâtre de la cloison nasale. Sur son orbite vide, on avait greffé un morceau de peau. Il semblait que toute la partie de son visage était tirée vers le bas, affichant en permanence un rictus de cauchemar. Gêné par les regards qui s'appesantissaient sur lui, il fixait ses chaussures de son œil unique.

— Iban, continua le Dr Marcellin, a néanmoins beaucoup de chance, si je puis m'exprimer ainsi. Les opérations qu'il a subies, depuis presque dix mois d'hospitalisation, ont été un succès, et les greffes, comme vous pouvez le constater, ont admirablement bien cicatrisé. La peau restante est saine et de belle qualité.

Il laissa le temps à l'assistance de constater le travail formidable effectué pendant de longs mois par l'équipe chirurgicale. Les personnels de soins chuchotaient entre eux et dodelinaient de la tête, admiratifs devant la tâche accomplie.

— Notre travail désormais, que dis-je, notre devoir, reprit-il d'une voix forte pour capter de nouveau l'attention de son auditoire, va consister à offrir un nouveau visage à ce jeune homme. Si nous réussissons, ce dont je ne doute pas, nous ouvrirons la voie pour nombre d'autres patients.

— C'est merveilleux ! s'exclama Marthe en applaudissant, tout émue.

— Je ne vous le fais pas dire, mademoiselle, lança le chef de service à l'adresse de la jeune infirmière qui rougit de s'être fait remarquer. Le Dr Carnaud, aidé de notre ami Paulet, seront dès demain de ce projet. Ils ont toute ma confiance. Et je suis certain qu'ils réussiront.

Édouard et son interne remercièrent leur chef d'un hochement de tête.

— Ne soyez pas étonnés, continua-t-il, de voir dans nos locaux quelques artistes qui nous apporteront leur aide précieuse.

Il posa son regard sur Marthe.

— On vous dit très jolie, mademoiselle, ce qui d'ailleurs est vrai, si vous me permettez, mais ne soyez pas déçue si ce n'est pas de vous que l'on va tirer le portrait.

Marthe s'empourpra un peu plus tandis que l'assistance riait au trait d'humour de son chef.

— En effet, reprit-il quand les rires cessèrent, un sculpteur et une artiste peintre mettront leur art au service de la médecine et des patients blessés de la face. Pour vous, mesdames et messieurs, le travail habituel continue. Je vous remercie de votre attention.

Quelques applaudissements s'élevèrent dans l'assistance.

Édouard se pencha à l'oreille d'Aurélia.

— Inutile de te préciser que tu fais partie intégrante de ce projet.

— Mais je n'ai jamais fait ça !

Le médecin haussa les épaules.

— Et alors ? Moi non plus !

21

Iban se dandinait sur son tabouret, l'air perdu, dans un espace que l'on avait aménagé entre deux paravents. Aurélia s'assit près de lui et lui prit la main.

— Avez-vous peur, Iban ? Vous acceptez que je vous appelle par votre prénom ?

Le jeune homme hocha la tête en signe d'assentiment.

— Je m'appelle Aurélia, dit-elle d'un ton qu'elle voulut le plus doux possible. Je suis l'assistante du Dr Carnaud. Et je serai toujours là, auprès de vous.

Aurélia devina que, derrière son apparence horrible, Iban souriait. Il s'efforça d'articuler, pour que la jeune femme comprenne les mots qui sortaient avec difficulté de sa bouche.

— Vous... c'oyez... que... ma... famille... va... me...'econnaît'e quand... je 'entre'ai... à Saint-Jean... de-Luz ?

— Bien sûr qu'elle vous reconnaîtra, et tous vos amis aussi, soyez-en certain.

— Mais... ma fiancée... ne voud'a... plus de moi... ça... j'en suis... sû'.

— Si elle vous aime, elle voudra encore de vous, Iban, vous êtes un beau garçon, malgré... votre infirmité.

Aurélia avait appris d'Anne Dumont qu'il était parfaitement inutile de prendre des détours avec les patients diminués. Ils étaient infirmes, ils le savaient. Alors, pourquoi essayer de le cacher derrière des mots condescendants ? D'après l'infirmière, la sincérité instaurait, entre le soignant et le patient, un climat de confiance.

— Vous... êtes... gentille... Au'élia. Et t'ès... jolie... aussi, comme... elle.

La pupille très noire du jeune homme brilla légèrement. Il avait dû être un charmant jeune homme, pensa l'assistante. Ses cheveux d'un noir de geai et sa peau mate habituée au soleil de la côte atlantique laissaient deviner des ascendances espagnoles. Malgré une taille plutôt petite, il était bien proportionné, avec des épaules larges habituées aux efforts et des muscles saillants.

Édouard tira le rideau pour éviter les œillades indiscrètes et curieuses que le personnel ainsi que les patients venus aux exercices jetaient dans la salle de consultation improvisée.

— Je vais t'expliquer ce que l'on va faire, Iban. Mais il te faudra beaucoup de patience.

— Je... le... sais... docteu'.

— On va faire sur la partie de ton visage restée intacte un moulage en plâtre. Avec celui-ci, nous allons fabriquer un modèle en cuivre qui ensuite cachera tes cicatrices. Quand tout sera bien ajusté, des artistes vont venir.

— Des... a'tistes... comme des... peint'es ? demanda-t-il, l'œil arrondi.

— C'est exactement cela, des peintres. Ils vont créer un demi-masque qui tiendra avec des ficelles ou des petits crochets en fer, sur lequel on aura peint la moitié manquante de ton visage. À l'identique. Qu'en penses-tu ?

— Ce... se'a t'ès... joli !

Le jeune Basque se tourna vers Aurélia.

— Ce se'a... d'ôle si... Ca'men... tombe de... nouveau amou'euse... d'un... tableau.

— C'est ta fiancée, Carmen ? demanda Édouard.

— Oui... elle vend... le poisson... au... ma'ché de Guétha'y. Moi... je suis... pêcheu'.

Aurélia lui tapota l'épaule.

— Bientôt, mon cher Iban, vous serez le plus beau des pêcheurs.

— Par contre, reprit le médecin, il faut que tu saches que nous ne pourrons rien faire pour améliorer ta façon de parler. Peut-être que cela se fera tout seul, au fil du temps. Et puis les techniques médicales évoluent, et nous saurons sûrement un jour comment y parvenir.

Le jeune soldat haussa les épaules.

— Pas... g'ave... Ca'men... elle pa'le... pas beaucoup... et mes... poissons... non plus.

Aurélia éclata d'un rire qui résonna dans la grande salle, faisant se retourner toutes les personnes présentes.

Un semblant de sourire déforma le visage du jeune soldat.

— Je crois que nous allons bien nous entendre, Iban, lui dit-elle en posant la main sur son bras.

Aurélia piquait sa fourchette dans une feuille de salade, pensive.

— Ce garçon m'émeut vraiment, il a beaucoup d'humour, malgré son malheur. J'ai beaucoup d'affection pour lui, et chaque fois que nous parlons il arrive même à me faire rire. Sa volonté force l'admiration.

Édouard leva la tête de son assiette.

— C'est un garçon sympathique, en effet. Mais, dis donc, tu vas me rendre jaloux ! Je devrais me méfier !

— Ne sois pas bête. Mais j'ai simplement un peu peur que nous ne donnions trop d'espoir à ce jeune homme. Que se passera-t-il quand chez lui il enlèvera sa prothèse ? Sa mutilation sera toujours là, sa vie durant. Et même si sa petite amie a toujours des sentiments pour lui, je ne suis pas sûre qu'elle soit capable de regarder ce visage difforme. Iban en souffrira. Comme tous les autres dans son cas.

Elle enfourna un carré de jambon, qu'elle mâchouilla du bout des dents.

— Les souffrances de cette guerre continueront bien après que le dernier obus soit tombé, malheureusement, et nous n'y pouvons pas grand-chose.

On avait ouvert en grand les fenêtres tant la chaleur dans la salle était étouffante. Iban se prêtait avec gentillesse et amusement aux indications du photographe venu lui tirer le portrait. Il avait insisté pour que, sur l'un des clichés, les Drs Marcellin, Carnaud, Paulet, ainsi qu'Aurélia soient immortalisés à ses côtés, en souvenir.

— Je... suis... avec mes... sauveu's ! commenta-t-il en voyant l'image qu'on lui avait offerte.

Allongé sur une table, sa main serrant fortement celle d'Aurélia, il respirait difficilement à travers un petit tuyau qui traversait l'épaisse couche de plâtre blanc qui lui cachait entièrement le visage.

— Ne bouge pas, c'est bientôt fini, le rassura Aurélia. Ce sera sec dans à peine quelques minutes. Encore un peu de patience.

Il pressa la main de l'assistante pour signifier qu'il avait compris.

Quand Édouard estima que le plâtre était pris, il en décolla doucement les bords, pour ne pas briser la délicate empreinte qu'il posa dans une boîte garnie de coton.

— Voilà, tu es libéré, c'est fini, annonça-t-il enfin à son patient qui respirait à pleins poumons, comme un noyé qu'on sort de l'eau.

— Et… maintenant ? demanda le jeune soldat après avoir repris son souffle.

— Maintenant, ça va être un peu plus long. On va réaliser un moulage en cire, puis en cuivre. Quand il sera fini, d'ici quelques jours, nous nous reverrons pour les essayages et la… décoration.

22

Le directeur du Val-de-Grâce avait fait le déplacement en personne pour assister à l'événement, en compagnie de tous les chefs de service et d'un représentant du ministère de la Guerre.

— On dirait une soirée mondaine ! chuchota Aurélia à l'oreille d'Anne.

Marthe, qui avait entendu, gloussa en lorgnant une cohorte de jeunes hommes qui, pour l'occasion, avaient passé leur bel uniforme de médecins militaires. Édouard, qui avait mené le projet avec son assistant, Paulet, se tenait fièrement près du directeur, bien droit dans sa blouse blanche qu'il n'avait pas voulu troquer contre sa tenue de capitaine.

— Grâce à vous et à votre équipe, grâce aux artistes qui ont mis leurs talents à la disposition de nos chers soldats, commença le directeur qui improvisait un petit discours, nos blessés de la face vont connaître un avenir meilleur. Et je suis fier que notre hôpital soit à la pointe de l'innovation dans ces nouvelles techniques de chirurgie réparatrice. Dans ce domaine, tout reste encore à inventer, et nous nous y efforcerons. Ce jeune homme, dit-il en désignant le soldat, est, je l'espère, le premier d'une longue liste.

Iban, au centre de la pièce, gêné, redevenait le centre d'intérêt vers qui convergeaient tous les regards. Il lançait vers Aurélia des œillades furtives d'enfant un peu perdu. Elle lui sourit en hochant la tête pour l'encourager. Les applaudissements cessèrent enfin.

— Montrez-nous donc cela, docteur Carnaud, reprit le directeur. Nous sommes tous impatients de voir le résultat, et c'est bien entendu à vous que doit revenir cet honneur.

Édouard s'approcha du jeune homme. Il le fit pivoter vers lui, cachant le visage du soldat à la foule. Il appliqua consciencieusement le fin masque de cuivre sorti d'une pochette de velours, en faisant passer délicatement les accroches invisibles derrière les oreilles. Après avoir vérifié que tout était bien ajusté, il demanda à Iban de se retourner. Des cris d'admiration s'élevèrent aussitôt. Marthe ne put s'empêcher de porter la main à sa bouche.

— Mon Dieu, c'est tout simplement magnifique ! s'écria-t-elle.

Une seconde salve d'applaudissements retentit dans la salle. Le jeune soldat avait retrouvé un visage humain. Les artistes, chaudement félicités, avaient fait un travail remarquable. L'œil factice était la réplique exacte de l'original, avec ce même noir brillant qui semblait capter la lumière, comme s'il avait été vivant. Le menton et la joue avaient repris des formes harmonieuses, et la couleur de l'épiderme, également, était parfaitement identique. Il fallait avoir l'œil exercé pour deviner la limite entre la peau naturellement hâlée et la prothèse. Le directeur s'avança vers le jeune homme pour lui serrer la main.

— Vous êtes un homme nouveau, lui dit le directeur. Et je vous souhaite d'être heureux dans votre nouvelle vie.

Il se tourna vers les trois médecins du service.

— Et bravo, messieurs ! Notre institution peut être fière de vous.

Les officiels, après les félicitations d'usage, partirent avaler quelques petits fours avec le représentant du gouvernement, laissant seuls le jeune soldat et l'équipe du Dr Marcellin.

— Docteur... moi... aussi... j'aime'ais bien... voir, demanda Iban.

Édouard le conduisit devant le miroir.

Le jeune homme resta figé de longues secondes devant son reflet, sans pouvoir prononcer un mot. Une larme coula sur sa joue. Il se retourna et planta son regard dans celui d'Aurélia.

— Je... me t'ouve... t'ès beau, dit-il avec des sanglots dans la voix.

Aurélia le prit dans ses bras et le serra contre lui.

— Vous êtes le plus beau jeune homme que j'ai pu voir, lui chuchota-t-elle. Carmen va être heureuse, quand elle vous verra, j'en suis certaine.

— Vous c'oyez... qu'elle... voud'a toujou's... de moi ? Même avec... ce beau... masque ?

— Et si nous lui demandions, qu'en pensez-vous ? intervint Édouard. Au moins, vous seriez fixé tout de suite.

Iban se retourna vers le médecin.

— Comment... ça ?

— Nous voulions vous faire une surprise, Iban. Il n'a pas été facile de la retrouver, je vous le concède, mais Carmen est là. Tous les personnels du service ont tenu à se cotiser pour lui offrir le voyage du Pays basque à Paris.

Le jeune homme se mit à trembler, regardant tour à tour le médecin et Aurélia, incrédule.

— Ce... n'est pas... possible.

— Nous avons préféré attendre que tout le monde parte avant de la faire entrer, vos retrouvailles n'appartiennent qu'à vous deux.

Aurélia ouvrit la porte qui donnait sur le couloir. Une petite jeune femme entra timidement, en se tordant les doigts. Carmen était magnifique, une vraie beauté espagnole, avec des yeux d'un vert transparent sur une peau olivâtre et ses cheveux noirs coiffés en une longue tresse passée par-dessus son épaule.

— Venez, Carmen, Iban vous attend.

Le jeune soldat était pétrifié dans le cabinet de consultation, incapable de faire un geste.

La jeune fille s'avança vers lui.

— *Holà* Iban, fit-elle sur un ton mal assuré.

— *Holà*... Ça'... men, répondit-il, en bafouillant un peu plus que d'habitude sous le coup de l'émotion.

Elle prit l'initiative de s'approcher un peu plus pour lui embrasser la joue. Un sourire se dessina sur son visage.

— Tu es toujours aussi beau, mon Iban, osa-t-elle.

Le jeune homme recula d'un pas et baissa la tête.

— Tu ne... di'as... pas ça... quand j'au'ai... ôté mon... masque. Tu vas... me t'ouver... monst'ueux.

Carmen le prit dans ses bras.

— Pour moi, tu seras toujours l'Iban que j'aime depuis que je suis petite. *Y siempre te amare, mi amor.*

Édouard prit le bras d'Aurélia.

— Laissons-les seuls, ils ont des tas de choses à se dire.

— Ta main ne tremble plus du tout, constata Aurélia. Penses-tu à reprendre la chirurgie ?

Édouard posa son crayon et examina ses doigts, parfaitement immobiles, l'air songeur.

— C'est drôle que tu me parles de cela, répondit-il, j'étais justement en train de réfléchir à ce que je comptais faire.

Aurélia, qui venait de remplir une corbeille de linge sale pour la porter à la blanchisserie, se figea. Le médecin repoussa sur la table la feuille sur laquelle il venait de dessiner le plan d'une articulation de prothèse de jambe.

— Reprendre la chirurgie, reprit-il, c'est repartir au front, à Amiens ou ailleurs. Où, d'ailleurs, je refuserai catégoriquement que tu me suives.

Elle posa violemment la corbeille en osier sur la table, près de son amant.

— Que tu le veuilles ou pas, si tu pars, je viens avec toi.

Sa réponse était sans appel. Édouard savait que, lorsque sa compagne avait pris une décision, il était parfaitement inutile d'essayer de l'en dissuader. Un trait de caractère qu'elle tenait de son père.

— Cela te plaît de me regarder faire essayer des prothèses à longueur de journée ? C'est moins gratifiant que de sauver des vies, tu ne crois pas ? Je suis chirurgien, tu ne l'as pas oublié ?

Les joues de la jeune fille s'empourprèrent légèrement.

— Je ne vois pas en quoi aider des patients à retrouver un semblant de vie normale est moins gratifiant que le reste. Le travail que nous faisons ici est tout aussi important que dans un hôpital de campagne.

Elle laissa se calmer sa respiration.

— Et puisque tu veux vraiment que je te le dise, je n'ai pas envie que tu repartes au front, j'ai trop peur. Peur qu'il t'arrive quelque chose, que tu sois blessé ou, pire encore, que tu y laisses ta vie. Regarde tous ces soldats que l'on voit passer dans notre service, regarde tous les Iban qui resteront mutilés à vie. Eh bien, oui, je suis peut-être égoïste, mais je ne veux pas d'un homme diminué. Je te veux, toi, tout entier. Je ne sais pas si j'aurais la même force que Carmen.

Elle s'assit à la table et se mit à pleurer.

— J'ai perdu mon frère, et je ne supporterai pas de te perdre, toi aussi ! dit-elle en cachant son visage dans le creux de ses bras.

— Alors peut-être devrais-je accepter le poste de chef de service que l'on me propose, à la place de Marcellin, dont la santé vacille et qui m'a recommandé comme son successeur. J'attendais pour donner ma réponse d'en discuter avec toi d'abord.

Aurélia leva la tête et essuya ses larmes avec sa manche.

— C'est vrai ? Mais c'est une nouvelle fantastique ! Quand l'as-tu su ?

— Aujourd'hui même.

Elle se leva d'un bond et s'assit sur les genoux d'Édouard, entourant son cou de ses bras.

— Tu ferais cela pour moi ? demanda-t-elle.

Il haussa les épaules.

— Pour toi et pour ma carrière aussi, la chirurgie réparatrice a de belles années devant elle. Et comme le disait le directeur, tout reste à inventer. Je pourrai aussi maintenant me rapprocher un peu plus du bloc opératoire, reprendre quelques interventions. J'ai dans l'idée d'essayer de nouveaux protocoles, de tenter de nouvelles sortes de greffes, et pourquoi pas de…

— Tais-toi donc, tu m'expliqueras ça plus tard. Pour le moment, embrasse-moi.

23

Leur promenade dominicale avait conduit Aurélia et Édouard jusqu'au boulevard Saint-Germain, où la jeune femme savait trouver quelques belles boutiques de mode. À pas tranquilles, ils traversèrent le jardin du Luxembourg, admirèrent les paons et autres oiseaux exotiques dans les volières, s'arrêtant un moment devant les parterres fleuris qui embaumaient l'air et les statues qui marquaient les croisées des allées. La belle journée attirait les Parisiens sous les frondaisons du parc à la recherche de fraîcheur et d'un peu de verdure. Ils suivirent les nurses attroupées qui discutaient en poussant tranquillement les landaus.

Depuis quelques semaines, le Dr Carnaud avait pris officiellement les fonctions de chef de service, remplaçant le Dr Marcellin, qui avait fait valoir ses droits à une retraite bien méritée. Aurélia était restée comme assistante dans le service. Elle était devenue la « femme du patron », et Anne Dumont, l'infirmière-chef, avait craint pour son autorité dans le service. Mais Aurélia avait su rester à sa place, prenant toujours ses ordres de sa supérieure hiérarchique. C'était cette dernière, d'ailleurs, qui lui avait indiqué les bonnes adresses de Saint-Germain, où, en femme coquette, elle avait ses habitudes.

— « Nos soldats tiennent bon sur le front de Verdun », lut Édouard en gros titre sur le journal daté du 11 août 1916 qu'il avait déplié sur une table de terrasse de la brasserie *Lipp*.

— Triste second anniversaire de cette guerre, commenta le médecin. Cette bataille a dû être terriblement meurtrière. Avec les offensives qui reprennent en Lorraine et dans la Somme, soupira-t-il, nous n'allons certainement pas manquer d'ouvrage.

Un serveur stylé, en queue-de-pie et nœud papillon, déposa les boissons fraîches sur la table. Aurélia avala sa limonade presque d'un trait et croqua en grimaçant dans la tranche de citron acide.

— Dans un article, on parle du 6e régiment du génie, continua Édouard. N'est-ce pas dans ce régiment que servait ton frère ?

Aurélia sursauta.

— Si, bien sûr ! Et que dit-on ?

— Que ce régiment a bien combattu, et qu'il va être proposé pour une citation à l'ordre de l'armée.

Aurélia soupira. « Mon frère en aurait été très fier », pensa-t-elle.

Édouard coula son regard vers elle.

— Je n'aurais pas dû t'en parler, je n'ai pas réfléchi, s'excusa-t-il. Cela te fait revivre des souvenirs douloureux. Je te demande pardon.

Une lueur de tristesse passa une seconde dans les yeux d'Aurélia. Elle suivit du regard une femme vêtue de noir qui passait devant eux.

— Je ne suis pas la seule à avoir perdu un proche, dans cette maudite guerre. C'est comme ça, il faut malheureusement l'accepter.

Édouard avala la moitié de la chope de bière commandée et essuya sur sa bouche de fines traces de mousse blanche.

— En parlant de proches, continua-t-il, ne serait-ce pas temps que je sois présenté à tes parents ? Depuis que tu m'en parles, il faudrait que je rencontre au moins une fois la famille Decourson.

Il avait dit cela sans lever les yeux du journal. Aurélia faillit renverser le reste de son verre.

— Es-tu sérieux ? Tu veux qu'on aille à Savigny ? Mais quand donc ?

— Je ne sais pas. Et pourquoi pas très bientôt ? Je ne suis pas de garde la semaine prochaine. On pourrait prendre le train samedi matin et revenir dimanche soir, qu'en dis-tu ? Je sais que c'est un peu court, mais...

Il n'eut pas le temps de finir sa phrase qu'elle lui sautait au cou. Elle envoya dès le lendemain un courrier à ses parents leur annonçant leur visite et se mit à réfléchir sur les vêtements qui composeraient ses bagages.

Dans un panache de vapeur blanche, le train stoppa en grinçant en gare de Chinon. Antoine, en courant, se précipitait vers le couple qui avait mis le pied sur le quai.

— Hou hou ! Mademoiselle Aurélia, je suis là ! cria-t-il, tout essoufflé par sa course.

Il ôta son éternel chapeau de paille.

— Quel plaisir de vous revoir, mademoiselle ! Monsieur votre père nous a envoyés, avec Mirabelle, pour vous ramener à Savigny.

— Antoine, je vous présente Édouard Carnaud, mon fiancé.

— Bienvenue à vous, docteur, je suis ravi de vous rencontrer. Mais pressons-nous, madame m'a bien donné comme consigne de ne pas traîner. Elle est tellement impatiente !

Aurélia flatta l'encolure de sa chère Mirabelle qui, de plaisir de retrouver la jeune fille, fit virevolter sa crinière en hennissant. La vieille jument prit le chemin de la maison d'un trot alerte, comme si elle avait retrouvé un peu de sa jeunesse. Une demi-heure plus tard, l'attelage s'arrêta devant le perron de la maison familiale.

Sophie sortit la première comme une furie pour se jeter dans les bras de sa grande sœur qu'elle serra à l'étouffer. Louise descendit les deux marches du perron derrière elle, à la rencontre des visiteurs. Aurélia remarqua que sa mère s'était mise en frais, avec une nouvelle robe rose pastel et une jolie coiffure qui mettait en valeur ses cheveux désormais presque blancs, coiffés en un chignon compliqué dans lequel elle avait planté une rose. Un collier de perles à double rangée ornait son cou. Visiblement, Mme Decourson mère tenait à honorer le compagnon de sa fille. Elle embrassa Aurélia à son tour, la serrant longuement contre elle.

— Maman, Sophie, dit Aurélia en se dégageant de l'étreinte, laissez-moi vous présenter le Dr Édouard Carnaud.

Louise tendit sa main qu'Édouard porta à ses lèvres en inclinant légèrement le buste.

— Je suis honoré de faire votre connaissance, madame Decourson. Votre chère fille m'a tellement parlé de vous que je crois déjà vous connaître.

— Toute la joie est pour moi, docteur Carnaud, soyez le bienvenu et considérez que vous êtes chez vous dans notre maison.

— Je vous en prie, madame, faites-moi le plaisir de m'appeler Édouard.

— Et voici ma jeune sœur, Sophie, le coupa Aurélia.

La jeune fille, dans un grand sourire, esquissa une légère révérence.

— Vous êtes aussi jolie que votre grande sœur, mademoiselle Sophie. Aurélia m'a dit grand bien de vous, et de vos études brillantes à Chinon. Je vous félicite pour vos prix d'excellence.

Sophie ne put empêcher ses joues de prendre soudain une teinte plus soutenue.

Charles apparut à son tour dans l'encadrement de la porte. Il avait passé son costume en velours côtelé vert foncé des grandes occasions, qui faisait ressortir sa bedaine, et portait sa montre gousset dont la chaîne en or pendait ostensiblement sur son gilet à petits carreaux.

— Voici nos Parisiens qui daignent nous faire une petite visite ! s'exclama-t-il sans descendre le perron. J'attendais votre visite avec impatience.

Il posa deux grosses bises sonores sur les joues de sa fille aînée et se tourna vers Édouard.

— Et voilà donc ce grand médecin qui a ravi le cœur de ma fille. Soyez le bienvenu, monsieur.

Le chef de famille s'imposait en patriarche. Il ne tendit pas la main, se contentant d'observer le nouveau venu, les bras croisés dans le dos.

— Mes respects, monsieur Decourson. Je suis ravi de faire enfin votre connaissance.

— Mais entrez prendre des rafraîchissements, les invita la maîtresse de maison, un peu gênée de l'accueil de son époux. Il fait une chaleur infernale dehors.

Aurélia jeta une œillade vers Édouard qui semblait lui dire : « Ne t'en fais pas, tout va bien se passer ! » Yvonne et Lucie passèrent la tête à la porte de la cuisine pour faire un petit signe de la main à Aurélia, trop occupées au repas pour venir la saluer. Et dans l'instant, ce n'était pas la place des domestiques.

Charles se cala dans son fauteuil, face au canapé où Édouard et Aurélia s'étaient assis. Sophie s'était collée à sa sœur, la main dans la sienne.

— Je vais demander que l'on nous serve à boire, lança Louise avant de disparaître dans la cuisine.

Une sorte de silence gêné s'était installé dans la pièce. Édouard, pour trouver une contenance, faisait mine de s'absorber dans la découverte des tableaux et bibelots qui ornaient la pièce. Son regard se posa un instant sur la photographie d'un jeune homme en tenue militaire. Un large ruban noir, dans lequel était glissé un dahlia, en ornait le cadre doré. « Voilà donc Armand, pensa-t-il. Aurélia a raison, c'était un beau garçon. »

— Donc vous êtes médecin au Val-de-Grâce, à Paris, demanda Charles pour entamer la conversation.

— Chef de service, monsieur, pour être tout à fait exact. Nous proposons des prothèses aux soldats mutilés.

— Beau programme, approuva le père en hochant la tête. Ces pauvres soldats ont tellement souffert.

Il croisa les doigts sur son ventre et planta son regard dans celui du médecin.

— Et c'est donc à Amiens, si j'ai bien compris, que vous avez fait la connaissance de ma fille aînée.

— Où elle m'a assisté au bloc opératoire, avec beaucoup de compétence. Aurélia est une femme tout à fait extraordinaire, qui sait faire face à toutes les situations, même les plus difficiles.

— Ma sœur est une véritable héroïne, crut bon de rajouter Sophie.

En guise de réponse, Charles se contenta de hocher la tête.

— Voici les rafraîchissements, lança joyeusement Louise qui avait tenu à apporter elle-même le plateau de verres. C'est du jus de fruits frais, s'adressa-t-elle au médecin, cela vous conviendra-t-il ?

— C'est parfait, madame Decourson, je ne pouvais espérer mieux par cette chaleur.

— Alors, à la santé de ces jeunes gens ! s'exclama-t-elle en levant son verre.

Tout en buvant, Charles ne quittait pas Édouard des yeux, fronçant parfois les sourcils. Il avala une gorgée avant de rentrer dans le vif du sujet qui le préoccupait.

— Et donc, vous avez décidé tous les deux de vous mettre en ménage, continua-t-il. Ne trouvez-vous pas cette démarche un peu rapide ? Vous ne vous connaissez, finalement, que depuis peu de temps.

Il leva un sourcil en accent circonflexe.

Édouard allait répondre quand Aurélia le coupa dans son élan.

— Je sais, père, que cela ne correspond pas exactement à vos idées des convenances. Mais nous sommes tous les deux adultes et nos sentiments l'un envers l'autre sont sincères. Et puis au diable ! dit-elle en haussant légèrement le ton. Si nous avons envie de vivre ensemble, je ne vois pas qui pourrait avoir quelque chose à redire !

— Aurélia, protesta Louise, tu ne devrais pas parler comme cela à ton père ! Il s'inquiète pour toi, c'est tout. Ah ! Je vois bien que tu as gardé ton caractère.

Sophie cacha sa bouche de sa main pour pouffer de rire.

Édouard, à ce moment, aurait aimé se trouver à mille lieues de ce salon, et ne pas être au milieu de la joute entre le père et la fille.

Charles avala une autre gorgée de son jus de fruits et esquissa une petite grimace.

— Ta mère a tout à fait raison, il est légitime que je m'inquiète pour l'avenir de ma fille aînée. Le contraire, conviens-en, ne serait pas normal. Je la vois d'abord partir pour la guerre, puis nous revenir au bras d'un homme que nous n'avons jamais vu et avec lequel elle vit en couple. Et sans être mariés, qui plus est !

Il se retourna vers Édouard qui se raidit sur le canapé.

— Bon, maintenant que les choses sont dites, j'espère que vous allez officialiser cette situation. Du moins y avez-vous pensé.

Édouard posa son verre sur le guéridon et se leva, sans un regard pour Aurélia.

— Monsieur Decourson, puisque nous en sommes là, j'avais pour intention en venant ici de vous demander de me permettre d'épouser votre fille. Il est vrai que cette conversation arrive plus tôt que je ne l'aurais pensé.

Aurélia, interdite, roula des yeux ronds.

Le père se leva à son tour et fit un pas vers le médecin, croisant ses mains dans le dos et relevant le menton.

— Monsieur Carnaud, je ne désire rien de plus que le bonheur de ma fille. Bien que je ne vous connaisse pas encore, je sens en vous quelqu'un de sérieux et de franc. J'ai l'habitude de jauger les hommes au premier coup d'œil et, croyez-moi sur parole, je ne me suis encore jamais trompé.

Il laissa passer une seconde.

— Et puisque, de toute évidence, ma fille a apparemment fait son choix, reprit-il, je ne peux qu'accepter que vous deveniez mon gendre. Cette famille, cher Édouard, puisque tel est votre désir, est désormais la vôtre.

Il lui tendit une main chaleureuse qu'Édouard serra.

— Je vous promets, monsieur Decourson, et à vous, madame, que je n'aurai d'autre but que de rendre votre fille la plus heureuse des femmes.

Aurélia se leva d'un bond.

— Attendez une seconde, tous les deux ! Et moi ? On ne sollicite pas mon avis ? Après tout, Édouard ne m'a rien demandé ! Je suis la première concernée tout de même.

Un ange passa dans la pièce.

— Bon ! reprit-elle en levant les yeux au ciel. Vu que mon cher père a d'ores et déjà accordé ma main, je ne vois à cette situation qu'une seule issue possible.

Elle se tourna vers Édouard, prenant l'air le plus sérieux qu'elle put.

— Monsieur Carnaud, malgré votre demande si peu conventionnelle, c'est avec le plus grand enthousiasme que j'accepte de vous accorder, moi aussi, ma main !

Elle s'avança pour déposer un baiser furtif sur ses lèvres.

Charles et son futur gendre éclatèrent de rire.

— Voilà une demande en mariage qui fera date ! s'écria le père.

Sophie se leva en poussant des petits cris et se jeta de nouveau dans les bras de sa sœur.

— Je serai ta demoiselle d'honneur, dis ?

— Évidemment, petite sotte ! Qui d'autre, à ton avis ?

— Ma très chère fille, viens donc dans mes bras que je t'embrasse, lança Louise en écartant ses bras, une larme au coin des yeux.

Charles frappa dans ses mains, le visage réjoui.

— Ces nouvelles m'ont aiguisé l'appétit. J'espère que vous appréciez le bon vin, Édouard. Dans cette famille, il faut que vous sachiez que c'est presque une religion.

Il baissa la voix en s'approchant de l'oreille d'Édouard.

— Et beaucoup plus drôle que celle de mon épouse.

— Sachez, Édouard, que mon époux est un mécréant, intervint Louise qui avait gardé l'ouïe fine.

Le repas se déroula dans une humeur joyeuse. Yvonne, comme d'habitude, se surpassait dans sa cuisine. Un rôti de porc tendre et juteux succédait à la mousse de truite au citron. Un vrai régal. À chaque plat, Charles débouchait un vin différent, pour s'accorder aux différentes saveurs. Édouard se prêtait de bonne grâce au cours d'œnologie dispensé par le maître de maison. Il apprenait le nom des grands crus de Loire, se formait à l'art d'admirer la couleur d'une robe ou encore à discerner les goûts subtils de fruit ou de noisette. Charles applaudissait quand le médecin, les yeux clos, en faisant rouler le vin dans sa bouche, en citait justement les divers arômes.

— Vous êtes doué et vous avez un bon palais, Édouard. Si vous n'étiez pas déjà un disciple d'Hippocrate, vous pourriez être celui de Bacchus, et vous auriez pu reprendre mon affaire, applaudit le père.

Il tourna son regard vers le cadre où Armand, avec un petit sourire charmeur, les observait.

— J'aurais aimé que mon fils me succède, après ses études d'ingénieur. Mais la vie en a malheureusement décidé autrement. De toute façon, je pense qu'il ne le souhaitait pas. Et il était doué pour autre chose.

L'arrivée sur la table d'un magnifique fraisier débordant de crème effaça ce court instant de tristesse. Louise insista pour couper elle-même les parts, servant généreusement ses invités.

— Votre repas était tout simplement délicieux, madame Decourson, complimenta poliment Édouard. J'en ai rarement dégusté de meilleurs.

La maîtresse de maison rougit sous le compliment.

— Oh ! Je n'y suis pas pour grand-chose, c'est notre gentille Yvonne qui est maîtresse dans sa cuisine. Et quand elle a su que notre Aurélia nous rendait visite... Pensez-vous, dit-elle en levant les yeux au ciel, elle a vu naître nos enfants et les a toujours trop gâtés.

Les bulles du vin de Champagne pétillaient dans les flûtes en cristal qu'on levait pour trinquer à la santé des futurs mariés.

— Quand pensez-vous que nous pourrions célébrer les noces ? demanda Louise. Pour cet été, cela me semble un peu compromis.

— Et pourquoi pas au printemps prochain ? proposa Charles. Aux beaux jours, nous pourrions installer les invités dans le parc. Ce sera plus agréable que dans la maison.

Aurélia hocha la tête.

— C'est une bonne idée. En juin peut-être ? C'est là que notre jardin est le plus fleuri.

— Alors on dit en juin ! s'exclama joyeusement Louise. Cela me laissera le temps nécessaire pour tout organiser. Les invitations, commander M. le curé, et le repas aussi, quel travail en perspective !

— Tu t'en sortiras admirablement, maman, je ne m'inquiète pas. Vous allez adorer faire ça, avec Sophie, depuis le temps que vous pensez à me marier !

Louise baissa un peu la voix.

— Par contre, pour ce soir, j'avais prévu de loger Édouard dans la chambre d'amis. Ai-je bien fait ?

— Allons, Louise, laisse donc cette chambre d'amis tranquille ! s'exclama son époux. Je crois que nos tourtereaux n'en sont plus là. Et cela fera un peu moins de travail à notre domestique.

Il se pencha vers Édouard.

— Nous ne sommes que des provinciaux, il faudra encore un peu de temps pour que les mœurs de Paris arrivent jusqu'à nous.

La mère s'approcha de sa fille pour lui murmurer à l'oreille :

— D'ici là, il ne faudrait pas que... Enfin, tu comprends ce que je veux dire.

Elle désigna discrètement le ventre de sa fille.

— Ne t'inquiète pas, maman, je sais faire attention. M. le curé n'aura pas à marier une femme enceinte, et les apparences seront sauves.

Louise parut soudain rassurée par la réponse de sa fille.

Grisé par le vin qu'il avait bu, Charles avait retrouvé son fauteuil, où il s'assoupissait. Un léger ronflement indiqua qu'il venait d'entamer sa sieste réparatrice.

— Va donc faire visiter le domaine à ton futur époux, proposa Louise. Une promenade digestive vous fera du bien.

— Quelle belle idée ! s'exclama Sophie. Il fait tellement beau ! Je monte juste prendre mon chapeau dans ma chambre.

Louise posa la main sur l'épaule de sa fille cadette.

— Je pense qu'il faut les laisser un peu seuls. Après l'annonce d'aujourd'hui, ils doivent avoir des choses à se dire.

— Ce sera pour demain, alors, répliqua la jeune fille en faisant la moue.

24

L'armistice venait, la semaine précédente, d'être signé entre les nations belligérantes. L'Allemagne, après quatre années qui avaient laissé les deux pays exsangues, acceptait la défaite. Charles-Émile, juché sur les épaules de son père, tapait joyeusement des mains en écoutant, entre deux discours officiels, la fanfare militaire qui jouait dans la cour d'honneur de l'hôpital du Val-de-Grâce. Tout le personnel était là, avec les blessés assez vaillants pour assister à la cérémonie militaire organisée par le directeur. L'enfant tendit les bras vers sa mère quand Édouard le fit prestement descendre de son perchoir pour saluer à *La Marseillaise* qui résonnait entre les murs.

L'émotion était vive. Aurélia, serrant dans la sienne la main de son fils qui venait d'avoir un an, ne put s'empêcher de laisser couler une larme quand le clairon sonna *Aux Morts*. Elle eut une pensée pour son frère, Armand, qui avait donné sa vie dans cette guerre absurde. Combien de fils, de frères, de pères manquaient aux familles endeuillées ? Elle pensa également à Alice, Lucienne, Georgette, dont elle n'avait plus eu de nouvelles depuis bien longtemps. S'en étaient-elles sorties ? Avaient-elles pu rejoindre leurs familles et reprendre leurs vies interrompues durant quatre années ? Aurélia avait décidé de ne jamais assister aux festivités qui allaient, un peu partout dans la capitale et dans le pays tout entier, célébrer la victoire en faisant danser les foules au son des accordéons. Non, décidément, il n'y avait rien à fêter. Rien dont on puisse se réjouir. Il ne restait, de ces sombres années, que la tristesse d'avoir perdu un proche, des régions totalement dévastées où la terre, saturée de fer, de sang et de gaz, resterait stérile pour plusieurs générations. Dans les rues de chaque ville, village ou hameau, on ne voyait que femmes habillées de noir, des enfants orphelins et des hommes brisés dans leur chair comme dans leur esprit. Et encore tant de souffrance à venir. Non, elle ne danserait pas ni n'applaudirait sur les cadavres de tous ces hommes.

Après leurs noces, en juin 1917, où tout Savigny-en-Véron avait dégusté les meilleurs vins de la cave du père Decourson, Aurélia et Édouard avaient déménagé pour un appartement plus grand, au deuxième étage d'un bâtiment du boulevard Saint-Michel dont les fenêtres s'ouvraient sur la verdure du jardin du Luxembourg. Le Dr Carnaud continuait à développer son service. Il y avait intégré un département consacré à la chirurgie réparatrice devenu en peu de temps une unité de pointe au service des mutilés des membres et du visage dans lequel des médecins de la France entière venaient se former. Il avait fait de Jean Paulet son adjoint, et une profonde amitié unissait les deux médecins. Ce dernier, finalement, avait épousé Marthe, qui avait préféré se faire muter dans un service de médecine.

— Alors, Aurélia, demanda Jean. Que vas-tu faire maintenant que cette guerre est enfin terminée ? Tu restes travailler à l'hôpital ?

La jeune femme posa sur la table le plat de gratin. Marthe, toujours affamée, maintenant qu'un petit être grandissait depuis quelques mois dans son ventre, renifla le plat avec gourmandise.

— La guerre est finie, effectivement, Jean, mais les blessés sont toujours là, et pour longtemps. Alors je reste à l'hôpital, bien évidemment, aux côtés de mon époux.

Elle désigna Édouard du menton en souriant.

— Tant que mon médecin-chef voudra de moi, bien entendu !

Édouard versa le vin dans les verres.

— De toute façon, je ne peux pas lui dire de faire autre chose, ce serait un motif de divorce. Elle reste uniquement pour surveiller qu'une jolie infirmière ne me tourne pas autour !

Il appuya sa réponse d'un clin d'œil vers son ami.

— De ce côté-là, répondit Jean, moi, je suis tranquille. Marthe ne peut plus m'épier.

— Espèce de mufle ! le gronda Marthe. Tu vas voir si j'apprends que tu reluques les jeunes filles ! N'oublie pas que je connais du monde dans ton service.

Jean posa le regard sur Aurélia qui servait ses convives.

— Je ne vois vraiment pas de qui tu veux parler, rit-il.

— Solidarité féminine, mon pauvre Jean, intervint Édouard en levant les bras au ciel. Nous ne pourrons malheureusement jamais lutter contre cela. Nous partons d'emblée perdants.

Les repas dominicaux, chez l'un ou l'autre, étaient devenus une sorte d'institution. Régulièrement on invitait le cousin Francis et Claudine, qui pour l'occasion ne rechignaient pas à venir se mêler à la cohue parisienne. Les retrouvailles entre Claudine et Aurélia étaient toujours joyeuses. Cette dernière mettait un point d'honneur à lui faire découvrir les derniers plats qu'elle avait appris à confectionner en s'inspirant de ses livres de cuisine. Puis, tandis que les hommes passaient leur après-midi à refaire le monde, les deux jeunes femmes faisaient découvrir à Claudine les plus jolies boutiques de vêtements.

Jean se régalait du rôti fondant accompagné d'un petit vin de Loire qu'Édouard, grâce aux indications de son beau-père, avait su choisir pour accompagner parfaitement la viande.

— Sais-tu qu'Anne, notre infirmière-chef, souhaite quitter le service ? Elle m'en a vaguement parlé hier. Je pense qu'elle viendra bientôt te le dire et officialiser sa demande de mutation.

Édouard leva sur lui un regard étonné.

— Nous quitter ? Non, je ne le savais pas. A-t-elle un autre projet en tête ? De toute façon, je ne contrarierai pas son choix. C'est son droit après tout, même si cela me peine de perdre un élément moteur de mon équipe.

— Elle voudrait intégrer une unité de psychiatrie, continua Jean. Il paraît qu'ils cherchent des infirmières au centre de Maison-Blanche, à Neuilly-sur-Marne.

— Cela ne m'étonne pas, intervint Aurélia, elle a toujours adoré le côté psychologique du soin. Si effectivement elle s'en va, nous allons perdre quelqu'un de précieux, qu'il faudra remplacer pour mener l'équipe.

— Toi, peut-être, Aurélia ? demanda Marthe. Tu es plus que qualifiée. Tu connais le travail sur le bout des doigts.

— Cela n'est pas possible, intervint Édouard en s'essuyant la bouche. Aurélia n'a pas de diplôme officiel d'infirmière. Au regard de l'Administration, elle n'est qu'assistante. Il serait mal vu, même avec son expérience, qu'elle commande aux infirmières.

— Et puis le poste ne m'attire pas, continua Aurélia. Je préfère rester là où je suis.

Marthe haussa les épaules louchant sur les patates sautées.

— Dommage, tu aurais fait une chef formidable. Tout le monde t'adore.

— Maison-Blanche est une belle maison de santé, paraît-il, expliqua Jean. J'ai un camarade de faculté qui y travaille. Je le rencontre de temps à autre. Ce n'est pas un poste de tout repos, paraît-il.

— Ça me ferait peur, à moi, de travailler auprès de ces patients-là. On dit que certains sont dangereux et qu'il faut régulièrement les attacher, commenta Marthe en nettoyant la sauce de son assiette avec un morceau de pain.

— Des pauvres garçons, en effet, continua Jean en regardant avec inquiétude son épouse qui ne semblait jamais rassasiée. Certains ne savent plus parler, ni marcher, ni même se tenir debout. Et sans raison médicale apparente. Les psychiatres appellent cela l'obusite.

— Troublant, en effet, s'étonna Édouard.

— Pour d'autres, reprit son adjoint après avoir avalé une gorgée de vin, on ne connaît même pas leur identité.

— À ce point-là ? demanda Aurélia, étonnée.

— C'en est à ce point, oui. Mon ami me disait que les infirmières devaient elles-mêmes leur attribuer des noms. Il m'a parlé d'un certain Élia. Parce que c'est le seul mot qu'il soit en mesure de prononcer. Aucun des traitements appliqués n'a été efficace. C'est tout à fait étonnant, ce qu'il peut se passer dans un cerveau humain. Je pense même que nous n'en comprendrons jamais tous les secrets.

Aurélia suspendit son geste, en proie à un trouble intérieur. C'est par ce surnom qu'Armand l'appelait, quand ils n'étaient encore que des enfants. Quelques images de cette période révolue lui revinrent en mémoire.

— C'est d'ailleurs peut-être son nom ? interrogea Aurélia en tentant de cacher son émotion.

— Va donc savoir ! répondit Jean. On ne connaît absolument rien de ce pauvre bougre.

Le regard d'Édouard croisa celui de son épouse. Il fronça légèrement les sourcils. Il devina que cette conversation ne l'avait pas laissée insensible.

— Je reste sur ma position, conclut Marthe. Je préfère de loin continuer à m'occuper de mes patients de médecine. Au moins, avec eux, on peut discuter.

Les invités étaient partis tard, après la dégustation des liqueurs. Aurélia ne trouvait pas le sommeil, alors qu'Édouard, qui avait un peu abusé de la Marie Brizard, qu'il adorait, dormait déjà, près d'elle, du sommeil du juste. Aurélia tournait dans sa tête les mots prononcés par Jean au cours du repas. « *Élia, c'est tout ce qu'il sait dire, on ne connaît rien de lui.* Et si ? Non, ce n'est pas possible, juste le fruit d'un hasard. Qu'est-ce que tu peux être bête, ma pauvre fille, à te mettre ces idées saugrenues dans la tête ! » Elle s'endormit enfin, en écoutant, de l'autre côté de la cloison, la respiration paisible de Charles-Émile.

— *Aurélia ? Viens me chercher !*

Le visage d'Armand lui souriait. Il se tenait debout, à demi nu, au milieu de ce qui semblait être un champ de bataille, parsemé de trous d'obus, de débris calcinés et de corps sans vie.

— *Aurélia ? Ne m'abandonne pas.*

En prononçant le prénom de sa sœur, il agitait au bout de son bras une petite cloche qui tintait, de plus en plus fortement. Elle ouvrit les yeux en sursaut. La clochette du réveil sonnait les 6 heures.

— Pas déjà ? grogna Édouard en s'étirant dans les draps. On vient à peine de se coucher !

La jeune femme frottait ses yeux encore endormis et reprenait peu à peu ses esprits. « Encore ce rêve ! pensa-t-elle. Jean n'aurait jamais dû parler de ça. » Depuis près de trois ans qu'elle avait fait le deuil de son frère, voilà qu'il lui apparaissait de nouveau, qu'il se matérialisait encore dans son inconscient et l'appelait désespérément à l'aide.

— Allez, lève-toi, je vais te préparer un cachet d'aspirine. Avec ce que tu as bu hier soir, je suis certaine que tu dois avoir mal à la tête.

— On peut dire que tu me connais bien, répondit le médecin en massant ses tempes douloureuses.

— En attendant, réveille Charles-Émile, il faut qu'il soit prêt à l'heure pour l'emmener chez la nourrice.

— Tu n'as pas eu l'air bien de toute la journée, lança Édouard à son épouse tout en jouant aux cubes avec son jeune fils. Je t'ai même sentie préoccupée, pas vraiment à ton travail. Quelque chose ne va pas ?

— Non, non, tout va bien, mentit-elle, il n'y a pas de problème.

Édouard se pencha pour ramasser peut-être pour la dixième fois une pièce de bois que Charles-Émile s'amusait à pousser vers le bord de la table.

— Vas-tu arrêter ça ! gronda le père en faisant les gros yeux. Sinon, je te remets au lit !

Vexé, le petit homme croisa les bras en arborant une mine boudeuse.

Édouard suivait des yeux son épouse qui s'était mise à la vaisselle. Elle était plus silencieuse que d'habitude.

— Je te connais bien, reprit-il. Tu ne veux pas me dire ce qui te contrarie ? Même si je suis certain de l'avoir déjà deviné.

Aurélia s'essuya les mains sur son torchon et s'assit à la table, en face de son mari.

— Comme tu vas me harceler jusqu'à ce que tu arrives à me tirer les vers du nez, autant que je t'en parle. Mais tu vas sûrement me prendre pour une folle.

Édouard prit un air intéressé pour lui enjoindre de continuer.

— C'est Armand, je l'ai revu en rêve. Encore une fois, il m'appelait.

— Je pensais que cette histoire était terminée depuis longtemps, que tu avais fait ton deuil. Depuis toutes ces années...

— C'est la faute de Jean, le coupa-t-elle, il a parlé de cet homme, à Maison-Blanche, celui qui ne fait que répéter « Élia ». Une seconde, j'ai cru que... et puis je me suis raisonnée, il n'y a sûrement rien à voir avec mon frère. Mais...

— Et depuis, ça te travaille. Élia, Aurélia, inconsciemment, ton esprit a fait la relation.

— Cela ne m'a pas quitté de la journée. Même quand je veux chasser cette idée, je n'y peux rien, elle s'impose à nouveau et m'obsède. Je ne peux penser à rien d'autre.

Ses yeux brillèrent légèrement. Elle renifla pour ne pas laisser couler une larme. Elle saisit un verre qu'elle essuya machinalement avec son torchon puis s'attaqua au nettoyage de la vaisselle qui traînait encore dans l'évier après le repas de la veille.

Elle soupira.

— Quand même ! Quand je pense à ce pauvre homme ! Ne plus rien se rappeler, pas même son nom, cela doit être terrible pour lui. Je n'arrive pas à imaginer ce qu'il a pu vivre.

Édouard observait son épouse, dont le visage restait voilé de tristesse. Il râla en ramassant une fois de plus le cube sur le carrelage. Charles-Émile, après sa courte bouderie, avait repris ses espiègleries.

— Je te connais, ma chère femme, reprit Édouard. Tant que tu ne seras pas certaine, tu te poseras des milliers de questions.

Il resta pensif quelques secondes.

— Et si je demandais à Jean de me remplacer samedi prochain ? Après tout, il est mon adjoint et c'est à cause de lui que tu es dans cet état. Nous irons faire une visite à cet hôpital de Maison-Blanche. Tu n'iras pas mieux tant que tu ne seras pas certaine qu'il ne s'agit pas de ton frère. Et puis cela nous fera une promenade. Marthe sera ravie de nous garder le petit quelques heures. Elle l'adore.

Édouard prit sa grosse voix et mit une petite tape sur la main de l'enfant.

— Même s'il ne fait que des bêtises et n'écoute pas ce qu'on lui dit !

Aurélia se leva pour entourer de ses bras le cou de son époux.

— Tu es le plus merveilleux des maris, je t'aime tant !

25

Le château abritant le centre de soins psychiatriques de Maison-Blanche était un peu à l'écart du bourg de Neuilly-sur-Marne, à l'est de Paris. Un endroit bucolique, avec des carrés de pelouse bien entretenue et ses petites mares envahies de nénuphars, où venaient s'abreuver les oiseaux qui rayaient l'eau de leurs ailes. Cette première semaine de décembre était incroyablement belle et la température très agréable pour la saison.

Aurélia et Édouard longèrent à pas rapides l'allée principale bordée d'arbres qui traversait le vaste domaine avant de sonner la cloche de l'imposante bâtisse.

— Je vous conduis vers le bureau du Dr Maubert, leur dit gentiment l'infirmière qui les accueillit.

Ils traversèrent une grande salle où nombre de patients jouaient aux cartes ou à des jeux de société. L'un d'eux se leva brusquement, se planta sur leur passage et se mit à hurler. Deux infirmiers, qui surveillaient la salle en lisant leur journal, intervinrent rapidement pour le maîtriser et le forcer à se rasseoir. Aurélia, que l'homme avait effrayée, avait fait un pas en arrière.

— N'ayez pas peur, madame, la rassura l'infirmière, il crie beaucoup mais il n'est pas mauvais garçon. Il n'a jamais agressé personne. C'est sa façon de réagir face aux visiteurs qu'il voit pour la première fois. Ce n'est qu'un réflexe de peur, rien de plus.

L'homme, comme si de rien n'était, rassuré par les deux infirmiers, un indéfinissable sourire sur les lèvres comme s'il avait fait une bonne farce, avait repris tranquillement sa partie de dames.

— Vous devez être le Dr Carnaud, qui a demandé à me rencontrer, les accueillit le médecin psychiatre, et madame votre épouse, je présume.

Édouard acquiesça de la tête en serrant la main que son confrère lui tendait.

— Alors, dit-il en se rasseyant à son bureau après avoir invité les visiteurs à en faire de même, en quoi puis-je vous être utile ?

Édouard se racla légèrement la gorge.

— L'objet de notre visite, monsieur, va vous paraître... bizarre.

Le psychiatre se mit à rire.

— Ne vous en faites pas pour cela, mon ami, je vois tous les jours ici des choses plus bizarres les unes que les autres, que d'ailleurs vous ne croiriez pas, même si je vous les racontais. Mais je vous en prie, continuez.

— Eh bien, voilà. Mon épouse a perdu son frère, Armand, au début de la guerre, au cours de l'hiver 1914. Il a disparu, plus exactement. Ni blessé, ni prisonnier, ni identifié comme décédé.

Le médecin posa son regard sur Aurélia et plissa les yeux.

— Je vois, dit-il. Vous n'avez pas pu faire votre deuil, comme toutes les personnes qui ont perdu un proche et qui ne peuvent aller se recueillir sur une tombe. Expliquez-moi tout cela, chère madame.

Aurélia, gênée, se tortillait les doigts en lançant des regards suppliants à son époux. Les yeux du psychiatre semblaient vouloir sonder le fond de son âme, comme il devait le faire avec ses patients, probablement.

— Dis-lui, ma chérie, l'encouragea Édouard, nous sommes ici pour ça.

Aurélia prit une grande inspiration.

— Le corps de mon frère n'a jamais été retrouvé ni identifié. Bien sûr, au fil du temps, je me suis persuadée qu'il était mort. Tout le laissait à penser.

— Mon épouse s'est même fait affecter dans un hôpital près du front pour tenter de le retrouver, rajouta Édouard avec une petite pointe de fierté. C'est vous dire si cela lui tenait à cœur.

Le psychiatre hocha la tête. Il fronça les sourcils en posant de nouveau son regard scrutateur sur Aurélia.

— À votre avis, sincèrement, l'est-il, madame ?

La question désorienta la jeune femme.

— Oui, non, je ne sais pas en fait. Je l'ai très souvent vu en rêve, j'ai eu quelquefois des sortes de... visions, dans lesquelles il me demandait de venir le chercher. Elles étaient tellement réelles ! Du coup, je ne sais plus quoi penser.

Le médecin retira ses petites lunettes rondes pour les essuyer doucement avec un petit mouchoir.

— C'est une réaction tout à fait courante et normale, madame. Un de mes éminents confrères pense que l'esprit n'aime pas être sans réponse, tout comme la nature n'aime pas le vide, comme le disait Aristote.

— Il y a quelques jours, continua Aurélia, un ami de mon mari, qui connaît l'un de vos confrères, a expliqué que certains de vos patients ne se souviennent plus de rien, ni même de leur nom.

— Amnésie traumatique, en effet. Chez certains, cela peut être passager. Chez d'autres, c'est beaucoup plus long à guérir. Si tant est que cela puisse guérir un jour, bien entendu. Il reste malheureusement toujours des séquelles.

Édouard prit la parole à son tour :

— Un de vos patients, atteint du symptôme que vous décrivez, ne prononcerait que le mot « Élia ». Élia, Aurélia. Voilà ce qui a troublé mon épouse, et ses rêves ont subitement ressurgi.

— Je vois parfaitement de quel patient vous voulez parler, en effet. Je comprends votre démarche, madame. L'évocation de ce simple mot vous a amenée tout naturellement à penser que ce patient pourrait être votre frère.

Aurélia se contenta de hocher la tête.

Le psychiatre ouvrit un tiroir dans lequel il farfouilla un moment. Il parcourut des yeux les feuillets qu'il avait étalés devant lui.

— Blessé dans la région d'Ypres, dans les premiers mois du conflit... lut-il. Retrouvé après un violent bombardement... sans uniforme... dans l'incapacité de donner son identité... évacué sur Tours... a fréquenté plusieurs hôpitaux de province... traitements par électrothérapie infructueux... hospitalisé à Maison-Blanche en juillet 1917.

Le psychiatre leva les yeux de ses documents.

— On peut dire d'après son comportement que ce patient n'est pas un simulateur, comme certains de mes confrères ont pu le penser.

Aurélia se leva de son siège, en proie à une agitation subite qui surprit le praticien.

— Par électrothérapie, vous dites ? Mon Dieu ! N'est-ce pas à Tours qu'exerçait le Dr Vincent ? Ce monstre ? J'espère que ce patient, quel qu'il soit, n'est pas passé entre ses mains[1].

Le psychiatre se renfrogna. Il jeta un regard noir à Édouard qui n'était pas intervenu pour calmer son épouse.

— Le Dr Vincent est un éminent confrère, lâcha-t-il sèchement, un brillant neurologue qui a été jeté en pâture à la presse.

1. Voir l'ouvrage de Jean-Yves Le Naour *Les Soldats de la honte*.

— Je voudrais voir ce patient, balbutia Aurélia. Faites-moi accompagner auprès de lui.

— Certes, madame, vous pouvez le voir, mais j'ai bien peur que votre enthousiasme soit à la hauteur de votre déception. Le cas de ce soldat n'est malheureusement pas isolé. Il y en a des dizaines comme lui, des centaines, devrais-je même dire. Mais si cela peut vous aider, je vais vous faire accompagner.

Aurélia traversa en tremblant les salles de jeux et de repos des patients.

— Élia est dans la véranda qui donne sur le jardin potager, expliqua l'infirmière qui les précédait. C'est là qu'il passe le plus clair de ses journées, dans son fauteuil, à regarder dans le vide du matin au soir.

— Tenez, reprit-elle après avoir ouvert une porte qui donnait dans une pièce baignée de lumière, c'est lui, là-bas.

Aurélia lâcha la main d'Édouard, qui préféra rester en arrière. Elle s'approcha à pas lents du fauteuil dont elle n'apercevait que le dossier haut qui cachait complètement l'homme qui y était assis. Ses membres tremblaient. Elle contourna doucement le siège, découvrant un bras maigre qui flottait dans une robe de chambre verte. Puis des jambes décharnées, chaussées de pantoufles à carreaux. Sa respiration se fit plus rapide, et son cœur se mit à cogner de plus en plus fort dans sa poitrine. Elle ferma les yeux en s'avançant devant le patient et prit une grande inspiration avant de les rouvrir doucement. Ils se posèrent sur des cheveux d'un noir profond. Deux yeux verts, perdus vers l'horizon, brillaient intensément au milieu d'un visage aux joues creuses. Une moustache, en guidon de vélo, surplombait des lèvres fines et pâles. La respiration d'Aurélia s'arrêta. Son cœur cessa de battre. Un flot de larmes jaillit de ses yeux. Elle tomba à genoux.

— Armand, hoqueta-t-elle entre ses sanglots, mon frère.

Elle serra ses mains sur les siennes.

— C'est moi, Aurélia, ta petite sœur. Je suis enfin là, je suis venue te chercher.

Le jeune homme sembla esquisser un sourire, son regard toujours fixé sur un point imaginaire, au-delà des fenêtres.

— Élia.

26

Le ruban noir avait disparu du cadre dans lequel Armand souriait dans sa belle tenue de sous-lieutenant. Plus de quatre ans après sa dernière lettre, il était enfin de retour dans la maison familiale de Savigny-en-Véron, entouré des soins aimants de ses parents et de ses deux sœurs. Dans un univers familier, le frère aîné, au fil des jours et des semaines, reprenait peu à peu des forces. Patiemment, elles prononçaient des mots que le jeune homme répétait en articulant chaque syllabe. Les cauchemars qui hantaient ses nuits et le réveillaient en sueur s'atténuaient au fil des semaines. Il souriait et riait quand on l'aidait à grimper sur la charrette, derrière Mirabelle, pour de longues promenades le long du fleuve. Tout doucement, il réapprenait à vivre.

Aurélia revenait à Savigny le plus souvent possible, presque chaque mois, pour s'enquérir des progrès de son frère. Louise avait également retrouvé son doux sourire, passant de longues heures à s'amuser dans le jardin avec Charles-Émile, à qui elle apprenait le nom de chaque fleur.

Un été et un hiver supplémentaires passèrent. Aurélia venait de descendre du train et donnait la main à son fils, qui ne rêvait que d'aller grimper sur les chariots à bagages. Elle aperçut au bout du quai les silhouettes familières de sa famille venue à sa rencontre. La démarche encore un peu chaloupée et s'aidant de sa canne, Armand s'avança vers elle, souriant sous sa moustache si reconnaissable. Il prit les mains de sa sœur et les posa contre sa poitrine, tout près de son cœur. Il roula des yeux, cherchant ses mots.

— Aurélia, ma sœur adorée. C'est à toi que je dois d'être revenu à la vie, parce que tu as reçu les rêves que je t'ai envoyés, et que tu n'as jamais renoncé.

Épilogue

Armand mettra encore plusieurs mois pour recouvrer la santé. Grâce aux soins attentifs de sa famille, il retrouvera une vie normale. Il gardera toutefois une faiblesse dans les jambes, un léger tremblement qui l'obligera à se déplacer avec une canne. Il ne reprendra pas ses études d'ingénieur à Saint-Étienne et assurera finalement la suite de son père dans l'entreprise familiale qu'il fera prospérer. En 1924, il épousera Martine, la fille de l'un de ses clients, avec qui il aura deux enfants, Catherine et Jules. Charles décédera au cours du printemps 1933, quelques mois avant son épouse, Louise.

Aurélia conservera son poste à l'hôpital du Val-de-Grâce auprès de son époux, Édouard. En 1922, elle mettra au monde un second enfant, une fille, Adeline. Aurélia ne passera jamais son diplôme d'infirmière. Elle s'occupera de ses patients jusqu'en 1948. Elle se retirera ensuite dans la région de Chinon pour couler des jours heureux entourée de sa famille. Elle restera toujours en contact très étroit avec son frère, Armand.

Édouard, chef du service de reconstruction maxillo-faciale, dirigera son équipe jusqu'à sa retraite, qu'il prendra également en 1948. Tout au long de ces années, il s'occupera des « gueules cassées » de la Grande Guerre. Il exercera également ses talents pour les blessés du second conflit mondial. Grâce aux progrès de la médecine, il mettra au point de nombreuses techniques chirurgicales pour le traitement des blessés.

Sophie finira brillamment ses études. François, le jeune poète transi, lui déclarera finalement sa flamme et l'épousera. Il reprendra la tuilerie de son père.

Contre toute attente, cousin Francis et Claudine décideront de passer devant M. le maire. Bien entendu, Aurélia et Édouard seront leurs témoins. Ils finiront leur vie à la villa Paisible.

Alice, après la guerre, connaîtra un succès éphémère comme chanteuse de cabaret à Paris. Elle quittera finalement le pays pour les États-Unis, où l'on perdra sa trace. Elle n'épousera jamais le Dr Landais.

Georgette sera l'une des innombrables victimes de l'épidémie de grippe espagnole. Elle s'éteindra en 1920.

Lucienne continuera son travail d'infirmière dans un hôpital bordelais. Elle prendra une grande part dans la Résistance, lors de l'occupation de notre pays par l'armée allemande, notamment en cachant des patients juifs. Elle sera arrêtée par la Gestapo, et délivrée *in extremis* avant son départ en déportation, lors de la libération de la ville par les Alliés en août 1944.

Sœur Marie-Louise, après la Grande Guerre, se retirera dans un couvent de sa région d'origine, l'Alsace. Elle décédera peu après, usée par les années. Personne ne saura jamais son âge.

Le Dr Abel Baumann n'aura de cesse, dès la fin du conflit, de condamner les frappes militaires sur les unités de soins. Médecin dans un hôpital berlinois, il tentera de lutter contre la montée du nazisme et se retirera à Dresde. Il périra en février 1945, lors du bombardement de la ville par l'aviation alliée.

« L'histoire est vraie, puisque je l'ai imaginée d'un bout à l'autre. »

Boris Vian

Remerciements

J'ai voulu raconter cette histoire afin de rendre hommage aux hommes et aux femmes qui ont œuvré sans relâche dans les hôpitaux, les postes de secours, souvent au péril de leur vie, pour porter assistance à nos soldats blessés. Si celle-ci est le fruit de mon imagination, je me suis toutefois inspiré de faits réels. L'hôpital 101, à Amiens, a réellement existé, même si je fais évoluer dans cette structure, des personnages de mon invention.

Je tiens à remercier toutes les personnes qui m'ont apporté leur aide pour la rédaction de ce roman :

– tout d'abord, mon épouse, Rachel, qui à chacun de mes romans prend le temps de me relire, me donne ses impressions, toujours pertinentes, de première lectrice, me conseille parfois, et corrige les incontournables coquilles ;

– mes enfants, qui me motivent à poursuivre mes travaux d'écriture, et tout spécialement ma fille Aurélia, elle-même infirmière, qui m'a prêté son prénom pour donner vie à mon héroïne. Je trouve d'ailleurs qu'elles se ressemblent un peu ;

– Jean-Michel Gilot, érudit pour tout ce qui concerne la Grande Guerre, qui a pris le temps de me donner de précieux renseignements, par téléphone et par l'intermédiaire de son blog, sur cette période douloureuse de notre histoire ;

– Agnès Carcenac, très sympathique archiviste de la bibliothèque universitaire de santé de Clermont-Ferrand, qui a pris le temps de me recevoir. Elle m'a transmis de précieux documents quant à la prise en charge des blessés par le gaz ;

– Alexandra et toute son équipe des éditions De Borée, qui me font confiance depuis 2017 ;

– ainsi que Messaline, qui a fait un formidable travail de correction ;

– mes lecteurs, dont certains me font l'immense honneur de suivre mes parutions depuis mes débuts littéraires. Leur plaisir, en découvrant mes histoires, est ma plus belle récompense.

Qu'ils reçoivent ici toute ma gratitude.

Alain Léonard

Retrouvez l'actualité littéraire d'Alain Léonard
sur sa page Facebook :
Alain Leonard auteur
et sur Instagram :
alain_leonard_auteur

deboree.com

livres@centrefrance.com

Achevé d'imprimer en juillet 2022 sur les presses de la Source d'Or
Numéro d'impression : 206387
Dépôt légal : août 2022
ISBN : 978-2-8129-2776-8